KB141619

나를 바꾸는 시 쓰기

시 창작 강의 노트

유종화 엮음

새로운눈®^^

유종화

김제에서 나고 자랐다.
≪민족극과 예술운동≫에 평론을,
≪시와 사회≫에 시를 발표하면서 작품활동을 시작했다.
≪노래로 듣는 시≫, ≪바람 부는 날 ≫ 등을 냈다.
이리에서 배우고, 목포에서 가르쳤다.
정읍에서 살고 있다.

지은이와
협의하에
인지 생략

시 창작 강의 노트

- 엮은이 ｜ 유 종 화
- 펴낸이 ｜ 이 춘 호
- 펴낸곳 ｜ 새로운눈

- 초판 3쇄 발행 / 2021년 5월 25일
- 재판 2쇄 발행 / 2024년 9월 25일
- 등록 / 제22-0038호 등록일 / 1989년 7월 7일
- 주소 / 서울 중구 퇴계로32길 34-5(예장동)
- 전화 (02) 2272-6603 팩스 (02) 2272-6604

값 22,500원

시 창작 강의 노트

정일근 / 최영철 / 이정록 / 안도현 / 최성수 / 이응인 / 안상학
오철수 / 도종환 / 한국글쓰기연구회 / 조재도 / 김수열
박영희 / 오봉옥 / 교육문예창작회

정리본을 내며

17년 만에 다시 정리한다.

읽기 편하게 주제별로 묶어 3부로 나누어 재구성했고 내용도 상당 부분 교체했다.

1부는 시가 무엇이고 시인의 기본자세는 어때야 하는가에 관한 글들이다. 실제 창작 방법보다 이것이 훨씬 중요하다고 생각한다. 이러한 기본이 없으면 아무리 많은 시를 쓴다한들 가슴을 파고드는 글 한 줄 얻을 수 없기 때문이다.

2부는 시 쓰기의 방법론이다. 막막해하는 시인 지망생들에게 들려주는 선배들의 이야기를 묶었다. 특별한 방법이 있나 하고 잔뜩 기대하지 않길 바란다. 조금은 도움이 되겠지만 이것이 시 쓰는 지름길을 제시해주지는 않는다. 세상을 보는 새로운 눈을 가져야 하고, 또 좋은 시를 찾아 읽으면서 본인 스스로 깨우쳐 가야 한다.

3부는 시인이 되어 가는 과정을 다룬 글들이다. 치열하게 살아가는 삶의 모습이다. 결코 만만치 않은 일이고, 또 아무나 갈 수 있는 길이 아니다.

나머지 시를 쓰고 가르치는 데 참고가 될 만한 글을 부록으로 붙였다.

시인이 되려는 대부분의 사람들은 조급해한다. 무슨 빠른 길이 따로 없나 하고 여기저기 기웃거리느라 바쁘다. 이런 사람들에게 한마디 해주고 싶은 말이 있다.

─세상의 어떤 일도 10년은 해야 길이 보인다.

10년을 고민하고 노력하는 동안 삶이 변하고 세상이 다르게 보이고, 또 그 과정 속에서 바뀐 '나'의 눈을 통해서 새롭게 해석되는 것들이 생겨날 것이다. 그것을 받아 적는 것이 창작이다.

이 책은 거기에 이르는 데까지 조언을 해 줄 뿐이다. 그 다음은 각자 자신의 몫이다. 시인이 되는 길은 기존의 '나'를 철저하게 깨뜨리는 작업이다. 자신이 변해야 새로운 것이 보이기 때문이다.

다시 한번 말한다.

─10년이다.

2018년 1월
유종화

시 창작에 고민하는 친구들을 위하여

지난 여름방학 때의 일이다. 안부차 서울에 사는 친구 백창우에게 전화를 했다. 그는 별일 없다는 말과 함께 뜻하지 않은 질문을 해왔다.

"요즘 왜 시를 안 쓰니?"

난데없는 질문에 나는 마땅한 대답거리를 생각하고 있는데 그 친구는 계속해서 얘기를 했다.

"내가 시를 쓰는 거하고, 니가 시를 쓰는 것은 달라." "나는 노래를 만들고나서 여력으로 시를 쓰지만, 너는 시를 쓰고나서 여력으로 노래를 만들어야 하는 거야." "그러니까 너의 본류는 시인이라는 것을 잊지 말아라"고 했다. 그리고 방학 동안에 시간도 많을 테니 그럴 때 시를 써 두는 게 좋을 거라고 덧붙였다.

전화를 끊은 후 나는 뒤통수를 한 대 맞은 사람처럼 멍해졌다. 가만히 생각해보니 시를 안 쓰고 지낸지가 10여 년이나 되었다.

그렇다고 그동안 아무런 일도 안 하고 지낸 것은 아니다. 시와 노래에 대한 글을 써서 책을 냈고, 거기에 따른 시노래 (Poemsong)도 만들어 세상에 선뵀으니 말이다.

그러나 생각해보니 그 친구 말이 맞았다. 나는 본래 시를 쓰는 사람이고, 시를 쓰다가 부수적으로 작곡을 하였다. 그러던

7

것이 주종이 바뀌어 엉뚱한 길을 걸어왔고 내 본업을 잊고 살았던 것이다.

시를 써야겠다는 생각이 들었다. 마음먹고 오랜만에 책상 앞에 앉아 뭔가를 쓰려고 했는데 될 듯 될 듯하면서도 중간에서 더 이상 전개시키지 못하고 번번이 펜을 놓았다. 너무 오랜만이어서 그럴 수밖에 없었다.

하는 수 없이 처음부터 시를 다시 공부해야겠다고 마음먹고 책장을 뒤져 시작법에 관한 책을 읽었다. 그러나 하나같이 어렵기만 하고, 정작 시를 쓰는 데는 크게 도움이 되지 않았다. 상징이니 알레고리니, 또는 메타포와 파라독스 같은 것을 설명해 놓았는데 도대체 그것들이 시를 쓰는데 무슨 도움이 되는지조차 알 수가 없었다.

나는 그런 류의 책들을 멀리 치워놓고 평론집과 문학지를 뒤적이기 시작했다. 거기에는 간간이 시 창작에 관한 글들이 실려 있었는데, 실제 창작 중에 부딪쳤던 문제들을 써놓은 시인들의 글들은 나의 갈증을 조금씩 해소시켜주었다.

이러한 글들은 시 창작의 실제문제들을 다루고 있어서 시 쓰기에 고민하는 사람들에게 분명 도움이 되는 것들이었다. 나는 몇 번이고 반복해서 그 글들을 읽으면서 속으로 흥겨워지는 마음을 감출 수가 없었다.

그러다가 문득 다른 생각이 떠올랐다. 「초파리」라는 시를 쓰기 위해 며칠을 하얗게 지샜다는 정영숙 씨와, 좋은 시만 쓸 수 있다면 무슨 일이라도 하겠다는 안오일 씨, 그리고 시를 배우기 위해 서울에 있는 평론가에게 시를 보내어 평을 받아 수정을 거듭하는 김선숙 씨 등, 시에 대해서 고민하는 사람들이 생각났던 것이다.

그들에게 이런 글을 보여주면 좋겠다고 생각했다. 아니, 처음에는 꽁꽁 숨겨놓고 나만 보고 싶었던 게 솔직한 심정이다. 그러나 그러기에는 내 마음이 너무 착했다(?). 그래서 나는 그 글들을 몇 부 복사해서 내 주위에서 시 쓰기에 고민하는 사람들에게 나눠주려고 마음먹었다.

그러나 다시 생각해보니 그게 아니었다. 그런 고민을 하는 사람들이 어디 내 주위에만 있으랴. 전국의 어느 곳에나 그런 사람들이 수없이 많으리라는 생각이 들었다.

생각이 이쯤에 이르자 나는 욕심이 생겼다. 그들에게 다 볼 수 있도록 해주어야겠다는 욕심 말이다. 기왕에 만드는 김에 내용도 더 보충해서 탄탄한 책으로 만들어야겠다고 결심했다.

마음먹고 전국의 내로라하는 시인들에게 전화를 했다. 시 창작에 대한 강의노트가 있으면 보내달라고.

남쪽 끝 작은 항구의 별 볼 일 없는 사람의 부탁이었는데 뜻밖에도 그들은 시 창작에서 부딪쳤던 실제의 문제들을 다룬 강의 노트를 선뜻 내주었다. 불과 일주일 만에 원고들이 다 들어왔고 나는 눈물이 날 정도로 고마웠다.

이제 그 원고들을 세상에 내놓는다. 창작에 고민하는 습작기의 사람들에게 조금이라도 도움이 되었으면 좋겠다.

시인의 근본을 얘기한 정일근의 「시인을 만드는 9개의 비망록」부터 실제 창작 과정을 다룬 「즐거운 시 쓰기」를 읽고 자신의 시를 다듬어 간다면 좋은 결과가 있으리라고 생각한다.

책이 나오면 자기가 강의하는 대학의 교재로 쓰겠다면서 언제 나오냐고 재차 물어오는 오봉옥 시인이 고맙고, 얼굴 한번 보지 못했는데도 선뜻 청탁에 응해주면서 원고료는 노래 만드는 작업비에 보태쓰라고 하던 최영철·조재도 시인 또한 고맙다.

또 친분관계가 있다는 죄(?)로 귀중한 원고를 보내준 도종환·오철수·정일근·이정록·최성수·안도현·이응인·안상학·박영희·김수열 시인들께 고맙다는 인사를 드린다.

한국글쓰기연구회와 교육문예창작회에도 감사드린다. 재수록을 허락해 주었기에 이만한 책을 만들 수 있게 되었으니 말이다.

마치면서 나의 본류가 시인임을 다시 일깨워준 백창우에게 조용히 대답한다.

"창우야, 시 열심히 쓸게. 그래서 10년쯤 후에는 신경림 선생님만큼이나 좋은 시를 쓰는 시인이 되도록 노력하마."

꽁꽁 감춰두고 싶었던 원고들을 세상에 내놓고 나니 마음이 한결 가볍다. 시 창작에 고민하는 모든 사람들에게 좋은 참고자료가 되었으면 좋겠다. 아무튼 나는 너무 착해서 탈이다. 안녕.

2001년 가을

유종화

시 창작 강의 노트
- 나를 바꾸는 시 쓰기 -

1부. 시의 기본, 시인의 기본

2부. 나를 바꾸는 시 쓰기

3부. 시의 길, 시인의 길

1부

시의 기본, 시인의 기본

시인을 만드는 9개의 비망록

정 일 근

슬픔이 시인을 만든다

나를 시인으로 만든 것은 '슬픔'이었다. 그 슬픔에 힘입어 처음 '시인이 돼야겠다'는 꿈을 가진 것은 초등학교 5학년 때였다. 그 전 해 4월, 벚꽃의 도시 진해에서 나는 '아비 없는 자식'이 되었다. 아버지가 없는 빈자리에 제일 먼저 슬픔이 찾아왔다.

아버지의 생몰 연대는 길 위에서 끝이 났다. 그 날 아버지는 당신의 오토바이에 어머니를 태워 마산에 있는 친척 댁에 다녀오시는 길이었는데, 길 위에서 택시가 아버지의 생을 덮치고 뺑소니쳐 버렸다.

의식불명이 되어 안방으로 돌아오신 아버지는 고통스럽게 숨을 쉬고 계셨지만, 군의관이었던 아버지 친구는 단호하게 사망진단을 내렸다. 사인은 뇌진탕. 마산에서 진해로 출발하며 아버지는 자신의 헬멧을 어머니에게 씌워주셨다. 그 헬멧으로 아버지와 어머니의 운명은 바뀌었다. 두 분 다 허공으로 솟구쳤다 도로 위로 내동댕이쳐졌지만 아버지의 헬멧이 어머니를 구했다. 그것이 아버지가 어머니에게 베푼 마지막 사랑이었다.

아버지의 부재만이 나를 슬프게 만든 것이 아니었다. 아버지가 떠난 자리에 가난도 찾아왔다. '빚 갚으러 오는 사람보다 빚 받으러 오는 사람이 많아' 아버지의 재산은 소위 '빚잔치'로 순식간에 사라졌다. TV도 사라지고 집도 사라지고 할아버지의 논과 밭도 사라졌다. 할아버지와 할머니, 중학교와 고등학교에 다니는 고모는 남루한 일곱 평 반 홉의 양철지붕 아래로 숨어들었고, 어머니는 연탄 부뚜막에 나와 여동생을 재우며 밤늦게까지 술을 팔았다. 친구들이 TV를 보는 시간 나는 술을 날랐다. 친구들이 고급 양장의 동화책을 읽던 시간 나는 안주를 날랐다. 우리 반 고 계집애가 피아노를 치던 시간 나는 손님들이 술자리에서 부르던 이미자, 배호, 나훈아의 슬픈 유행가나 군인들의 군가를 배웠다.

아버지가 없다는 슬픔이 나를 눈물 많은 아이로 만들었고, 그 눈물이 나를 세상에 대해 조숙하게 처신하게 만들었다.

그 시절 내가 친구들보다 뛰어난 것은 도박과 교과서에 나오는 시나 시조 외우기였다. 두 장의 화투 '끗발'로 승자로 가리는 도박으로 친구들의 돈을 따면 만화방에 하루종일 처박혀 있거나 중국집에서 자장면이나 군만두를 사먹기도 했다.

그리고 나는 시나 시조를 잘 외운다는 이유 하나로 담임선생님에 의해 문예반으로 보내졌다. 문예반 지도 선생님은 나에게 시조를 가르쳤다.

뜻밖에도 경남도 대회에 참가할 진해시 대표를 뽑는 백일장에서 나는 장원을 했다. '산'이란 제목이었다. 고백하자면, 초등학교 5학년 때 나는 개근상 외에 처음 '상'이라는 것을 받은 것이다. 어려운 형편에 월부로 안데르센 동화전집까지 사주시며 기뻐하시는 어머니의 모습을 보며 나는 시인이 되고 싶었다. 시인이 되어 서른 초반에 홀로 되어 남매를 키우는 슬픈 어머니의 삶을 기쁘게 해드리고 싶었다.

나는 오랫동안 아버지를 미워했다. 아버지의 부재로 우리 가족이 해체됐기 때문이었다. 나는 아버지가 내 시 속에 등장하는 것을 금기했다. 아버지는 그때 내 손등에 났던 사마귀처럼 감추고 싶은 상처였다. 시인이 되어서도 그 상처가 시의 소재가 될 수 없다고 생각했다.

그러나 나도 아버지가 되고, 아버지의 나이가 되어서 내 시가 아버지에게서 나온다는 것을 알았다. 내가 미워한 것은 아버지가 아니라, 너무 일찍 길 위에서 끝나버린 아버지의 생이었다. 나는 시로써 아버지와 화해를 시도하며 "아버지의 달걀 속에서 내가 태어나고/ 내 달걀 속에서 아버지가 태어난다"고 썼다. 아버지란 큰 슬픔이 나를 시인으로 만들었다.

사랑도 시인을 만든다

그대, 4월의 진해를 기억하는가. 눈이 귀한 남쪽의 부동항 진해는 4월이면 눈이 내렸다. 그 작은 도시의 인구 수와 비슷한 벚나무들은 따뜻한 겨울을 보내고 4월이 오면 일시에 꽃을 피우고 바람이 불면 꽃잎을 눈처럼 뿌려주었다.

꽃이 피어서 질 때까지, 그 기간 동안 '군항제'란 잔치가 열렸다. 그랬다. 그것은 축제라는 현대성을 띤 이름보다 잔치였다.

내가 5학년 1학기까지 다녔던 도천초등학교 주변에 만들어진 벚나무 숲. 어른들이 '사쿠라 마찌'라 부르던 그곳이 벚꽃 잔치의 장이었다.

잔치의 하객은 후줄근한 양복에 중절모를 쓴 남자들과 한복과 고무신을 신은 여자들. 그들은 장구와 꽹과리로도 최신 유행가의 가락을 맞추고 잔치의 끝은 언제나 술과 노래였다. 그리고 잔치가 끝나면 그 파장 위로 자주 봄비가 내렸다.

세상은 빠르게 변했다. 새로운 봄이 찾아올 때마다 도시의 증가하는 인구처럼 늘어나는 벚나무들은 더욱 화사한 설국을 만들고 잔치는 축제로 변했다. 분수탑 로터리에서 해군 군악대 연주와 의장대의 시범이 열리고 그 모습에 넋을 놓고 있는 사이 축제의 밤이 찾아와 도심의 벚나무에 걸린 축등에 불이 켜지고, 밤하늘에는 현란한 폭죽이 터졌다.

흑백TV도 귀했던 시절, 4월이면 밤하늘에 상영되는 총천연색의 불꽃놀이를 보면서 유년을 보냈다는 것은 축복이었다. 또 하나 잊을 수 없는 생의 축복. 그 4월에 나는 첫사랑을 했다.

중3이 되었다. 나는 '눈물이 많던 아이'에서 '시를 쓰는 소년'으로 변해가고 있었다. 아버지를 잃은 나는 사람들이 꽃이 피는 축제의 기쁨만 알 뿐, 꽃이 지는 축제 뒤의 슬픔은 알지 못한다고 생각했다. 그래서 나는 축제의 즐거움보다 축제가 끝난 뒤의 비 내리는 파장을 좋아했다.

축제의 항구도시를 찾아 밀물처럼 몰려온 사람들이 썰물처럼 빠져나가며 만들어 놓는 또 다른 바다에서 나는 작고 외로운 섬이 되어 홀로 있는 것을 좋아했다.

바람에, 혹은 비에 떨어진 꽃잎을 밟으며 슬픔의 시를 쓰는 소년으로 변해버려, 문예반 선생님은 나이보다 조숙한 눈물의 시를 쓰는 나를 안타깝게 바라보시곤 했다.

내가 다니던 중학, 진해남중은 바다가 보이는 산중턱에 자리한 하얀 건물이었다. 나는 교실에서 바다를 볼 수 있는 것이 좋았다. 남쪽으로 열린 창문을 통해 빛나던 푸른 바다와 작은 섬들. 무시로 찾아오던 건강한 소금 바람. 봄이면 운동장 아래 보리가 누렇게 익고, 가을이면 등굣길이 되던 코스모스 꽃길. 그 시절 내가 한 첫사랑은 나에게 기쁨이 무엇인지를 가르쳐 주었다. S. 영문 이니셜로 호명할 수밖에 없는 그녀. 그때까지 내 감정의 전부였던 슬픔을 비워내고 그 자리에 기쁨을 채워주었던 소녀.

우리는 4월, 벚나무 아래에서 처음 만났다. 진해역 옆 청산학원 앞에 서있던 벚나무였다(불행하게도 그 나무는 지금은 베어지고 없다). 친구의 소개로 만난 우리는 단숨에 가까워졌다.

나는 시를 쓰듯 사랑의 편지를 보냈다. 그동안 내가 썼던 어느 글보다 아름다운 글을 소녀의 주소로 보냈다. 그 편지들은 내 최초의 사랑시편들이었고 소녀는 최초며, 유일한 독자였다.

같은 도시에 살고 있었지만 멀리 떨어져 있었던 우리는 그때 아름다운 약속 하나를 했다. 아침마다 라디오에서 알리는 7시 시보 소리에 맞춰 서로를 그리워하는 성냥불을 켜기로 했다. 성냥불을 밝히며 나는 그 사랑이 영원할 것이라 믿었다. 그러나 모든 첫사랑이 그러하듯 나의 첫사랑도 이별로 끝나버렸다. 기쁨이 자리했던 가슴에 다시 슬픔이 찾아왔다.

그러나 그 슬픔은 아버지가 세상을 떠나셨을 때의 슬픔처럼 나를 눈물 많은 사람으로 만들지 않았다. 눈물 대신 나는 시를 택했다. 사랑이, 첫사랑이 내 시를 더욱 튼튼하게 만들어 주었다.

펜혹이 시인을 만든다

펜혹이란 말이 있다. 컴퓨터 세대에게는 생소한 말일 것이다.

펜이나 연필로 글을 쓰는 사람의 손에는 반드시 펜혹이 남아 있다. 오래 글을 쓰다보면 펜을 받치는 가운데손가락에 혹 같은 굳은살이 박힌다. 그것이 펜혹이다.

펜혹은 글쓰기의 상처다. 그러나 그 상처는 시인을 만들어 주는 통과의례와 같다. 나는 펜혹이 없는 시인의 손은 신뢰하지 않는다. 펜혹은 시인에게만 남는 상처가 아니다. 무릇 필업을 사는 사람들은 펜혹의 두께가 문학과 정신의 두께를 말해 준다.

대학시절 나는 내 손에 생기는 그 굳은살의 이름을 몰랐다. 단지 보기 싫고, 불편했을 뿐이다.

어느 날 스승을 뵈러갔다 놀라운 모습과 조우하고 말았다. 스승은 칼로 펜혹을 깎아내고 계셨다. 사면이 책으로 둘러싸인 스승의 방에는 작은 판 하나가 놓여 있고 그 위에 2백자 원고지가 펼쳐져 있었다. 무더운 여름이었고, 스승은 그때 '한국문학사'를 집필하고 계셨다.

푸른 칼날을 가진 연필깎이 칼로 가운데 손가락의 굳은살을 베어내며 스승은 이렇게 말씀하셨다. "평생 펜으로 글을 쓰다보니 장지에 펜혹이 생겼어. 자주 깎아내지 않으면 글을 쓸 수가 없어."

스승의 글쓰기는 그 펜혹이 대변해주었으며 스승은 펜혹으로 글쓰기가 불편해지면 칼로 굳은살을 깎아내고 다시 글을 쓰셨다. 한 편의 논문이 완성되기까지, 한 권의 책이 만들어지기까지 스승은 얼마나 많은 당신의 살을 깎아내셨을까. 나는 두려움과 부끄러움을 동시에 느꼈다. 스승의 펜혹은 산과 같은 모습이었고, 내 펜혹은 흔적에 지나지 않았다. 스승의 펜혹은 나에게 가르쳐 주었다. 글쓰기는 자신의 살을 깎아내는 고통이며, 그 고통 없이 글을 쓴다는 것은 부끄러움이라는 것을.

그 이후 펜혹은 내 습작시대의 화두였다. 나도 펜혹이 생기도록 시를 썼고, 펜혹을 깎아내며 시를 썼다.

진해시 여좌동 3가 844번지. '옛집 진해'에서 습작시대를 보냈다. 나는 대학생이었으며, 아내와 두 아이를 둔 가장이었다. 시대는 질곡의 80년대 초였다. 역사는 표류하고 있었고, 미래는 불투명하고 불안했다. 취하지 않는 밤이면 연습장 위에, 노트 위에 시를 적었다. 모나미 볼펜을 꼭 잡은 손가락에 펜혹이 자라고 새벽이면 머리 위에 파지가 무더기로 쌓였다.

그 시절 모든 문학도의 꿈이 그러했듯이 나도 신문사로부터 노란색 신춘문예 당선 전보를 받고 싶었다. 그것이 삶의 유일한 목표였고 그 목표점에 도달하기 위한 글쓰기가 내 삶의 전부였다.

찬바람이 불기 시작하면 학년말 시험을 포기하고 원고지 위에 피 같은 시를 써 투고를 했다. 그리고 오랫동안 집에서 당선 전보를 배달해 줄 우체부의 오토바이 소리를 기다렸다. 우체부는 찾아오지 않았다. 새해 첫날이면 진해의 6개 중앙일간지 신문지국을 돌며 1월 1일자 신문을 빠짐없이 구해 당선자 명단을 확인하며 절망했다. 그 당시 유행했던 대학생 현상문예에서 함께 활동했던 하재봉 안재찬(류시화) 안도현 등이 신춘문예를 통해 화려하게 시인으로 등단하는 것을 지켜보면서 더욱 절망했다.

그러나 나는 다시 시를 쓸 수밖에 없었다. 시를 쓰는 일이 나에게는 전부였다. 습작시대였던 대학시절, 나는 시만 썼다. 강의

실에서도 고개 숙여 시를 썼으며 자면서도 시를 생각했다. 펜혹은 점점 커졌으며 그 상처를 자주 깎아냈다. 그리고 펜혹 덕분에 대학 4학년 겨울, 나는 신춘문예 당선 전화를 받았다.

문예창작과 첫 강의에서 나는 언제나 학생들에게 '책을 손으로 읽으라'고 가르친다. 펜으로 문학작품을 옮겨 적으며 손가락에 펜혹이 생기도록 문학에 최선을 다하라고 말한다. 컴퓨터 시대라 해도 누구도 펜혹이라는 상처가 없이 시인을 꿈꿀 수 없기에.

분노도 시인을 만든다

지난 91년 도서출판 빛남에서 묶은 내 두 번째 시집 '유배지에서 보내는 정약용의 편지'에 수록된 시편들 중에 이런 구절이 있다.

> 그 숨막히는 더위
> 고물 선풍기가 뿜어주는 더운 바람 앞에서
> 나는 끊임없이 솟아오르는 적의로 괴로워했다
> 아무도 내 이름을 불러주지 않았다
> 미성숙의 벽에는 우울한 시대의 푸른 곰팡이가 피고
> 숨어서 김지하의 시들을 몰래 읽으며
> 늘 혁명 전야처럼 살고 싶었다

적의, 우울한 시대, 김지하, 혁명 전야, 그런 말들과 함께 나의 성년식이 시작됐다. 상업고등학교를 졸업하고 담임선생님이 권유하셨던 K은행 입행 대신 대학진학을 선택했다. 가장인 어머니의 가게는 여전히 가난했지만 아들의 장래가 걱정되셨는지 대학진학을 허락하셨다.

대학에 입학하고 내가 맨 처음 눈을 뜬 것은 시와 역사의 현주소였다. 나는 고등학교 졸업 때까지 교과서에 나오는 시들만이 시의 전부라고 알고 있었다. 문예부장까지 지냈던 상고시절 진해에서 마산까지 버스 통학길이 지루해 가끔 박인환의 시들을 외웠고, 내가 가지고 있던 시집은 김소월 시집과 백일장에서 부상으로 받은 윤동주 시집, 단 두 권뿐이었다. 대학에 입학해서 창작과비평사에서 나오던 시집들을 읽고 쇠망치로 머리를 때리는 것 같은 충격을 받았다. 세상에 이런 시도 있으며, 시는 이렇게도 쓰는구나. 나는 비로소 작은 우물 밖을 나온 개구리였다. 그 개구리에게 시의 세상은 참으로 넓고 험했다. 그리고 그때까지 내가 받은 문학교육이 편협됐다는 사실을 알았으며, 그런 현실에 절망하기 시작했다. 판금된 김지하 시집 필사본을 숨어서 읽으며 내가 살고 있던 시대에 분노하기 시작했다.

눈을 떠보니 교과서의 문학교육만 편협된 것이 아니었다. 역사도 왜곡되고 있었다. 어린 시절 "시월의 유신은 김유신과 같아서 삼국통일 되듯이 남북통일 되지요"라고 신나게 불렀던 유신의 실체는 남북통일을 막는 최대 장애였으며, 유신 시대는 그때도 계속되고 있었다.

진해에 있던 대통령 별장 덕에 어린 시절 대통령 행차 길에 나가 고사리 같은 환영의 손을 흔들며 좋아했던, 중절모를 쓴 박정희는 일본 육사 출신의 독재자였다. 절망은 분노를 낳는다. 그 분노 앞에서 나는 시와 역사에 복무할 것을 선서했다.

대학 1학년 나는 야학 선생이 되었다. 고등학교 과정이었다. 나보다도 나이가 많은, 대부분 현장 노동자였던 학생들을 가르치며 그들에게서 나는 더 많은 것을 배웠다. 대학 강의실보다 야학에서 배운 것이 더 많았다. 야학의 동료교사들 중에는 해군에 근무하는 학·석사장교들이 많았다. 그들에게서도 나는 많은 것을 배웠다. 문학평론가 정과리 형도 야학에서 만났다. 그는 대학원을 마치고 해군사관학교 교수로 군복무를 했는데 야학에 동참했다. 마산 양덕에 있던 그의 아파트 서재는 내 문학수업의 바다였다. 사면을 빼곡히 채운 그의 이론서들이 나를 가르쳤으며 그와 밤을 새워 마시던 술이 나를 성숙시켰다.

그 시절 나는 자주 분노했다. 그리고 분노는 혁명의 꿈으로 이어졌다. 혁명으로 새로운 세상을 만들고 싶었다. 그러나 꿈은 꿈일 뿐, 내가 택할 수 있는 혁명의 방법은 시일 수밖에 없었다.

돌아보면 뒤틀린 현실과 바르게 흘러가지 않는 역사에 대한 분노가 시를 쓰게 만들었다. 시로써 현실에, 역사에 대해 혁명하고 싶었다. 야학 7년을 보내고 나는 '야학일기'란 연작시로 당시 무크지였던 『실천문학』을 통해 분노의 시인이 되었다.

그러나 사랑이 없으면 분노도 없는 법. 조국과 역사에 대한 사랑이 분노를 낳고 그 분노가 나를 시인으로 만들었다. 그대, 분노가 일면 터트려라. 분노도 시인을 만들기 때문이다.

부끄러움이 시인을 만든다

습작시절 누구에게나 병이 생긴다. 이름하여 '신춘문예 병'. 그 시절을 보낸 사람들의 손에 아름다운 상처 '펜혹'이 생기듯, 이 병도 아름다운 병이다.

신춘문예. 굳이 말뜻을 풀이하자면 '새봄의 문학예술'이다. 그러나 신춘문예는 풀이하는 말이 아니라 그 자체로 뜻을 갖는 말이다. 문학을 지망하는 사람이라면 습작시절이라는 통과의례가 있고, 신춘문예는 그 통과의례 중 가장 치열한 과정에 다름 아니다. 그 치열함의 끝에 당도하는 사람만이 누리는 영광에 다름 아니다.

신춘문예 병은 신문사마다 1면에 신춘문예 현상공모 사고를 내는 11월초쯤 발병한다. 신춘문예라는 활자가 눈에 들어오는 순간 가슴이 뛴다. 혈관 속에서 문학의 피가 끓는 소리가 들린다. 문제는 그런 흥분된 상태가 응모 마감일까지 계속된다는 것이다.

계절은 언제나 가을이 끝나가고 겨울이 서서히 찾아오는 때쯤이다. 심장과 피는 더워지지만 몸은 추워지고 등은 불안감으로 굽어진다. 말수도 줄어들고 침묵하는 시간이 길어진다. 가끔씩 왜 그렇게 긴 한숨이 터져 나오던지.

그 시절을 겪은 나의 대학성적표는 감추고 싶은 흉터와 같은 것이다. 그것은 신춘문예 병이 준 후유증이었다. 고백하자면 아슬아슬하게 낙제를 면한 점수다. 졸업학점이 1백60학점이었던 시절, 신춘문예 병 때문에 펑크난 학점을 맞춘다고 4학년 2학기에도 21학점을 신청해야만 했었다.

신춘문예의 마감과 학년말 시험기간은 늘 일치했다. 나는 그 두 길 앞에서 늘 미련도 없이 신춘문예의 길을 택했다. 친구들이 도서관에서 학년말 시험준비로 밤을 새울 때 나는 신춘문예 응모작품을 준비한다고 밤을 새웠다. 유신 시대, 군사독재 시대에서 학점을 얻기보다 신춘문예 당선 시인이란 이름을 얻고 싶었다. 언젠가 가지게 될 내 첫 시집의 약력에 신춘문예 당선이라는 빛나는 한 줄을 남기고 싶었다. 사범대학을 졸업하면 누구에게나 나오는 2급 정교사 자격증보다 먼저 시인이 되고 싶었다.

아직 그 시험답안지들이 남아있을까. 시험문제와는 무관한 글들만 써놓거나 백지로 제출했던 답안지들. 월영동 449번지, 나의 사랑 나의 대학. 사범대학으로 오르던 돌계단, 지칠 때마다 바라보던 푸른 합포만. 내 기억 속의 풍경들의 계절은 언제나 그 겨울이다. 사범대학 빈 강의실 한 구석에서 웅크리고 시를 쓰던 동면 직전의 곰 같았던 내 모습. 오지 않는 편지를 기다리며 우편함을 찾아가면 복도 쪽으로 눕던 긴 그림자. 환청처럼 갈가마귀 울음소리 들리던 시절.

더워졌던 피가 얼음처럼 차갑게 식는 기다림의 시간이 찾아오는 것도 신춘문예 병 후유증이다. 마감도 끝나고 시험도 끝나면 할 수 있는 일이란 낮에는 당선통지를 기다리는 일과 밤이면 술을 마시는 일뿐이었다.

우체국에서 작품을 보내고 돌아와서부터 당선 연락이 올 때까지의 그 막연한 기다림. 폭음과 함께했던 확신과 장담은 시간이 지날수록 초조해지고 불안해지고 마침내 허탈해진다. 크리스마스 이브까지 당선 연락이 오지 않으면 더는 기다리지 말라는 동병상련하는 도반들의 충고에도 혹시, 혹시 하며 기다리다 절망다 받아보는 1월 1일자 신문. 그 신문에 실린 그해 당선자들의 얼굴사진과 빛나는 작품들. 당선 시들을 읽은 뒤에는 지금까지의 기다림보다 더 큰 부끄러움이 엄습했다.

그렇다. 그 부끄러움이 나를 성숙시켰다. 현재의 내 시가 어떤 자리쯤에 서있는지를 확인시켜주었던 부끄러움이 내 시의 뺨을 후려쳤다. 그리고 혹독한 추위의 겨울이 시작되고 뛰어난 그해 당선 시들을 읽으며 언젠가는 찾아올 내 문학의 봄인 신춘을 기다렸던 것이다.

그대, 그런 부끄러움을 느끼지 않고 문학을 꿈꾼다면 그 꿈은 욕심에 불과한 것이니, 다시는 신춘을 기다리지 마라.

바람도 시인을 만든다

왜 그렇게 바람이 좋았는지 몰라.

열네 살 중학생이 걸어서 학교 가는 길이다. 보리밭 사이로 난 길을 걸어간다. 보리가 누렇게 익어가는 오월이다. 어디선가 바람이 불어와 소년의 이마를 짚는다. 바람의 손은 언제나 서늘하다. 소년은 멈추어 선다.

그때 소년은 보았다, 바람의 몸을. 무형인 줄로만 알았던 바람이 보리밭 위로 달아나며 드러내는 몸의 흔적을. "저게 바람의 몸이구나"라는 깨달음. 그것은 세상의 비밀 하나에 눈 뜬 기쁨이었다. 그러한 세상의 비밀을 찾는 것이 시고, 그 일은 내가 해야 하는 일이다고 생각했다.

열네 살 중학생이 걸어서 집으로 돌아오는 길이다. 시오리쯤 되는 길이다. 보리가 누렇게 익어 가는 오월이다. 다시 바람이 분다. 함께 돌아가는 친구들은 보지 못하는 바람의 몸을 나 혼자 지켜보며 소년은 바람이 되고 싶었다. 온몸으로 부는 바람이 되고 싶었다.

그러나 바람이 나에게 절망이었던 시간이 있었다.

열네 살 중학생은 열일곱 살 고등학생이 되어 백일장에 참석한다. 백일장의 시제가 '바람'이다. 열일곱 살은 자신에 차 있다. 일찍 바람의 몸을 보았기에. 이윽고 심사가 끝나고 입상자 명단이 방으로 붙는다. 열일곱 살은 실망한다. 자신의 이름은 어디에도 없다.

장원자가 호명되어 단상으로 나간다. 뜻밖에도 기라성 같은 상급생들을 모두 제치고 동급생 여학생이 장원이다. 단발머리 그 여학생은 당당하게 서서 자신의 바람을 노래한다.

"바람은 어디에서 와서 어디로 가는가"

그 첫 줄에 나는 몸이 얼어붙는 충격을 받았다. 동급생 계집아이가 어떻게 저런 표현을 쓸 수 있는 것일까. 충격은 부끄러움으로 이어졌다. 부끄러움은 또 절망을 낳았다.

내가 바람의 몸을 보았을 때 바람의 존재를 생각하는, 같은 나이의 여학생의 정신세계와 언어능력에 미치지 못하는 내 자신이 미워졌다.

백일장이 끝나고 열일곱 살은 호수 곁에 앉아 고민에 빠진다. 어떻게 하면 동급생 계집아이와 같은 시를 쓸 수 있을까. 답을 찾지는 못했지만 열일곱 살은 자신에게 결여돼 있는 것이 무엇인지는 아는 표정이다.

열네 살과 열일곱 살에 만난 바람은 분명 다른 바람이었다. 나는 어제 불던 바람이 오늘 다시 분다고 생각하지 않게 됐다. 바람은 매일 매일 새롭게 태어난다. 새로 태어나는 바람에게는 새로운 이름이 필요하다. 그것이 오늘의 시다. 그리고 나는 오늘 부는 바람이 내일도 불지 않는다는 것을 알고 있다. 내일은 내일의 바람이 분다. 그것이 내일의 시다.

처음 만난 시의 화두가 바람이었기 때문일까. 나는 일찍부터 풍병이 들었다. 한 곳에 머물지 못하는 바람 같은, 바람병이 들었다. 나는 내 사주팔자를 보지 않았지만 내 사주와 팔자에는 세찬 바람이 불고 있을 것이다. 바람이 불어 평생을 떠돌게 하는 역마살이 끼어 있을 것이다. 그런 바람들이 나를 시인으로 키웠다.

머무는 것은 바람이 아니다. 바람은 부는 것이다. 분다는 것은 움직임, 시는 그런 움직임이다. 시인은 바람이기 위해 늘 깨어있어야 한다. 고여있는 것들은 시인을 만들지 못한다. 바람이 불기에 살아야 한다고 노래한 시인도 있다.

나는 바람의 길을 걸어 여기까지 왔다. 오는 동안 많은 사랑도 있었고 눈물도 있었다. 나는 앞으로도 부는 바람의 길을 따라 바람처럼 불어갈 것이다. 그것은 거부할 수 없는 시인의 운명이다.

언제나 나는 바람이고 싶다. 그대에게로만 부는 뜨거운 바람이고 싶은 것이다, 그대 나의 시여.

길이 시인을 만든다

중학교 2학년 때 부산에서 진해까지 걸어온 적이 있다. 악동 친구들과 해운대 해수욕장에 놀러갔다가 집으로 돌아올 차비마저 다 유흥비(?)로 날려버렸기 때문이었다. 여름이었고, 우기였다.

우리는 해운대 해수욕장에서 엄궁을 향해 걷기 시작했다. 엄궁에서 배를 타고 낙동강을 건너 명지로 가, 명지에서 다시 걸어 진해까지 갈 계획이었다.

친구 3명의 무사귀환을 책임져야 하는 내 주머니에는 1백20원이 숨어 있었다. 나는 그 돈으로 진해 인근인 웅천에서 버스를 탈 계획이었다. 다들 부모님에게 선생님과 함께 간다고 거짓말을 하고 떠난 여행이었기에 우리는 어디에도 구원을 요청할 수 없는 상황이었다.

걸어가자.

무슨 중대한 결정이라도 내리듯 친구들에게 그렇게 선언하자 눈물이 핑 돌았다. 염소란 별명을 가진 친구도 찔끔거렸다. 그때 내가 걸어가야 할 길이 선명하게 떠올랐다. 붉은 완행버스를 타고 떠나왔던 길. 그 먼 길을 과연 걸어갈 수 있을까, 두려운 생각이 들었지만 그래도 다른 길은 없었다.

믿는 것은 우리가 가진 A자형 군용 텐트, 알코올 버너, 라면 몇 봉지, 쌀 등과 열다섯 살의 두 다리뿐이었다. 그래, 한 이틀 걸어가면 진해까지 갈 수 있을 거야. 가다가 어두워지면 길 위에서 자고 가지. 내가 앞장섰다. 결국 우리는 1박2일을 걸어서 진해로 돌아왔다. 내가 걸어본 최초의 장도였다. 그날 이후 나는 세상의 길에 대해 자신을 가졌다. 그리고 그 길을 걷고 난 후 내가 많이 성숙해졌다는 것도 느낄 수 있었다.

고등학교 2학년 때는 진해에서 자전거를 타고 진주까지 갔다 왔다. 그 높은 마진고개를 넘고, 더 높은 진동고개를 넘어 진주로 갔다. 친구의 친척집 작은 골방에서 새우잠을 자고, 내리는 비를 피해 다리 밑에서 밥을 먹었다. 역시 집으로 돌아오니 나는 성숙해져 있었다.

진해에서 마산까지 버스통학을 하던 고등학교 3년. 하굣길에 자주 마진터널 검문소에서 내려 집까지 걸어왔다. 어둠의 산길, 홀로 바스락거리는 낙엽을 밟으며 집으로 돌아오면 내 몸으로 스며든 길의 향기가 좋았다.

그 시절 우연히 목월 선생이 쓴 젊은 날의 비망록에서, 청년 박목월이 군용 모포 한 장만 들고 강원도에서 부산까지 걸어왔다는 글을 읽었다. 낮에는 해변에서 자고 밤에는 걸어서 동해의 길을 밟았다는 글을 읽고 전율했다. 나는 책을 읽다 일어서서 외쳤다. 떠나자. 길이 있는 곳이라면 어디든 그 길을 따라 떠나자.

그대, 길은 사람에게 사유의 시간을 가져다준다. 길을 걷는 사람은 누구나 혼자가 될 수밖에 없기 때문이다. 여럿이, 함께 가는 길이라고 해도 어느 누구도 자신의 길을 걸어주지 않는다. 결국 길은 혼자 가는 길뿐이다. 혼자 가는 길이 사람을 성숙시켜 주고, 시를 깊어지게 만들어 준다.

길은 무엇보다도 그리움이 무엇인가를 가르쳐 준다. 가보지 않은 저쪽에 대한 그리움이 길을 만들었으니, 그리움이 없다면 길도 없었다. 길 위에서 혼자임을 아는 사람은 언제나 그리움의 따뜻함을 꿈꾼다. 그 따뜻함을 나는 서정이라 말하고 싶다. 홀로 길을 걸어보지 않은 사람은, 그 길 위에서 그리움을 꿈꾸지 않은 사람은 서정시인이라 말할 수 없는 것이다.

그러나 길의 가장 큰 가르침은 고통이다. 그대, 길 위에서 혼자 맞는 저물 무렵과 일몰의 고통을 아는가. 타관을 지날 때 하나둘씩 돋아나는 집들의 불빛들을 바라보며 떠나온 곳으로 등이 굽는 쓸쓸함.

아무도 자신의 이름을 불러주지 않는 저녁이 찾아올 때 비로소 그리운 사람과 이름들. 저무는 길 위에서 고통을 느껴보지 않고서 사랑의 시를 쓸 수 없다. 등이 배기는 길 위에서 고통의 칼날에 싹둑싹둑 잘리는 마디잠을 자보지 않은 사람 또한 시인이라 말할 수 없는 것이니, 그대 오늘 그 길 위에 서라.

유행가도 시인을 만든다

내가 제일 처음 배운 유행가는 배호의 노래였다. 제목은 '누가 울어'. 그때 나는 아버지가 없는 초등학교 4학년이었다. 어느 비 오는 오후, 어머니가 흥얼거리는 그 슬픈 노래가 어린 나를 울렸다. 어머니 몰래 연습장에 노래가사를 적었다. 지금도 생생한 그 노래 1절은 다음과 같다.

"소리 없이 흘러내리는 눈물 같은 이슬비 누가 울어 이 한밤 잊었던 추억인가 멀리 가버린 내 사랑은 돌아올 길 없는데 피가 맺히게 그 누가 울어 울어 검은 눈을 적시나"

그날 밤 나는 이불 속에서 어머니의 노래를 조용조용 불러보았다. 그리고 정말 '피가 맺히게' 울었다. 어렸지만 노래에 담긴 홀어머니의 마음을 나는 알 수 있었다.

그 어린 시절 배호의 노래가 슬픔이 어떤 가락이며 어떤 색깔인지를 가르친 것이다.

어머니의 술집에는 유행가가 끊이지 않았다. 내 유행가 교실은 그 술자리였다. 막걸리 술 주전자를 나르며 나는 손님들의 유행가를 배웠다.

가게에서 일하던 형들의 유행가 책을 훔쳐 가사를 외웠고 장난감 아코디언으로 서툴게 멜로디를 쳐보기도 했다. 영화관에서 '미워도 다시 한 번' '가슴 아프게' 같은 영화를 보며 주제가를 배웠고, 쇼 공연에서 늘 제일 마지막에 출연하는 이미자의 노래를 함께 불렀다.

나는 세상의 슬픈 유행가가 내 마음을 그대로 옮겨 놓았다고 생각했다. 그리고 나는 유행가 가사 같은 시를 쓰기 시작했다. 초등학교 5학년 때 이미자의 '기러기 아빠'를 흉내 낸 시를 적어

담임 선생님을 걱정시켜 드리기도 했다.

아버지가 우리에게 남겨주신 것은 가난뿐이었지만 나는 뜻밖에도 아버지가 남기신 글을 읽었다.

아버지는 달필이었다. 미군부대에서 흘러나온 것 같은 고급노트에 아버지는 당신이 좋아하셨던 유행가 가사를 볼펜 글씨로 빽빽이 적어 놓으셨다. 나는 유품과 같은 아버지의 유행가 가사를 오랫동안 가슴에 담고 지우지 않았다.

30대에 세상을 떠나신 아버지도 노래를 좋아하셨다. 아버지가 좋아하신 노래는 가곡이나 명곡이 아니라 유행가였다. 아버지는 시골 할아버지 댁에서 축음기를 통해 노래를 듣기도 했고, 진공관 전축을 사서 노래를 자주 들으셨다. 무엇보다도 아버지는 불의의 사고로 세상을 떠나기 몇십 분 전에도 잠시 들른 아버지 친척 댁에서 전축을 틀어 놓고 누군가의 유행가를 열심히 들으셨다고 했다.

어머니의 기억 속에 남아 있는 아버지의 유행가는 '갈대의 순정'뿐이다. "사나이 우는 마음을 그 누가 아랴 바람에 흔들리는 갈대의 순정…"은 아버지의 지독한 애창곡이었다고 한다. 그런 유행가 만들어주는 60년대식 슬픔이 나에게 서정시를 쓰게 만들었고, 유행가는 내 서정의 자양분이 되었다.

나는 어느 자리에서 배호의 노래를 부를 줄 아는 시인과 부르지 못하는 시인은 구분되어야 한다고 말한 적이 있다. 유행가를 딴따라라 한다. 나는 그 딴따라가 좋다. 흔히 대중적, 통속적이라는 감상이 시인에게는 따뜻한 자양분이 된다.

한국 시단에는 3배호가 있다. 대구의 서지월 시인이 서배호, 부산의 최영철 시인이 최배호, 울산의 나는 정배호라는 별명을 가지고 있다. 서배호는 배호와 똑같은 목소리로 노래를 하고,

최배호는 배호와 똑같은 모습으로 노래를 한다. 나는 그들의 노래를 들을 때마다 현재 우리 시단의 좋은 시인인 그들의 시가 유행가의 영향을 받았다고 생각한다.

음치고 박치인 나는 폼만 배호다. 서배호, 최배호의 노래 뒤에는 앙코르가 있지만 내 노래는 앙코르가 없다. 그래도 나는 열심히 유행가를 부르고 듣는다. 유행가에서 시를 배웠기 때문이다.

그 마지막엔 시만이 시인을 만든다

신문사는 새로 입사하는 수습기자에게 기사 작성법을 가르쳐 주지 않는다. 종이밥을 먹던 신문기자 시절, 어느 누구도 나에게 기사 쓰는 법을 가르쳐 주지 않았다.

나이 들어 입사한 신문사라 후배를 선배로 모시고 경찰기자 생활이 시작됐다. 1진은 서울 중부경찰서 기자실 소파에 앉아있고, 나는 남대문, 용산경찰서를 들개처럼 드나들었다.

내가 근무하는 신문사가 석간신문을 제작하고 있어 새벽같이 종합병원 영안실과 경찰서 형사계, 유치장을 돌고 1진에게 간밤의 사건과 사고를 전화로 보고한다. 그러면 1진은 뉴스가 될 만한 것을 기사로 만들어 즉시 전화로 부르라고 한다.

교과서에서 배운 6하원칙을 적용하여 기사를 작성해 전화송고를 하면 욕설이 쏟아진다. 새벽부터 나이 어린 신문사 선배에게 듣는 욕은 사람을 참담하게 만든다. 남쪽에 두고 온 가족생각이 나고, 같이 욕설을 퍼붓고 때려치워 버리고 싶지만 그럴 수가 없다. 1진의 지적은 정확했다. 내가 놓친 부분을 보지도 않고서 정확하게 찾아냈다. 부끄러움으로 얼굴이 달아오를 정도다.

1진은 그렇게 욕설로 지적을 할 뿐 3개월의 그 지독한 수습 기간에 신문기사를 어떻게 쓰라는 말은 한 마디도 하지 않는다.

문화부 기자 생활을 할 때의 일이다. 강원도 백담사에 유배돼 있던 전두환 전 대통령이 법회를 연다고 해서 취재 지원을 나간 적이 있었다. 경쟁사의 기자들과 함께 취재를 하고 나는 끙끙대며 2백자 원고지 5장 정도 분량의 스케치 기사를 작성해 팩스로 보냈다.

그런데 경쟁사 모 선배기자가 기사를 작성하지도 않고 메모만 보고, 그것도 전화기를 들고 짧은 시간에 25장 분량의 기사를 송고하는 것을 보고 나는 놀라고 말았다. 그리고 과연 나는 신문기자의 자질이 있는가 하는 절망에 빠지고 말았다.

다행히 내 그런 좌절을 안 한 선배가 '신문기자의 교과서는 신문이다'는 것을 가르쳐 주었다. 그때서야 나는 신문을 통해 신문기사 쓰는 법을 새롭게 배우기 시작했다. 매일 매일 쏟아지는 신문을 펴놓고 좋은 기사는 옮겨 적어보고, 사건과 사고의 유형별로 좋은 기사들을 스크랩해 참고서를 만들었다. 신문 속에 내가 가고 싶었던 길이 숨어있었다.

시를 쓰는 일도 마찬가지다. 시 창작의 최고의 교과서는 시고, 시집이다. 그것도 좋은 시고 시집이어야 한다.

앞서 잠깐 언급한 적이 있지만, 나는 시인을 꿈꾸는 사람들에게 좋은 시집을 권하고 무조건 필사할 것을 숙제로 내준다. 눈으로 읽는 리듬과 손으로 쓰며 배우는 리듬은 엄청난 차이가 있다. 나도 신춘문예 당선 전까지 참으로 많은 선배시인들의 시를 옮겨 쓰며 시 쓰는 법을 배웠다. 시인이 되려는 제일 마지막

관문은 선배들의 좋은 시와 시집이 나에게 시가 무엇이며, 시의 길이 어떤 것인지를 가르쳐 주는 것이었다.

내 친구 최영철 시인은 내 시집 발문에 나를 '타고난 시인'이라고 쓴 적이 있다. 너무 일찍 배운 슬픔으로 감성은 타고 났을지 몰라도 나 역시 '만들어진 시인'임을 고백한다. 손에 펜혹이 생기도록 좋은 시를 옮겨 적는 연습을 통해 시를 배웠다.

시인이 되는 교과서는 시인들의 시에 있고, 시집에 모여 있다. 시인은 시험을 통해 자격증을 받는 것이 아니다. 선배 시인들의 인정을 통해 시인이 되는 것이다. 그럼에도 불구하고 아주 멀리서 혹은 엉뚱한 곳에서 시인의 길을 찾는 사람들이 많은 현실이다.

나는 앞에서 많은 것들이 시인을 만들어 준다고 했다. 그런 것들 중 제일 마지막에 나를 시인으로 만들어 준 것은 시다. 시인이 된 다음에도 마찬가지였다. 후배라 할지라도 좋은 시를 발표하면 한 번 옮겨 적어보며 그 시의 비밀을 찾으려고 한다.

시인을 꿈꾸거나, 시인인 그대여. 시를 읽자. 시집을 읽자. 그것이 시인을 만들고, 시인의 깊이를 더욱 깊게 만들어준다. ●

시를 찾아가는 아홉 갈래 길

최 영 철

새로운 이미지 찾아내기

흔히 사람들은 시 창작을 전문적이며 특별한 훈련이나 지식이 필요하고 천성적으로 타고난 재능이 있어야 되는 일로 생각하고 있습니다. 또 시라는 것은 우리가 사는 현실 세계와는 동떨어져 있어서 평범한 생활인의 경험이나 생각으로는 범접할 수 없다고 아예 담을 쌓아 버린 분도 있습니다.

이것은 모두 학교에서의 문학 교육이 잘못된 탓입니다. 우리가 학교에서 배운 대부분의 시들이 비일상적인 것인 데다 그것을 획일적으로 밑줄을 그어가며 배웠으니 시를 골치 아픈 존재로 여길 만도 합니다. 그러나 시가 생성된 배경이나 본래의 기능은 오히려 골치 아픈 것을 해소하는 방식이었습니다. 또 갈수록 일상적인 소재와 평이한 화법을 구사하며 발전해 오고 있습니다.

우리가 기쁠 때나 슬플 때 노래를 흥얼거리듯이 눈물과 함성과 탄식을 토하듯이 시 역시 인간의 마음속에서 수시로 일어나는 희로애락을 담고 해소하는 기능을 합니다. 다른 감정 표현과 다른 점이 있다면 발산하는 것으로 끝나지 않고 새로운 세계를 창조한다는 것입니다. 노래를 예로 들면 자신이 창조한 가락을 흥얼거리는 것이지요. 여러분도 아마 무의식적으로 그런 즉흥곡을 콧노래로 흥얼거렸던 경험이 있을 줄 압니다.

그것처럼 시를 쓸 수 있는 마음도 이미 모든 사람이 갖고 있습니다. 다만 그것을 아직 발견해 내지 못한 것이지요. 시는 특별한 것이 아니라 느낌입니다. 우리는 매 순간마다 수많은 느낌에 휩싸여 살고 있습니다. 아침에 일어나면 상쾌하다는 느낌, 잠을 좀 더 자고 싶다는 느낌, 물이 차갑다는 느낌, 이빨이 시리다는 느낌, 음식이 짜다는 느낌… 또 밖으로 나가면, 바람이 시원하다는 느낌, 하늘이 푸르다는 느낌, 누군가 보고 싶다는 느낌… 그뿐 아니라 잠든 시간에도 우리는 꿈을 꾸며 어떤 느낌들에 계속 사로잡혀 있습니다.

시를 쓰기 위한 첫 단계는 우선 이런 느낌들을 그냥 흘려버리지 말고 마음속으로 되새겨 보라는 것입니다. 바람이 시원하다는 느낌이 들면 속으로 '바람이 시원하다'고 한 번 중얼거려 보십시오. 그러면 짧은 느낌으로 그냥 흘려버렸을 때보다 바람의 시원함을 몇 곱절 더 강하게 받아들일 수 있을 것입니다.

그 다음 단계는, '바람이 시원하다'는 느낌은 누구나 갖는 것이니까 바람이 어떻게 시원한지를 느껴 보기 바랍니다. '막혔던 가슴속 응어리를 뚫어 주듯이 시원하다' '바람에 실려 그리운 사람의 향기가 전해져 오는 것 같다' … 이와 같은 방식으로 순간순간의 느낌을 반추하는 습관을 가진다면 여러분은 다른 사람보다 몇 곱절 더 풍부한 인생을 사는 것이 됩니다.

이렇게 계속하다 보면 느낌의 양이나 질이 점차 향상되는 것을 실감할 수 있을 것입니다. 이제 눈앞에 보이는 모든 사물과 현상들 모두에게 어떤 느낌을 가지려고 노력해 보십시오. 대문 앞의 쓰레기통을 보며 '너는 매일 그렇게 음식을 먹어도 살이 찌지 않는구나.' 라든지, 이리저리 뒹구는 휴짓조각을 보며 '너는 아직도 이렇게 배회하고 있구나.' 하는 느낌을 부여해 보는 것입니다. 이런 과정에서 여러분은 저도 모르게, 우주 삼라만상과 대화하고 그것들에게 새로운 가치와 생명을 부여하는 시인이 되어 있을 것입니다.

남과 다른 글쓰기

문학지망생들을 만나면 예외없이 어떻게 하면 글을 잘 쓸 수 있느냐는 질문을 받습니다. 기성문인들은 뭔가 자기 나름대로 글을 잘 쓰는 비법이 있다고 여기는 모양입니다. 글 쓰는 일이 무에서 유를 창조해내는 막연한 작업이기는 하지만 거기에 비법이 존재하지는 않습니다. 세상 모든 일처럼 정도가 있을 뿐이지요.

그 정도라는 것은 여러분도 다 알다시피 읽고 생각하고 쓰는 것입니다. 사람에 따라 그런 과정에서 자신만의 내밀한 요령을 터득하는 수도 있지만 그것은 아주 미세한 경험과 깨달음들의 결과이기 때문에 남에게 뭐라고 설명할 수 있는 성질이 못 됩니다.

대학마다 문학에 관한 전공학과가 설치되어 있고 시중에는 많은 문예창작 지침서들이 나와 있지만 그런 것들이 정작 자기 글을 쓰는데 도움을 주지 못하는 것도 이 때문입니다. 글쓰기는 정해진 공식이나 이론에 대입시킨다고 해서 되는 것이 아닙니다. 글쓰기는 자신만의 독특한 시행착오를 통해 얻어지는 필연과 우연의 만남입니다. 여기에 글쓰기의 어려움이 있습니다. 그러므로 처음에는 그저 우직하게 우리가 다 알고 있는 3多의 과정을 좇아갈 수밖에 없습니다.

저는 '어떻게 하면 글을 잘 쓸 수 있는가' 하는 문학지망생들의 질문이 '어떻게 하면 글을 남과 다르게 쓸 수 있는가' 하는 질문으로 바뀌어야 한다고 생각합니다. 예를 하나 들겠습니다. 봄이 오면 산과 들에 온갖 꽃들이 피어납니다. 아름답습니다. 그 꽃을 보고 글을 쓴다고 합시다. 여러분 중의 대부분은 꽃의 아름다움에 감탄하여 그 아름다움을 글로 표현하고 싶어 할 것입니다. 그러나 꽃의 아름다움은 문학이라는 형식이 존재하고부터 수많은 문장가들이 온갖 미사여구로 찬탄한 것이어서 여간해서는 그 수준을 뛰어넘을 수 없을 것입니다. 또 꽃이 아름답다는 발견은 이미 일반화된 사실이어서 새롭지도 않습니다. 다른 이와 다른 시각으로 바라보고 바른 방식으로 쓰는 것이 관건이 되는 것입니다. '꽃이 기지개를 켠다'든지 '꽃이 하늘로 가고 있다'든지……

이렇게 남과 다르게 쓰려면 남과 다르게 볼 줄 알아야 하는데 그것이 어렵지 않느냐고 물으실 것입니다. 물론 쉬운 일은 아닙니다. 그렇다고 불가능한 일도 아닙니다. 글쓰기가 단순히 좋은 말로 매끈한 문장을 만드는 일이 아니라는 것만 깨달으시면 가능합니다. 처음에는 어색하겠지만 세계를 보는 자기 시각을 가지려고 노력해 보십시오.

남과 다르게 본다는 것은 남과 다르게 생각한다는 것입니다. 이미 여러분은 남과 다르게 생각하고 있습니다. 그 다른 정도가 남과 비교해 판이하게 다를 때도 있고 거의 차이를 느끼지 못할 만큼 미세할 때도 있지만 분명 여러분은 이 지구상의 모든 인간들과 비교해 다릅니다.

이 세상에 똑같은 사람은 한 명도 없습니다. 아무리 닮은 일란성 쌍둥이라도 다른 부분이 있기 마련이지요. 생김새도 그렇지만 생각이 각기 다른 것은 성장한 환경과 그동안의 체험이 각기 다르기 때문입니다.

삶의 과정에서 생성된 이런 독특한 체험들을 우리가 쓰려고 하는 대상에 투영하면 그것만으로도 이미 자신만의 글, 남과 다른 글쓰기가 가능해 집니다. 자신이 어떤 체험공간을 가지고 있느냐를 잘 판별해서 자신이 쓰고자 하는 글에 적극적으로 반영해보도록 하십시오. 그것이 또 하나의 절대적 가치를 지닌 새로운 시인의 요건입니다.

무엇부터 써야 할까

평소에 줄곧 독서를 해온 분들은 누구나 자기 글을 한 번 써보고 싶은 욕구를 가집니다. 그런 욕구를 부추기는 동기는 대략 몇 가지로 나눌 수 있을 것입니다. 그 첫 번째는 나도 이런 멋진 글을 한 번 써보고 싶다는 막연한 기대감이고, 두 번째는 내가 쓰면 이보다는 더 잘 쓸 것이라는 자만심이고 세 번째는 이런 이야기도 글이 되는 걸 보면 내 인생도 충분히 글이 되겠구나 하는 자신감입니다.

그러나 이런 동기를 가졌다 해도 대부분은 시작도 해 보지 않고 포기하는 수가 많습니다. 첫 번째 경우는 기대감이 열등감으로 바뀌어서 그렇고, 두 번째 경우는 욕심과 의욕만 앞서 자신의 능력을 과대평가한 나머지 스스로의 한계에 부딪쳐서 그렇고, 세 번째 경우는 게으르거나 용기가 없어서 그렇게 됩니다.

그래도 이 중에서는 마지막 경우가 가장 성실하게 글쓰기를 해 나갈 수 있는 여지를 갖고 있습니다. 앞의 두 경우는 막연한 동경이나 지나친 자만심 때문에 특별한 경우가 아니고는 제동장치가 없는 자동차가 되기 쉽습니다. 저는 출판 일을 오래 해 온 탓에 그런 유형의 분들을 더러 만났습니다. 대부분 자기 글에 대한 맹신을 갖고 있어서 책으로 출판하기만 하면 곧 베스트셀러가 될 것으로 믿고 있습니다. 단순한 열정이나 치기로 글쓰기를 시작해서는 안 될 것입니다.

남의 글을 읽으며 우리는 오만해지기도 하고 위축되기도 하지만 엄밀히 말해 문학작품은 절대적인 평가가 불가능합니다. 어떤 이에게는 눈물을 쏟게 하는 감동일 수 있지만 또 다른 이에게는 유치한 신파로 다가올 수 있습니다. 모든 독자를 감동시키는 글이란 그만큼 어려운 것이지요.

그렇지만 최대치는 항상 있습니다. 그것은 자신의 이야기를 진솔하게 풀어놓는 것입니다. 우리가 읽고 감동을 받은 글들은 주제나 소재가 유별나서가 아니라 대체로 자신의 세계를 솔직하고 적나라하게 드러냈기 때문에 깊은 울림을 준 것들입니다. 부끄럽고 추한 부분, 인간이기 때문에 어쩔 수 없이 치미는 미세한 감정의 변화까지도 숨김없이 보여주기 때문에 독자는 흥미와 감동을 느끼는 것입니다.

글이 아주 먼 나라의 이야기이거나 원대하고 초월적인 세계를 쓰는 것이 아니라 대수롭지 않은 자기 이야기에서 출발한다는 것을 염두에 두시기 바랍니다. 나에게 있어 내 경험은 진부하고 의미가 없는 것이지만 타인에게는 그것이 새로운 충격과 간접 경험의 단서로 작용할 수 있습니다. 나에게는 부끄럽고 자존심 상하는 생각들이지만 타인에게는 남의 내면을 들여다보는 즐거움을 주는 것입니다.

글감을 먼 곳에서 찾지 말고 자기 주변에서부터 찾아보십시오. 빨래하고 설거지한 일, 친구를 만나고 시장을 한 바퀴 돌아보면서 느낀 것, 남을 증오하고 시기한 것, 그런 것들을 우선 하나도 놓치지 말고 단 한두 줄이라도 좋으니 적어보십시오. 형식은 일기나 편지가 되어도 좋고 문장 구조를 갖추지 않은 메모가 되어도 좋습니다.

지금부터 꼭 잊지 말아야 할 것은 어디에 있더라도 필기구를 늘 가지고 다니는 것입니다. 가능하다면 필기구는 꿈속에라도 가지고 들어가야 합니다.

어떤 세계관을 가질 것인가

글쓰기는 자신의 생각과 느낌을 글로 옮기는 작업입니다. 아무리 풍부한 지식과 아름다운 언어들을 알고 있다 해도 창조적인 생각이나 느낌이 없는 사람은 문학적인 글을 쓸 수 없습니다. 논리적이고 실용적인 글을 쓸 수 있을 뿐이지요. 그러므로 글을 잘 쓸 수 있느냐 없느냐는 높은 학식과 많은 경험이 좌우하는 것이 아니라 시시각각 자신의 내부에서 저도 모르게 뭉실뭉실 피어오르는 어떤 생각과 느낌들이 많고 적으냐에 따라 좌우됩니다.

글 쓰는 재주가 있는 사람들을 살펴보면 좀 비정상적이다 싶을 정도로 잡념이 많은 것을 알 수 있습니다. 그것 때문에 멍청해 보이기도 하고 건망증이 심하다는 놀림을 받기도 합니다. 여러분 중에 그런 증세를 가진 분이 있다면 그것이 바로 글을 잘 쓸 수 있는 가능성이므로 용기를 가지시기 바랍니다.

또 어줍잖은 연속극이나 신문기사 한 줄에도 쉽게 눈시울을 적시는 분이 있는데 그런 분들도 용기를 가지시기 바랍니다. 그 것은 자신이 남보다 뜨거운 가슴을 갖고 있다는 확실한 증거이 며 그만큼 이 세계를 절실하게 느끼고 받아들인 결과이기 때문 입니다. 한때 컴퓨터가 시를 쓸 수 있다고 해서 화제가 된 적이 있습니다. '사랑'이라는 주제로 시를 쓰라고 지시하면 미리 입력 된 사랑과 관련된 여러 단어들을 불러들여서 컴퓨터가 조합하 는 방식입니다. 이렇게 하면 사람보다 훨씬 완벽하게 '사랑'과 관련된 언어들을 시의 형식으로 조합할 수 있을 것입니다. 그러 나 그것은 사유와 느낌이 결여된 공산품의 가치에서 한 발짝도 벗어나지 못한 것입니다. 거기에는 혼이 깃들어 있지 않습니다.

길에 아무렇게나 놓여 사람들의 발길에 채이는 돌멩이가 있 다고 합시다. 보통 사람들은 이 돌멩이를 아무 생각 없이 지나 칠 것입니다. 어떤 사람은 귀찮은 존재로 여기기도 할 것이고 기껏 관심을 갖는다고 해 봐야 주워다가 어디 써먹을 데가 없 을까를 생각할 것입니다. 자기중심, 더 나아가 인간중심으로 그 돌멩이를 보기 때문에 이런 결과가 생긴 것입니다.

만약 돌멩이를 중심으로 생각하면 어떤 결과가 일어날까요. 무심코 자기를 걷어차는 사람들의 발길이 있기도 할 것이고 흙 과 풀이 있는 고향으로 돌아가고 싶기도 할 것입니다. 또 대굴 대굴 굴러서 자기 짝을 찾아갈 수도 있습니다. 이렇게 점점 돌 멩이의 시각으로 생각을 확대해 나간다면 하찮게 보이는 돌멩 이 하나를 통해 이 세계 전체를 이야기할 수도 있습니다.

이와 같이 삼라만상의 모든 물질들에게 생명을 부여하면 엄청나게 신비하고 새로운 상상의 세계가 열리는 것을 경험할 수 있습니다. 생명과 무생물, 어떤 현상까지를 포함해 세계 전체를 내가 지닌 자아와 동등하게 보는 시각은 글쓰기를 위해서도 필요하지만 자연과 더불어 사는 풍요로운 삶을 위해서도 꼭 필요합니다. 요즘 심각한 문제가 되고 있는 환경문제라는 것도 다 인간중심의 사고방식이 빚어낸 무서운 결과가 아니겠습니까.

그러나 이런 범신론적 세계관이 마음만 먹는다고 금방 생겨나는 것은 아닙니다. 대상을 향한 열린 시각, 치우침 없는 균형감각, 부분을 보더라도 전체 속에서의 관계를 조망하는 태도, 그리고 무엇보다 세계를 향한 무조건적인 사랑이 선행되어야 가능한 일입니다.

어휘 문장 구성의 기본기

늦은 나이에 글쓰기를 시작하는 분들일수록 조급하게 서두르는 경향이 있습니다. 그동안 살아오면서 축적된 자기 이야기가 태산같이 쌓여있다보니 그것들을 단번에 그럴듯한 작품으로 만들어 보고 싶은 욕심을 가지는 것입니다. 그래서 소설이나 시 창작으로 바로 들어가는 경우를 흔히 보는데 십중팔구는 뚜렷한 결과를 얻지 못하고 자포자기하게 됩니다. 천릿길도 한 걸음부터, 늦을수록 돌아가라는 말을 가슴에 새겨야 할 것입니다.

글쓰기는 이야깃거리가 두둑하다고 되는 것이 아닙니다. 음식을 만들기 위해 아무리 좋은 재료가 준비되었다고 해도 그것을 버무리고 조리할 줄 모르면 아무 소용이 없는 것이지요. 음식의 맛이 손끝에서 나온다는 말처럼 글쓰기도 글감을 어떻게 표현하느냐에 성패가 달려 있습니다.

우선 제가 권해드리고 싶은 방법은 간단한 산문 형식의 글부터 시작하는 것입니다. 운문부터 시작하는 것은 축약과 비약의 요소에 먼저 길들여질 우려가 있으므로 바람직하지 못합니다. 그림을 그리기 전에 데생을 충분히 해두는 것과 마찬가지로 산문을 통해 기본적인 어휘력과 문장력, 구성력을 터득하는 것이지요. 이것은 모든 문학 장르의 기본이 되는 요소입니다. 수필과 소설 같은 산문 장르는 말할 것도 없지만 시나 극본 같은 장르 역시 어휘력과 문장력, 구성력이 바탕이 되어있어야 좋은 작품을 쓸 수 있습니다. 이런 기본기가 충분히 습득되지 않은 채 시를 쓰면 생경하고 난해한 시가 되기 쉽고 거칠고 짜임새 없는 극본이 되기 쉽습니다.

어휘력은 단어를 풍부하게 알고 그것을 적재적소에 배치할 수 있는 능력을 말합니다. 우리나라 말은 워낙 그 표현이 풍부해서 한 가지 뜻 안에 여러 가지 단어군들이 있습니다. 이런 다양한 어휘들을 충분히 자기 것으로 소화하고 있어야 하며 또 같은 종류의 말이라도 전체 문맥의 흐름과 분위기에 맞게 잘 골라 쓸 줄 알아야 합니다. 이를테면 '쓸쓸하다'고 해야 할 자리에 '고독하다'고 하면 의미의 단절과 과장을 불러오는 경우가 생기는 것이지요. 한 문장 속에 스며들어 빛을 발하는 가장 적절한 어휘는 단 하나뿐입니다. 가장 적절한 말을 골라서 쓸 줄 아는 능력이 어휘력인 것이지요.

어떤 분들은 이 어휘력 배양을 위해 국어사전을 외우기도 하는데 문학에 있어서의 어휘는 문장 속에 융화되어 있어야 제 가치를 발휘하는 것이므로 뛰어난 작품을 많이 읽는 것이 어휘력 향상의 가장 바람직한 방법입니다. 그래서 그 말들이 자신의 무의식 속에 육화되도록 해야 합니다.

문장력은 어휘력이 바탕이 되고 남의 좋은 글을 많이 읽는 과정에서 자연스럽게 습득됩니다. 좋은 문장은 필요없는 군더더기가 없고 읽기에 편하도록 적절한 호흡을 가진 것입니다. 너무 긴 문장이 장황하게 계속되면 문맥의 의미가 불투명해지고, 너무 짧은 문장이 반복되면 단조로운 느낌을 주게 됩니다. 탄력있는 문장은 사랑의 줄다리기를 하듯이 길고 짧은 문장이 적당하게 섞이면서 이어져야 합니다.

구성력은 이야기를 효과적으로 배치하는 능력입니다. 글을 기승전결로 배치하는 것은 너무 흔한 방식이므로 때에 따라 결말을 먼저 제시하거나 절정 부분을 글머리에 내세우는 등 여러 가지 구성의 변화를 시도해보는 것이 좋습니다.

시와 산문은 어떻게 다른가

형식적인 면으로 보면 산문은 긴 줄글로 되어 있고 운문은 짧고 리듬이 있으며 행과 연을 나눕니다. 담는 내용에 있어서도 산문이 일관된 흐름을 갖춘 이야기 구조를 가진다면 운문은 주관적인 감정을 드러낸다는 차이가 있습니다. 이것을 다른 말로 서사와 서정의 차이라고 합니다.

물론 운문에도 서사적인 요소를 도입할 수 있고 산문에도 서정적인 문체를 구사할 수는 있습니다. 그러나 시 소설이 문학의 양대 산맥으로 정착한 오늘날에는 시는 서정적인 특성을, 소설은 서사적인 특성을 극명하게 드러내는 쪽으로 발전해 가고 있습니다. 습작기에는 이런 시와 산문의 차이를 정확히 인식하여 자신의 감성이 어느 장르에 적합한지를 빨리 간파하는 것이 좋습니다.

흔히들, 시는 춤에, 산문은 도보에 비유하기도 합니다. 도보는 일정한 보폭으로 정해진 목적지를 향해 한 걸음씩 나아가는 것이지만 춤은 아무런 형식의 구애 없이 자유롭게 움직이는 것입니다. 느리고 빠르기가 예상할 수 없을 정도로 변화가 심하며 공중을 향해 훌쩍 솟구치기도 하고 쓰러지며 뒹굴기도 합니다. 춤은 일정한 방향을 염두에 두지 않으므로 제자리걸음이나 뒷걸음질이 되기도 합니다. 이런 춤과 도보의 차이점을 시와 산문에 대입하여 생각해 보면 어렴풋이나마 그 특성을 이해하는데 도움이 될 것입니다.

이런 형식적인 차이는 시 정신과 산문 정신의 차이에서 나오는 결과들입니다. 시 정신이 주관적인 진실을 추구한다면 산문 정신은 객관적인 진실을 추구하기 때문입니다. 주관적인 진실은 말 그대로 자기 자신에게만 진실인 것이고 객관적인 진실은 누구나 합의할 수 있는 진실입니다. '만년필 속에 잉크가 들어 있다'고 쓰면 객관적인 진실을 드러낸 것이지만 '만년필 속에 옛사랑의 추억이 있다'고 쓰면 주관적인 진실을 드러낸 것이 됩니다. 만년필에서 옛사랑의 추억을 읽는 것은 자신만의 비밀스러운 인식이 발동한 것이므로 모든 사람이 공유하는 인식이 될 수는 없습니다.

그러므로 서사적인 바탕이 없이 서정적인 요소를 무리하게 도입한 산문은 생경하고 황당한 서술이 되고 마는 것이며, 반대로 서정적인 바탕이 없이 서사적인 요소를 도입한 시는 감칠맛이 전혀 없는 상식 수준의 뻔한 이야기가 되고 마는 것입니다. 아무리 행과 연을 나누어 형식을 갖추어도 이것은 시가 될 수 없습니다. 시 정신과 산문 정신에 대한 정확한 인식을 가지지 못한 예를 초보자들의 작품에서 흔히 발견합니다.

저는 이것을 나무와 꽃에 비유하고 싶습니다. 한 그루의 나무가 뿌리에서 몸통이 자라고 거기서 가지와 잎이 뻗어 가는데 여기까지는 나무 본연의 모습과 색깔에서 크게 벗어나지 않습니다. 누가 보아도 뿌리와 몸통과 가지와 잎이 하나의 계통으로 일관된 연관성을 갖고 뻗어 있다는 것을 느끼게 합니다. 그런데 그 나무가 가끔 피워 내는 꽃은 그렇지 않습니다. 저 나무에서 어떻게 저런 꽃이 피어났을까 싶을 정도로 형태와 색깔과 질감이 판이하게 다릅니다. 빨강 노랑 하양의 색색으로 보드랍기 그지없는 꽃망울을 터트립니다. 앞의 과정이 산문의 세계라면 뒤의 과정이 시의 세계일 것입니다.

시의 언어를 찾아

흔히 시를 언어 예술이라고 합니다. 시적인 체험과 느낌을 언어로 표현하는 것이니까요. 최근에는 실험적인 시의 한 양상으로 사진 그림 악보 등이 시의 한 요소가 되기도 합니다만 그것은 어디까지나 문자가 주가 된 상황을 보조하는 차원이지 그 차제가 주 표현방식이 되지는 않습니다. 앞으로 시가 어떤 모습으로 변화해 갈지 모르지만 언어를 주 표현수단으로 한다는 점에는 변함이 없을 것입니다.

자신의 감정과 사상을 제한된 언어를 통해 표현한다는 것은 정말 어려운 일입니다. 색깔이나 소리도 없고 움직임이나 형상도 없는 말들을 조합해서 이 세계의 복잡다단한 결들을 드러내는 일은 너무 막연하고 난감하게만 느껴집니다. 초보자들이 시에 접근하기 어려운 이유가 여기에 있습니다.

　그러나 춤과 노래와 그림처럼 언어에도 희로애락이 있고 색깔과 소리, 형상과 움직임이 있습니다. 실제로 우리는 시 한 편을 읽고 환희와 격정과 비애를 느끼며 어떤 소리와 색채와 움직임을 감지합니다. 때로는 색채와 소리로 형상화된 예술보다 더 큰 진폭으로 그런 것들을 느끼기도 합니다. 또 더 나아가 우리의 모든 감각을 총체적으로 건드려 주는 데 시가 효과적으로 작용하고 있다는 사실에 놀라기도 합니다.

　인간의 모든 감각을 언어를 통해 총체적으로 드러낼 수 있다는 것은 시의 장점이며 매력이겠지만 처음 시를 쓰려는 분들에게는 대단한 부담이 아닐 수 없습니다. 그래서 시어를 캐내고 다듬는 일에 많은 노력을 기울이는 것을 보게 됩니다. 언어가 곧 시의 재료인 만큼 멋진 말들을 많이 알고 있는 것이 시 쓰기의 지름길이라고 생각하는 것입니다. 더러는 국어사전이나 남의 작품 속에 있는 좋은 말들을 밑줄을 쳐가며 외우는 분들도 보았습니다.

　그러나 말만 번드레한 사람이 남에게 오히려 거부감을 주는 것처럼 자신의 진심이 실리지 않은 언어는 남을 감동시킬 수 없습니다. 문학에서의 언어는 곧 자신의 세계관입니다. 그래서 저는 자신이 가진 현재의 언어 밑천만을 가지고 시 쓰기를 시도하라고 권합니다. 시 쓰는 데는 많은 말이 필요하지 않습니다. 이미 여러분 속에 녹아 있는 언어만을 가지고도 충분히 시 쓰기가 가능합니다.

　개인이 가진 언어군은 그 사람이 나고 자란 환경, 접촉한 사람들과 밀접한 관련이 있습니다. 전라도에서 자란 사람과 경상도에서 자란 사람, 산골이나 바닷가에서 자란 사람과 도시에서 자란 사람의 언어군은 분명히 다릅니다. 이렇게 어떤 상황에 반응하고 갈등하면서 형성된 것이 그 사람의 언어 습관입니다. 이것은 의도적으로 학습된 것이 아닌 오랜 시간 서서히 스며들어 자연스럽게 축적된 것들입니다.

그 언어들만 가지고도 일상생활의 의사소통에 아무 문제가 없듯이 시를 쓰는 데도 그것만으로 충분합니다. 시를 쓰는 데 사용되는 별도의 언어는 존재하지 않는다는 것입니다. 이처럼 자신의 몸속에 육화된 언어야말로 남이 흉내낼 수 없는 자신만의 개성적인 언어이며 자신의 세계관을 드러내는 가장 적절한 시의 언어인 것입니다.

단풍나무가 되는 나

너 보고 싶은 마음 눌러죽여야겠다고/ 가을 산 중턱에서 찬비를 맞네/ 오도가도 못하고 주저앉지도 못하고/ 너하고 나 사이에 속수무책 내리는/ 빗소리 몸으로 받고 서 있는 동안/ 이것 봐, 이것 봐 몸이 벌겋게 달아오르네/ 단풍나무 혼자서 온몸 벌겋게 달아오르네

안도현 시인의 '단풍나무 한 그루'라는 시입니다. 온 산이 붉게 물든 이 늦가을에 무척 어울리는 아름다운 시입니다. 가을은 그리운 누군가가 절실하게 더 그리워지는 계절입니다. 곧 퇴락의 겨울을 맞게 될 것이므로 지금 만나지 않으면 영영 만나지 못할 것 같은 조바심이 드는 것이지요.

시 쓰기에 앞서 남이 쓴 좋은 시를 많이 읽어 보는 것이 꼭

필요한데 이는 남의 좋은 부분을 자기 것으로 만드는 일이며 시의 발상에서 완성까지의 구체적인 방법을 익히는 공부가 됩니다. 남의 시를 읽다가 자기 마음에 와 닿는 작품을 만나면 그 시인의 시집을 구해서 꼼꼼히 읽는 게 좋습니다. 자신이 공감한 시를 쓴 시인은 자신의 체질이나 성향에 맞는 시를 쓰고 있다는 이야기가 되므로 그만큼 배울 점이 많습니다. 문학의 스승은 이렇게 자연스럽게 만나집니다.

그렇게 선택된 시를 읽을 때는 그 시를 쓸 당시의 시인의 마음이 되어서 읽어보십시오. 그 시인이 처한 환경 조건이나 심정을 유추하며 한 행 한 행 같이 시를 써 나가는 기분으로 읽는 것이지요. 위의 시 같은 경우는 가을비가 오는 날 단풍나무 아래 서 보는 것입니다. 추적추적 내리는 가을비, 온통 몸이 달아 벌겋게 된 단풍잎, 그 사이에서 알절부절 못하고 찬비를 맞고 있는 나… 목석이 아니라면 누구나 처연한 심정이 될 것입니다. 처연한 심정이 되면 모든 것이 간절해지는 법이고 그러면 누군가가 못 견디게 그리워질 것입니다.

여기까지의 수순은 감정이 있는 사람이라면 누구나 다 도달할 수 있는 과정입니다. 그러나 그 정황들을 어떤 식으로 엮어 구체적으로 드러낼 것인가를 생각하면 그만 막연해집니다.

이제 그 한 해답을 안도현 시인에게서 얻어 봅시다. 우선 가을산 찬비와 나의 관계를 엮는 고리로 시인은 '너 보고 싶은 마음을 눌러 죽'이는 지독한 그리움의 감정을 설정해 놓았습니다. 이것은 사실이 아닐 수도 있습니다. 우연히 아무도 없는 가을산에서 찬비를 맞고 있은 자신에게 무엇인가 의미를 부여하는 과정에서 이런 발상이 떠올랐을지도 모릅니다. 그러나 그 감정이 의도적이라고 해도 그런 발상을 거쳐 그런 마음을 먹은 시인은 더욱 처연한 심정이 됩니다. 빗소리만 들리는 고적한 산중턱, 그리운 마음을 억누르고 있는 나. 이 정황은 비장한 정적이며 폭발 직전의 절정과도 같은 분위기를 자아냅니다. 이 분위기는 말할 것도 없이 '너 보고 싶은 마음 눌러 죽'이려고 비를 맞으며 서 있는 자신을 발견했기 때문에 가능해진 일입니다. 그 하나의 발상이 가을산과 빗소리의 분위기를 시적인 정황으로 창조해내고 있는 것입니다.

그 다음, 단풍나무와 나의 관계는 어떻게 엮어가고 있습니까. "너하고 나 사이에 속수무책 내리는/ 빗소리 몸으로 받고 서 있는 동안/ 이것 봐, 몸이 벌겋게 달아오르네"에서 드러나듯이 보고 싶은 마음을 더이상 어쩌지 못해 몸이 벌겋게 달아올랐다고 말하고 있습니다. 시인의 비장한 인내와 비 오는 가을산의 정적이 드디어 단풍으로 폭발하고 만 것입니다. 시적 대상과 시 쓰는 자아가 동일시되는 서정시의 전형적인 방법을 보여주고 있습니다.

안개 속에 묻힌 나를 찾아

어느새 일 년의 마지막 달을 앞두고 있습니다. 이때쯤이면 늘 쏜살같이 지나가는 시간의 속도와 티끌만큼 남은 시간의 유한함에 몸을 떨게 됩니다. 한 장만 달랑 남아 있는 달력을 보며 괜스레 마음이 바빠지고 다 이루지 못한 일 때문에 아쉬움이 남는 달이기도 합니다. 정말 시간은 흐르는 물과 같아서 잠시도 멈추거나 우리를 기다려주지 않습니다. 문학은 이런 세계의 유한함에 대항하는 방식이 아닐까 싶습니다. 유한한 시간을 인정해 버리고 거기에 무방비로 던져진 상태의 인간은 무력해지거나 즉물적인 쾌락을 추구할 수밖에 없습니다. 내일 세상의 종말이 올지라도 오늘 한 그루의 사과나무를 심겠다는 말이 있지만 그게 말처럼 쉽지는 않을 것입니다. 종말을 앞두고도 나무 한 그루를 심을 수 있는 사람은 내가 끝나더라도 세상은 끝나지 않는다는 믿음을 가진 사람입니다. 그러나 대개의 사람들은 자신이 끝나면 세상도 끝나는 것으로 압니다.

문학은 이를테면 그런 현세적인 가치체계에 문제를 제기하는 방식입니다. 자기만의 것에 골몰한 사람들에게 다른 사람의 인생과 사고방식에 관심을 갖도록 하는 것, 우리와 함께 공존하고 있는 삼라만상에 눈을 돌리도록 하는 것, 유한한 것이라고 믿는 인간의 시간을 무한한 순환의 수레바퀴로 돌려놓는 작업이 곧 문학이 추구하는 일입니다. 자기 살기도 바쁜 세상에 남의 인생까지를 참견해야 하는 문학은 그래서 고통스럽고 복잡다단할 수밖에 없습니다.

> 강의 물을 따라가며 안개가 일었다/ 안개를 따라가며 강이 사라졌다 강의/ 물 밖으로 오래 전에 나온/ 돌들까지 안개를 따라 사라졌다/ 돌밭을 지나 초지를 지나 둑에까지 올라온 안개가 망초를 지우더니/ 곧 나의 하체를 지웠다/ 하체 없는 나의 상체가/ 허공에 떠 있었다/ 나는 이미 나의 지워진 두 손으로/ 지워진 하체를 툭툭 쳤다/ 지상에서 보이지 않는 존재가/ 강변에서 툭툭 소리를 냈다.

위의 시는 오규원 시인의 「안개」라는 시입니다. 여기서 우선 우리가 주목해야 할 것은 '안개가 나를 가린다'가 아니라 '안개가 나를 지운다'고 말한 점입니다. 나 위주로 판단하면 안개는 분명히 나의 시야를 가리는 존재입니다. 그러나 여기서의 '나'는 강과 돌, 초지와 둑, 망초 같은 것들과 동격입니다. 그런 사물들과 함께 내 육체도 안개에 의해 서서히 지워지고 있습니다. 나의 의식은 내 몸을 강둑에 버려둔 채 팔짱을 끼고 그 모든 것을 바라보고 있는 중입니다. 이렇게 자기자신까지도 객관화시켜 전체의 맥락 속에 놓을 수 있어야 참다운 글쓰기가 가능해집니다.

여기서의 안개는 무심히 우리 앞을 스쳐 지나가는 시간일 수도 있고 우리의 존재를 지배하는 외부적인 힘이나 나태한 관습, 고정관념 따위로 생각해 볼 수 있습니다. 그대로 두면 안개에 가려 길을 잃을 수밖에 없습니다. 이때 위기 상황을 인식한 내가, 내 존재의 여부를 확인해 보기 위해 하체를 손으로 툭툭 쳐보는 것입니다.

문학은 이렇게 끝없이 자기 존재의 정체성을 확인하는 작업이기도 합니다. 형체 없는 안개가 자기 몸을 잠식해 들어오는 것까지도 감지할 수 있는 예민한 촉수로 무감각해진 자기 존재의 하체를 한 번 툭툭 건드려보시기 바랍니다. ●

시와 시인에 대한 몇 가지 생각들

이 정 록

1. 시 쓰는 시인이 되자

나는 '왕년 빵모자'를 싫어한다.

어찌어찌해서 쉽게 등단을 해서 시인이라는 작은 닭벼슬 하나를 얻었으되, 시는 쓰지 않고 그럴싸한 빵모자만 얹고 다니는 부류들을 몹시 싫어한다는 말이다. 그런 반푼 시인들의 말이란 것은 대부분 "왕년에 내가 말이야~"로 시작되는 허풍의 추억담이 대부분일 뿐이다. 자신의 마음 안창에 현재의 튼튼한 주춧돌이 없는 것이다.

그렇다면 진짜 그들의 왕년은 피땀으로 얼룩진 새벽정신이었나? 찬찬히 그의 이야기를 듣다보면, 그의 왕년이란 것이 촌닭 서너 마리만 올라도 금세 허물어질 삭은 횃대에 지나지 않는다는 것이다. 내놓을만한 시도 시집도 변변찮아서 자신의 빈약한 문학을 '왕년 빵모자'로 대신하는 것이다. 시인은 시로 말하고, 소설가는 소설로 말하는 것이다. 시인이 시를 쓰지 않는다면 그가 어찌 시인이겠는가. 단지 모자가게의 마네킹에 불과할 뿐이다.

2. 무엇을 쓸 것인가

간혹 쓸 것이 없어서 못 쓰겠다고 하소연하는 사람들이 있다. 그러면 나는 그에게 간곡하게 말한다. 당신이 지금 전화를 하는 곳에서 손에 잡힐 듯 가까이에 있는 것을 말해보라고 한다. 그 걸 쓰라고 한다. 곁에 있는 것부터 마음속에 데리고 살라고 한다. 단언컨대, 좋은 시는 자신의 울타리 안 문지방 너머에 있지 않다. 문지방에 켜켜이 쌓인 식구들의 손때와 그 손때에 가려진 나이테며 옹이를 읽지 못한다면 어찌 문밖 사람들의 애환과 세상의 한숨을 그려낼 수 있겠는가.

시인이란 모름지기 그때그때 데리고 사는 어떤 생각이 있어야 한다. 늘 변함없어야 할 시인의 시정신이나 시대를 꿰뚫는 시대정신을 말하는 게 아니다. 시상을 말하는 것이다. 좋은 시상이 마음에 들어오면 그 시상의 중심 소재나 이야기를 오래도록 데리고 놀아야 한다는 것이다. 전광석화처럼 치고 들어온 시상을 오래 붙잡고 쓰다듬을 때, 그 시 속의 뼈는 물렁뼈에서 벗어나고 살은 비곗덩어리에서 벗어나는 것이다. 시인은 그렇기에 어느 때는 버드나무의 상처로 살고, 어느 때는 자장면 그릇을 덮고 있는 오후 세 시의 신문지로 살아가는 것이다. 그리하여, 십 년 이십 년을 내 시에 모셔둘 그 무엇들과 동고동락하는 것이다. 수많은 동거를 하는 것이다. 어디 시뿐만 그렇겠는가? 무릇 예술가는 수도 없이 동거를 일삼는 바람둥이인 것이다.

또한 자신의 목소리를 가져야 한다. 백석은 백석의 언어가 있고 소월은 소월의 가락이 있는 것이다. 나팔꽃이 올해엔 기필코 해바라기 꽃을 피울 것이라고 마음 다잡는다고 가능한 일이겠는가. 나팔꽃이란 이름을 갖고 있음으로 잠들어 있는 세상의 미명 위에 굵은 나팔 소리를 낼 것이라고 호들갑을 떤다고 그게 이루어질 일인가. 자신의 시가 나팔 소리로 끽끽거리거나 해바라기로 고개가 꺾이지 않아야 한다. 사람(나)의 눈으로 사람(나)의 시이길 바라자. 그러나 나팔꽃은 산골 처마 밑에서도 덩굴을 올리고, 도심 한복판 가로등을 타고도 오른다. 먹는 이슬이 다르고 내다보는 세상이 다르고 끌어올리는 목마름이 다를 것임으로 남과 자신이 다름이라.

아, 나팔꽃이 오늘에도 있었지만 삼십 년 전 생솔연기 매캐한 부엌의 뒷문 밖에도 있었고 남한강 자락이나 지리산 낮은 골짜기에도 있었을 것임으로 시 속에 가라앉아 있는 시간과 넓이와 들끓음이 다 다름이라. 자신의 나팔꽃으로 들여다보고 내다보고 훑어보고 째려보는 것이다. 자신의 눈초리가 박히는 곳에 시의 싹눈이 오롯이 자신을 기다리고 있음을 잊지 말자.

3. 시를 다듬는다는 것에 대하여

퇴고(推敲)라는 고사성어를 새겨보면 글을 다듬는 것의 깊은 뜻을 헤아릴 수 있을 것이다. 퇴(推)는 밀다라는 뜻이고, 고(敲)는 두드린다는 뜻의 한자다. 퇴고(推敲)란 시문(詩文)을 지을 때 자구(字句)를 여러 번 생각하여 고치는 것을 이르는 말이다.

당나라 때의 시인 가도[賈島 : 字는 낭선(浪仙), 777~841]가 어느 날, 말을 타고 가면서 <이응의 유거에 부침[題李凝幽居] >이라는 시를 짓기 시작했다.

이웃이 적어 한가로이 살고 [閑居隣竝少]

풀숲 오솔길은 황원으로 드네〔草徑入荒園〕
새는 연못가 나무에 잠자리를 잡고〔鳥宿池邊樹〕
스님은 달빛 아래 문을 두드리네〔僧鼓月下門〕

그런데 마지막 구절의 '스님은 달 아래 문을……'에서 '민다〔推〕'라고 하는 것이 좋을지, '두드린다〔鼓〕'로 해야 좋을지, 여기서 그만 딱 멈추어 버렸다. 그래서 가도는 '推'와 '鼓'의 두 글자만 정신없이 되뇌며 가던 중, 타고 있던 말이 고관의 행차와 부딪치고 말았다.

"무례한 놈 무엇 하는 놈이냐?"

"당장 말에서 내려오지 못할까!"

"이 행차가 뉘 행찬 줄 알기나 하느냐?"

네댓 명의 병졸들이 저마다 한 마디씩 내뱉으며 가도를 말에서 끌어내려 행차의 주인공인 고관 앞으로 끌고 갔다. 그 고관은 당대(唐代)의 대문장가인 한유(韓愈)로, 당시 그의 벼슬은 경조윤(京兆尹 : 도읍을 다스리는 으뜸 벼슬)이었다.

한유 앞에 끌려온 가도는 먼저 길을 비키지 못한 까닭을 솔직히 말하고 사죄했다. 그러자 한유는 노여워하는 기색도 없이 잠시 생각하더니 이렇게 말했다.

"내 생각엔 '퇴(推)'보다는 '고(鼓)'가 좋겠네."

이 사건을 계기로 가도와 한유는 둘도 없는 시우(詩友)가 되었고, 스님이었던 가도는 환속까지 하게 되었다고 한다.

퇴고란 좁게는 맞춤법에 맞게 어휘와 어구를 고치고 적절하게 문장을 가다듬는 것이지만, 크게는 작가의 의도를 정확하게 표현하고 독자에게 바르게 전달하려는 것이다. 즉 시원한 소통을 지나, 출렁이는 감흥까지 연결되도록 하는 것이다.

시의 퇴고 과정에서 중요한 것은 시어 한두 개를 바꿔도 시전체의 미적 감흥이 확연히 달라진다는 것이다. 좋은 시는 단번에 독자의 미적 감흥을 자극하는 스위치를 갖고 있다. 시를 퇴고함에 있어 중요한 것은 한 시 안에 이 스위치를 장치하는 일이요, 이 스위치의 위치를 조정하는 일이다. 시의 방 한 칸이 환해지는 것은 방 어딘가에 스위치와 전구가 있기 때문이다. 벽지만 아름다워도 시 전체가 화사해지겠지만, 순간적으로 독자의 내면을 확 뒤집어 놓는 미적 충격을 주지는 못할 것이다. 이것을 나는 개인적으로, '위치론'이라고 말한다. 어둡고 어수선한 초고(草稿)의 방 내부에 스위치를 달고 전구를 갈아 끼우는 일이 넓은 의미의 퇴고인 것이다.

그러면 당대의 최고의 문장가 한유는, 왜 '퇴(推)'보다 '고(鼓)'로 바꾸는 것이 낫겠다고 했을까?

'민다'라고 쓸 때에는 바랑을 멘 스님이 날이 저물자 자신의 암자로 돌아온 것이다. 그러니 그저 밀고 들어가면 될 뿐이다. 문 여는 소리야 나겠지만 조용히 자신의 방에 들어가 짧은 독경을 마치고 잠자리에 들면 끝인 것이다. 시 속에 그려지는 풍경의 역동성이 작아지는 것이다.

하지만 '두드린다'로 바꾸면 늦은 밤 스님은 외딴 집이나 낯 모르는 암자를 찾은 게 된다. 문을 두드리는 소리와 신을 끌고 나오는 동자승의 목소리로, 설핏 잠에 들었던 연못가의 새들도 잠자리를 고쳐 앉을 것이다. 또한 산짐승들도 몇 번의 울음소리를 내며 자신의 영역을 확인하려 할 것이다. 의심이 많은 작은 새들은 자리를 차고 올라 달빛을 가르며 날아갈 지도 모른다.

문을 열어주려고 동자승이 눈을 비비며 나올 것이고, 합장하는 작은 손에도 달빛이 어릴 것이다. 탑을 돌아 계단을 올라가는 스님과 동자승의 발등도 보일 것이다. 큰스님에게 조용히 여쭙는 동자승의 목소리가 있을 것이고, 그 다음엔 찻물 따르는 그림자가 암자의 단조로운 문살에 비칠 것이다.

글자 하나가 바뀌면서 시 속의 그림이 영화필름 돌아가듯 바뀌고 암자를 둘러싼 공간 전체가 입체적인 소리 통으로 바뀌는 것이다. 퇴고는 이런 것이어야 한다. 시의 혈관을 풀어주고 독자의 자유로운 상상을 자극하는 퇴고가 되어야 한다. 독자의 상상력에 건전지를 끼워주고 태엽을 감아주는 퇴고가 되어야만 한다. 그래야만 시 속의 정신이며 통찰력이 독자에게로 건너갈 수 있으며, 새로운 연대의 힘이나 감동의 파장까지 일으킬 수 있는 것이다.

시를 쓰고 시를 고치는 사람들아.

시의 방에 벽지를 바르고 원앙금침을 깔아놓자. 문 가까운 곳에 스위치를 달고 밝은 알전구도 끼워놓자. 그러면 독자들도 이 방에 들어와 동침을 하리라.

4. 「나의 詩經」 몇 줄

⑴ 머릿속에 詩라는 화두가 청천벽력으로 칼날을 들이밀고 있는가?

⑵ 돌아다니지 말자.
　방 안 삼천리, 방 안 삼천리, 방 안 삼천리이다.
　문지방이 산맥으로 꿈틀거리고, 천장에서 벽력이 인다.

돌아다니기만 한다고 견문이 넓어지는가?

(3) 경을 삼십 년 넘게 옆구리에 끼고 사신 목사가, 아이쿠머니! 라고 외치며 넘어지는 걸 본 적 있는가? 만약 그런 분이 있다면 그는 사람으로서는 뭐라 탓할 수 없지만 목회자로서는 사이비(似而非)이다.

그 짧은 순간에, 주여! 할렐루야! 아멘! 이라 외치는…… 화두가 본능을 앞선 진짜!

그렇다면 평생 시의 끄나풀을 잡고 살, 나는? 무슨 비명을 내지르며 고꾸라질 것인가?

(4) 시상(詩想)이란 것도 운명이 있어서, 저 무한천공의 어둠 속에서 억만 겁을 떠돌다가 한 시인의 가슴을 고누고 들이닥치는 것이다. 그러니 어찌 '왕년 빵모자'에게 깃들 것인가? 억만 겁을 떠돌던 단 하나뿐인 생각이라면, 자신의 방에 알전구를 밝혀줄 시인에게 깃들 것 아닌가?

그러니 좋은 시상 하나가, 불현듯! 떡! 하니 쳐들어왔다면 어떻게 모셔야 할 것인가? 그와 눈 딱 감고 살림을 차려야지 않겠나? 아이를 출산할 때까지 같은 주소에서 살아야하지 않겠나? 처음에는 끙끙 내가 데리고 놀다가, 나중에는 시상이란 녀석이 나를 데리고 놀도록 몸과 마음을 내맡겨야하지 않겠는가 말이다.

무릇, 시를 쓴다는 사람은 몰입의 즐거움을 으뜸으로 삼아야 한다. 좋은 시는 쏠림의 과거를 행간에 서려두고 있는 것이다. ●

나의 시에 대한 생각과 문학적 발자취[1]

안 도 현

1. 존재의 '골'을 때리는 시를 위하여

▧ 주눅들 수밖에 없는 소월시의 천재성

내 시는 지금부터가 시작이라는 생각으로 시 쓰는 일에 더 시간과 마음을 쏟아 부으려던 참에 수상 소식을 들었습니다. 이 봄날 가지 끝에 잎보다 먼저 꽃을 매달고 세상을 터뜨리는 살구나무처럼 저는 잠시 화사해졌더랬습니다. 그러나 이내 들뜬 저 자신을 나무랐습니다. 지가 무슨 봄꽃이라고! 지가 누릴 봄날이 길어 봤자 얼마나 길다고!

그립다
말을 할까
하니 그리워

그냥 갈까
그래도
다시 더 한 번……

---

1) 편저자 주 : 이 글은 세 개의 독립된 글을 하나로 묶었기 때문에 문장의 존칭이 서로 다름을 밝힙니다.

소월의 시 <가는 길>의 앞부분이지요. 제가 평소에 자주 입 안에 넣고 웅얼거리는 대목인데, 이 가락의 흉내 낼 수 없는 천 재성 앞에서 저는 또 주눅이 들지 않을 수 없습니다. 여기에 비 하면 저의 시는 가락은 커녕 아직 젓가락 장단도 못 맞추는, 시 디신 풋살구일 뿐입니다.

■ 모든 이분법을 무화시키는 일이 내 시 쓰기의 목적

저는 제 시의 남루를 누구보다 잘 알고 있습니다. 가령 한 편 의 시를 쓰는 일이 옷을 짓는 일이라고 한다면, 저는 옷의 대강 의 형태가 채 드러나기도 전에 옷감을 붙들고 바느질부터 시작 합니다. 그러다 보면 수없이 많이 꿰맨 자국이 흉하게 드러나고, 그 바늘 자국을 지우려고 저는 아등바등 또 수없이 많은 바느 질을 하게 됩니다. 나중에 완성된 옷은 오랜 바느질 덕분에 물 론 매끈하게 빠지지요. 그게 오히려 저의 남루라는 걸 압니다.

어디 그뿐인가요. 가능하면 갈등보다는 화해의 편에 시를 세 워 두는 것, 복잡하고 미묘한 것보다는 되도록 단순한 것을 찾 아 나서는 것, 게다가 도시 한복판으로 선뜻 발을 옮기는 것을 두려워하고, 거대 도시를 시 속으로 불러들이는 것도 께름칙하 게 여기는 것, 남들이 새롭다고 떠받드는 형식이며 사상을 쉽게 받아들이지 못하는 것, 기상천외한 상상력의 나라를 만들지 못 하는 것, 그런 것도 모두 저의 남루에 속하는 일입니다.

저는 시를 쓰면서 어느 쪽이든 극단으로 가지 않으려고 무척 애를 쓴 게 사실입니다. 그러다가 양쪽에서 돌멩이가 날아온다 고 해도 말이지요. 제 시 쓰기의 방법이나 목적은 모든 이분법 을 무화(無化)시키는 일이라 할 수 있습니다. 이 또한 남루라면, 저는 남루를 재산으로 삼고 살아갈 도리밖에 없겠습니다.

■'존재의 골을 때리는 시'를 쓰고 싶은 소망

시로써 세상을 바꿔 보려고 꿈꾸었던 적도 물론 있었습니다. 지금 와서 무슨 회한의 노래를 부르려는 것은 아닙니다. 시든 숟가락이든 나무토막이든 그것으로 세상을 바꿔 보겠다는 꿈 한 번 꾸지 않은 삶이 있다면 그것이야말로 가련한 삶이 아닐는지요. 다만 저로서는 뜨거운 사막을 건너 본 자의 발바닥이 먼 길을 걸어가도 부르트지 않는다는 말로 스스로 위안을 삼으면서 지난날을 아프게 되새김질할까 합니다.

어린 시절, 문학을 같이 공부하던 동무들에게 농담처럼 이렇게 말하곤 했습니다. 나는 앞으로 '존재의 골을 때리는 시(너무 저속한 표현이라 해도 할 수 없습니다. 이보다 더 실감나는 말을 알지 못하니까요)'를 쓰겠다고. 이제부터 정말 그런 시를 쓰고 싶습니다.

2. 인간다운 삶을 꿈꾸게 하는 시의 힘을 믿으며

■난 시 '쓰는' 것보다 '만드는' 걸 먼저 배운 후천성 시인

작년에 다섯 번째 시집 《그리운 여우》를 냈을 때, 시집 뒤표지에다 김용택 형은 이렇게 한 말씀 보태 주었다.

"안도현은 타고난 우리 땅의 서정 시인이다."

그러나 그건 과찬이라기보다는 허구에 가깝다. 같은 동네에 사는 막역한 사이의 후배를 추켜세우기 위한, 사실과 전혀 무관한 수사일 뿐이다. 나는 스스로를 타고난 시인이라고 생각해 본 적이 한 번도 없다. 내가 정말로 타고난 시인이라면, 적어도 한 편의 시를 쓰기 위해 끙끙대며 수십 번의 퇴고 과정을 거치지는 않을 것이며, 서점 잡지대 앞에 서서 직원의 눈치를 봐가며 매달 문예지에 발표되는 시들을 거의 다 읽을 필요도 없을 것이다. 그도 저도 아니라면 내가 태어나기 전에 우리 어머니가 한 번쯤 붓이나 벼루가 등장하는 태몽이라도 꾸었어야 했다.

이런 말이 있는지 모르겠지만, 나는 후천성 시인이다. 시를 '쓰는' 것보다 '만드는' 것을 먼저 배웠고, '만드는' 데 열중하다 보니까 '쓰는' 시도 가끔씩 생겨나게 되었다. 그리고 내가 병아리처럼 시를 따라다니다 보니까, 나중에는 시가 나를 요만큼 키워 놓은 것 같기도 하다.

■ 고등학교 문예반 시절 - 도광의 선생님과의 만남

1977년 봄, 대구 대건고등학교 1학년이던 나는 문예반에 들어가려고 용기를 내어 문예실을 찾아갔다. 거기에는 박덕규, 권태현, 하응백과 같은 면접관들이 어깨를 떡 벌리고 앉아 있었다. 중학교는 어디를 졸업했느냐, 중학교 다닐 때 백일장에서 상 받아 본 적이 있느냐, 어떤 작가를 좋아하느냐 따위의 아무런 형식도 갖추지 않은 면접시험을 거친 뒤 나는 무사히 문예반원이 되었다. 앞으로는 문예반원이라는 명칭보다 '태동기문학동인회'의 동인이라는 표현을 써야 한다고 선배들은 나에게 근엄하게 주문하였다. 그저 《백조》니 《창조》니 하는 우리 문학사를 수놓았던 아련한 문학동인 이름만 알고 있던 나로서는 하루아침에 대단한 문사가 된 느낌이 들지 않을 수 없었다. 더욱이 태동기란, 포유동물이 어미의 뱃속에서 꿈틀대는 시기라는 설명을 듣고는 그 의미심장한 이름 앞에서 숙연해지기까지 하였던 것이다.

나는 그때 처음으로 도광의 선생님의 이름을 선배들한테서 들었다. 한번은 습작 노트를 들고 교무실에 계시는 선생님을 찾아 뷘 적이 있었다. 내가 쓴 시들을 한참 들여다보시던 선생님은 아무 말씀이 없으셨다. 나는 슬그머니 불안해지기 시작했는데, 선생님은 내 노트에다 빨간 볼펜으로 밑줄을 긋기도 하고 수많은 가위표와 동그라미들을 그리기 시작하였다. 선생님의 빨간 볼펜이 내 노트에 적힌 시에 닿을 때마다 나는 생살이 베어지는 것 같은 지독한 아픔을 느껴야 했다. 스무 줄짜리의 시가 열 줄도 채 남지 못하고 앙상하게 뼈만 남는가 하면, 선생님의 볼펜 끝에서 아예 자신의 숨소리를 놓아 버리는 시들도 생겨났다. 내가 밤을 하얗게 보내면서 고치고 또 고치고 해서 들고 간 시가 무참하게 찢기졌다는 생각에 아예 시 쓰기고 뭐고 다 포기해 버릴까 하는 자포자기의 마음도 들었던 게 사실이다.

그러나 지금 와서 생각해 보면, 그날의 비참함이 나에게 없었다면 나는 언어를 함부로 남발하거나 혹사시키는 언어의 난봉꾼이 되었을지도 모른다. 모름지기 시인이란, 언어를 다스리면서 언어로부터 다스림을 당하는 자가 아니던가.

■ 시인을 향한 열정 하나로 갔던 전라도에서 마주친 현실

고등학교 시절부터 시작된 문학을 향한 '병'은 좀처럼 아물지 않았다. 아니 그 병은 날이 갈수록 더 깊어졌고, 새로운 합병증까지 만들어 내고 있었다. 1980년, 나는 시인이 되겠다는, 그야말로 치기 어린 열정 하나로 호남선 열차를 탔고, 만경강이 흐르는 전라도 땅 익산역에 내렸다.

풋내기 문학청년에게 다가온 현실은 감당해 내기 벅찬 것이었다. 입학과 함께 닥쳐온 이른바 학원자율화의 함성과 광주의 계엄령과 절대 침묵의 시간들을 나는 처음엔 정면 돌파하지 못하고 지냈다. 12년 동안 제도 교육의 울타리 안에서 길들여진 나약한 영혼은 어디 마땅히 깃들일 곳을 찾지 못한 채 방향 없는 책읽기와 술 마시기로 세월을 넘기고 있었다. 시인이 되겠다는 알량한 꿈 하나도 없었다면 나는 거기서 사정없이 무너져 내렸을지도 모른다.

지금도 생각난다. 시국에 대해 열변을 토하던 선배들의 목소리, 장갑차가 진을 치고 있던 정문 앞에서 착검한 계엄군에게 이유도 없이 두들겨 맞던 일, 김민기의 <아침이슬>을 소리 죽여 부르거나 이영희의 《전환시대의 논리》며 김지하의 《황토》 복사본 같은 판금 서적을 돌려가며 읽던 일, 교련 시간에 결석하고 학군단에 찾아가 빌던 일, 학적부에 수없이 찍힌 '권총들'…… 그 속에서 나는 이 세상을 단순히 열정 하나로는 살 수 없다는 것을 조금씩 배워 가고 있었다.

■ 불확실한 젊은 날의 일기장 같은 첫 시집

첫 시집의 표제시인 <서울로 가는 全琫準>이 《동아일보》 신춘문예에 당선이 된 후, 지금은 작고한 전주 박봉우 시인은 나를 만날 때마다, 어이 전봉준, 하면서 애칭으로 내 이름을 '전봉준'으로 부르곤 했다. 불우한 한 민족시인의 눈에는 전봉준 어쩌고 하면서 머리를 내민 나이 어린 후배가 참 기특하게 보였던 모양이다.

그러나 박봉우 시인의 자상한 기대와는 달리 이 시를 쓰게 된 계기는 전적으로 한 여자를 만났기 때문이었다. 햇볕이 유난히도 맑은 봄날이었던가, 어떻게어떻게 해서 그녀와 나는 눈이 맞아서 들길이며 술집이며 자취방을 엉덩이에 뿔난 송아지마냥 쏘다녔는데, 그녀는 나와 같은 학교의 국사교육과에 다니는 처녀였다. 나는 늘 한두 권의 시집을 들고 다녔고 그녀의 손에는 우리 역사와 관련된 책들이 들려져 있었다.

나는 그녀에게 적극적으로 접근하는 방법의 하나로 닥치는 대로 그녀의 책들을 빌려 보기 시작했다. 특히 우리나라 근현대사를 주체적인 시각으로 정리한 책들을 재미있게 읽었는데, 어느 날 재일 사학자 강재언이 쓴《한국근대사》가 내 손에 들어왔다. 그 책을 다 읽고 책장을 덮었을 때 책의 뒤표지에는 한 장의 조그마한 사진이 붙어 있었다. 그 사진을 설명하는 짧막한 한 마디, "서울로 압송되는 전봉준"을 내 노트 한쪽에 또박또박 적어 두었더니 얼마 후에 어렵지 않게 한 편의 시가 되었다.

첫 시집《서울로 가는 全琫準》은 등단이라는 형식적 절차를 통과하기 이전의 시들이 거의 절반을 차지하고 있다. 그 무렵에는 시를 쓰려고 볼펜을 잡으면 꽃 피는 봄 대신에 눈 내리는 겨울이 먼저 떠올랐고, 꼼짝 않고 누워 있는 들판 대신에 들판을 태우며 가는 들불이 선하게 떠오르곤 했다. 그런데 시집 전체의 정서보다 시집의 제목이 한 발 앞서 간 것은 아닌가, 그래서 하나의 잘 익은 과일이라기보다는 풋과일처럼 떫은 맛이 군데군데 많이 나는 것은 아닌가. 첫 시집은 뜨거운 결의에 차 있으되 결의의 대상이 불확실한 내 젊은 날의 일기장 같다는 생각이 든다.

■ 어른동화를 첩으로 뒀지만 조강지처인 시를 홀대할 순 없다

《모닥불》《그대에게 가고 싶다》《외롭고 높고 쓸쓸한》을 거쳐 《그리운 여우》를 내는 동안 나는 무엇보다 아이들을 가르치는 교사였다. 퇴근 후에 어김없이 선술집을 찾던 평교사였다. 뜨겁게 달구어진 해직 교사였다가, 불꽃을 치지직 끄고 숨을 고르던 복직교사였다. 좋은 시인이 되는 것보다 좋은 교사가 되는 게 더 시급하고 중요한 일이라고 여기던 시절, 나는 기꺼이 방구들을 데우고 국물을 끓여준 뒤에 하얀 재로 남는 연탄이 되기를 원했다. 내가 쓰는 시도 그런 연탄과 같은 뜨거움을 간직해 주었으면 싶었다.

그런데 1997년 봄, 나는 가르치는 일보다 오직 글 쓰는 일에 매달리겠다는 각오로 교직을 그만두었다. 나 혼자만 전쟁터에서 쏙 빠져 나온 것 같아서 마음이 많이 아팠지만, 그동안 내가 문학이라는 이름으로 쌓고 무너뜨려 온 모든 것들을 근원부터 다시 점검하는 기회로 삼기로 하였다. 그리고 혹시 현실에 안주할지도 모르는 나 자신을 벌판 한가운데로 내팽개쳐 보자는 속셈도 없지 않았다. 어떤 이들은 요 몇 년 사이에 쓴 《연어》나 《관계》와 같은 '어른을 위한 동화' 쓰기에 재미를 붙인 게 아니냐고 미심쩍은 눈총을 보내오기도 했지만, 나는 소설가도 아니고 동화작가는 더더구나 아니다. 나는 시인으로서 그런 글을 썼을 뿐이다. '어른 동화'를 행복하게도 첩으로 두기는 했지만 조강지처인 시를 어떻게 홀대할 수 있단 말인가.

그렇다. 나는 어제도 오늘도 내일도 오로지 시인이다.

나는 시의 힘을 믿는다. 더러 말하기 좋아하는 이들이 시의 위기와 종말론을 꺼내 보인다는 것을 안다. 하지만 인간이 좀더 인간다운 삶을 꿈꾸는 한, 시인은 시가 가진 창조적인 기능, 즉 시라는 형식이 아니고서는 말할 수 없는 어떤 부분을 드러내기 위해 밤을 새울 것이다.

3. 나를 슬프게 하는 시들

▇ 묽고 싱거운 뉘우침

세상을 보는 방법에는 여러 가지가 있다. 80년대 시인들이 망원경으로 세상을 보았다면, 90년대 시인들은, 현미경으로 본다는 사실을 일단 인정한다고 하자. 그러나 모든 것을 현미경으로만 보려고 하는 90년대적 세상 읽기 방식이 나를 슬프게 한다. 거기서 싹트는 새로운 상투성이 나를 슬프게 한다. 망원경과 현미경을 번갈아 가며 보자. 때로는 그 따위 것들 없이, 있는 그대로 세상을 보자. 광장이 지겹다고 골방에만 틀어박혀 있어서야 쓰겠는가.

시로써 말할 수 있는 것은 아무것도 없다고 생각하는 사람은 나를 슬프게 한다. 그런데 시로써 말할 수 있는 게 많다고 생각하는 사람은 나를 더욱 슬프게 한다.

처음부터 끝까지 묘사 한 줄 없이 자기 뱃속에 든 것을 줄줄이 쏟아 놓기만 하는 시는 나를 슬프게 한다. 얼마나 하고 싶었으면 시라는 형식을 빌어 일방적인 고백을 할까 싶기도 하지만, 시의 옷을 입고 이리저리 시달리는 그 언어는 또 얼마나 몸이 아플 것인가. 말을 하고 싶어도 참을 줄 알고, 노래를 시켜도 한 번쯤은 뒤로 뺄 줄 아는 자가 시인일진대, 어두운 노래방에서 혼자만 마이크를 잡고 있는 시인은, 나를 슬프게 한다.

또한 시인이란, 감정의 물결을 슬기롭게 조절하면서 헤쳐 나갈 줄 알아야 할 터이다. 시란 깊은 강물 위의 노젓기와 같아서 감정을 밀었다가 당기고, 당겼다가 미는 데서 그 묘미를 찾을 수 있을 것인데, 앞으로도 뒤로도 가지 못하고 한 자리에 뱅뱅 도는 시는 나를 슬프게 한다. 앞으로 나아가야 뒤가 보이고, 뒤로 물러서야 앞이 보이는 법 아니겠는가.

술을 먹지도 않고 술에 취한 것처럼 보이는 시가 있다. 아침에 한 말을 저녁에 또 하고, 3년 전에 한 말을 5년 후에 또 되풀이하는 시는, 나를 슬프게 한다. 수많은 '역전앞'과 '고목나무'와 '서해바다'와 '풀장'이 나를 슬프게 한다.

밤톨만한 돌멩이에다가 설탕물을 바른 시도 나를 슬프게 한다. 이 세상에서 무엇보다 소중하고 고귀한 게 사랑이라는 것을 그 누가 모르랴마는, 암컷과 수컷의 달콤한 속삭임만 옮겨 적은 대필자가 되어서는 곤란하지 않겠는가. 모든 암수가 밥을 먹고 똥을 싼 뒤에 짝짓기를 한다는 사실은 왜 관심을 두지 않는가. 때로 사랑도 독약이라는 것, 희망도 아편이라는 것을 왜 모르는가. 알면서도 왜 모르는 척하는가.

시에서 구체성은 감동의 원천이고, 삶의 생생한 근거이다. 구체성의 습지에 몸을 비벼댄 흔적이 없는 시는 나를 슬프게 한다. 미당의 시에 나오는, 옛날의 '누이의 손톱'보다 나는 최근의 '할망구의 발톱'이 더 좋은 것이다. 누이는 재기 넘치는 허구이고 할망구는 깊어진 현실이기 때문이다.

나를 슬프게 하는 시들을 앞으로도 내가 더 읽어야 할지, 말아야 할지 생각하는 일은 나를 슬프게 한다.

멀리 갈 것도 없다. 내가 낸 다섯 권의 시집은 나를 슬프게 한다. 너무 많은 언어를 함부로 다루었구나. 시집으로 만들어진 수많은 나무들한테 지은 죄 크구나. 모든 후회는 또 다른 후회를 낳는다는 것을 뻔히 알면서도 나는 오늘 다시 뉘우친다. 뉘우침은 그 내용이 무엇이든지 간에 순도 백 퍼센트여야 한다. 그럼에도 내 뉘우침은 뼈가 아프도록 간절하지도 않고, 다만 묽고 싱거운 것 같구나.

마음을 열고 사랑을 찾아가는 길

최 성 수

가을날, 홍릉 숲 속에서

지난 시월 중순쯤이었습니다. 저는 아이들을 데리고 홍릉 수목원에 간 적이 있었습니다. 우리 학교는 전일제 특활을 실시하고 있습니다. 학교에 계시지 않는 분은 전일제 특활이 무슨 말인지 잘 모르실 것입니다. 전일제 특활은 토요일 하루, 학교 수업을 하지 않고 특별활동만 하는 것을 말합니다. 그러니까 토요일치 수업을 매 주마다 다른 요일에 나누어 실시하고는, 한 달에 한번 혹은 삼 주에 한번 특별활동반에서 하고 싶은 활동을 오전 내내 실시하는 것이지요.

모르는 사람들은 아마 전일제 특활을 하니 아이들도 좋아하고, 선생님들도 모두 열의를 갖고 잘 하리라고 생각할지도 모릅니다. 그렇지만 그 속을 들여다보면 꼭 그런 것도 아닙니다. 아이들은 전일제 특활을 하는 날을 그냥 하루 노는 날 정도로 생각하고 있습니다. 그러니 특활을 좀 진지하게 실시하려고 하면 아이들은 입술을 삐죽이 내밀기 일쑤입니다.

"오늘은 몇 시에 끝나요?"

"선생님, 금방 비 올 것 같아요. 그만 끝내지요."

아이들의 관심은 온통 끝나는 시간에 가 있는 것입니다. 그러니 모이는 시간부터 그저 빨리 특활이 끝나기만을 바라는 것이지요.

아이들은 왜 그런 생각을 하게 되었을까요? 우선 특활 시간이 재미없기 때문입니다. 특활이라면 자신이 원하는 것을 해야 될 텐데. 일차 지망, 이차 지망에서 모두 밀려 사실 자기가 원하는 반이 아니라 엉뚱한 반에서 특별활동을 하게 되는 경우가 많기 때문입니다.

그런 점에서는 교사도 마찬가지입니다. 너무 많은 정규 수업 시간에 쫓겨 특별활동에는 전문성을 갖출 수가 없습니다. 그러니 자연히 단순하고 편한 특별활동반을 지원하게 되지요. 독서반이나 배드민턴반 같은 데는 지원하는 교사가 많은 것은 바로 그런 이유에서입니다.

이런 여러 가지 문제가 있기는 하지만, 그래도 일주일에 한 시간, 그저 시간 때우기 식의 특별활동보다는 전일제 특별활동이 그래도 좀 낫기는 합니다. 서너 시간에 걸쳐 이루어지는 활동이니 아무래도 보다 깊이 있게 계획을 세워 할 수도 있고, 학교 안에 틀어박혀 하는 것이 아니고 각 반마다 자신의 반에 필요한 장소, 예를 들면 고궁이나 과학관과 같은 곳에서 실시하니 아이들에게 다양한 경험을 갖게 할 수도 있고 말입니다.

앞에서도 말씀드렸다시피 저는 문예반을 맡고 있습니다. 요즘 같은 영상 매체의 시대에 문예반, 특히 글쓰기와 관련된 특별활동을 한다는 것 자체가 아이들에게는 별로 환영받지 못하는 것인가 봅니다.

밀리고 밀려서 문예반에 오게 된 아이들은 모두들 입을 한 발은 내밀고 '이 지겨운 일 년 동안의 특별활동 시간을 어떻게 하면 무사히 지낼 수 있을까' 고민하는 표정이었습니다. 다른 반들은 등산도 가고, 고궁에도 가고, 또 영화를 보러 가기도 하는데, 이제 문예반에 들었으니 꼼짝없이 답답한 교실에 틀어박혀 세 시간 동안 지겨운 글쓰기나 해야 할지도 모른다는 생각이 든 것이지요.

그 첫 시간에 저는 아이들에게 이런 얘기를 했습니다.

"글은 자신의 경험으로부터 나온다. 어떤 글도 자신이 보고 듣고 느끼는 과정을 겪지 않고서는 나올 수 없다. 그러니 문예반이야말로 다양한 경험이 필요하다. 그저 교실에 틀어박혀서 글쓰기만 한다면 결코 좋은 글을 쓸 수는 없을 것이다. 그러니 특별한 경우를 제외하고 우리 문예반은 밖에서 특활을 진행할 것이다."

아이들은 그 말을 듣고 일제히 환호성을 질렀습니다.

그렇게 해서 문예반은 지금까지 한 학기하고 반을 활동해 왔습니다. 교실에서 글쓰기에 대한 강좌를 하기도 했고, 등산을 한 적도 있습니다. 고궁에 가서 비를 맞으며 글쓰기를 하기도 했지요.

그런데 문제는 밖으로 나가는 것은 좋지만, 아이들이 글쓰기를 무엇보다도 싫어한다는 데 있었습니다. 구경은 열심히 하고, 재미있게 놀기도 잘 하는데. 그날 쓰기로 한 글은 영 쓰지 않는 것입니다. 또 쓴다고 해도 마지못해 개발새발 끄적이고 마는 것이었지요.

그래도 시간은 채워야 하니까 아이들은 특별활동 시간을 영 즐거워하지만은 않은 것 같았습니다.

그런데 아까 말씀드린 지난 시월 중순의 홍릉 수목원에서의 특별활동 때였습니다. 홍릉 수목원은 원래 일요일만 여는 곳인

데. 특별히 공문을 보내고 해서 토요일에 전적으로 우리 아이들만을 위해 개방을 해 준 곳이니, 인적 하나 없이 한적했습니다. 계절도 계절인지라 온갖 색색으로 물든 나뭇잎들도 아름다웠고, 아직 채 물들지 않은 잎들도 제 푸른빛을 잃고 점점 투명한 햇살에 몸을 내맡기고 있는 것이 장관이었습니다. 바람결에 툭툭 떨어지는 잎새들을 바라보노라면 저절로 마음이 가라앉는 느낌이었습니다.

"자, 이곳에서 오늘 특별활동을 한다."

나는 아이들을 데리고 수목원 길을 따라 걷다가 제법 널찍한 공터에서 발을 멈추었습니다. 아이들은 오늘은 어떤 것을 쓰라고 할까 궁금해 하는 눈치였습니다.

"오늘 특활은 시 쓰기다."

"와아!"

내 말이 끝나기도 전에 아이들은 환호성을 질렀습니다.

아니, 이 녀석들이 이렇게 시 쓰는 것을 좋아하나? 생활글이나 이야기 글을 쓰라고 할 때는 그렇게 싫어하더니, 역시 아이들은 감수성이 예민해서 시 쓰는 것을 더 좋아하나 보군.

나는 그렇게 터무니없는 생각을 하며 속으로 즐거워했지요. 그런데 웬걸. 아이들이 환호성을 지른 까닭은 다른 데 있었습니다. 시는 짧은 글이니 금방 쓸 수 있고, 금방 써 내니 특활도 일찍 끝날 것이라는 생각 때문에 아이들은 환호성을 지른 것입니다.

솔직하게 쓰는 시

　시 쓰기를 시작한 지 채 삼십 분도 되지 않아서 아이들은 다 썼노라며 원고지를 가져왔습니다. 그런데 아이들의 글은 거의가 시라고 할 수 없는 것이었습니다. 어떤 아이는 아예 유행가 가사를 베껴 내기도 했지요. 그렇지 않은 아이들이 쓴 글도 낙엽이 어떻고, 추억이 어떻고 하면서 말장난만 한 것들이었습니다.

　우리는 흔히 시를 쓴다고 하면 그럴듯한 말을 늘어놓는 것으로 생각하기 쉽습니다. 그러나 시는 번지르르한 말을 나열하는 것이 결코 아닙니다. 시야말로 여러 가지 문학 중에서 우리 삶의 정서를 가장 깊이 있게, 그리고 예민하게 반영하는 갈래라고 할 수 있습니다. 그러니 시를 쓴다는 것은 바로 자신이 겪은 삶의 경험과 느낌을 솔직하게 적는 것이지요.

　물론 소설도 작가의 경험이 매우 중요합니다. 다만 소설은 작가의 경험이 상상력을 통해 이야기라는 구체적인 줄거리로 형상화된다면, 시는 작가의 경험들이 언어와 언어의 짧은 만남을 통해 새로운 정서를 창조해 낸다는 데서 차이가 있지요. 또 소설은 그 소설을 위해 일부러 경험을 만들어 나가기도 하지만(이것을 우리는 흔히 취재라 하지요). 시를 쓰기 위해 억지로 경험을 하는 것은 아니랍니다. 그래서 우리는 흔히, 시는 쓰는 사람의 마음속에서 무르익어 나온다고 하는 것입니다.

　하여튼, 시든 소설이든 자신의 경험과 관련된 것이 아니라면 제대로 쓸 수 없을 것입니다. 그러니 우리는 시를 쓸 때, 먼저 자신의 어떠한 경험이나 느낌들이 서로 형상화될 수 있는가를 찾아야 할 것입니다.

　아까 말한 문예반 특별활동의 이야기를 한 마디 더 하겠습니다. 처음 아이들이 써 온 시들은 거의가 자신의 경험에서 나온 것이 아니라 그럴듯한 말만 연결한 것이었지요. 그러니 감동이 있을 수 없고, 자신의 느낌도 들어 있지 않았습니다. 그것은 낙엽, 가을, 눈물, 추억, 이별, 사랑…… 따위의 달착지근한 말들을 연결시켜 놓은 것일 뿐이지요. 그러니 자연히 글쓴이의 개성이 드러날 수도 없을 테고요.

그래서 나는 아이들이 써 온 글을 되돌려주면서, 자신이 겪은 일들을 시로 써 보라고 주문했습니다. 처음 시를 쓸 때는 시라는 형식에 너무 얽매이지 않는 것이 좋습니다. 형식에 얽매이다 보면 말(시어)이, 쓰고자 하는 글의 중심을 잡아먹는 경우가 있기 때문입니다. 시란 이러이러하고, 행갈이가 어떻고, 운율과 연이 어떻고 하며 배운 아이들은 시를 형식이라고 생각하기 십상이니까요. 그러니 먼저 형식에 대한 생각을 버리는 것이 필요합니다.

물론 시에서는 형식도 중요합니다. 형식은 곧 내용을 결정짓고, 내용 또한 형식에 의해 의미가 살아나는 것이지요. 그러나 우리 교육은 불행하게도 시를 형식으로만 보게 만들고 있는 것이 현실입니다. 그러니 형식에 대한 선입견을 어느 정도 버리는 것이 필요한 것이지요.

그 뒤, 한 시간 남짓 지났을 때, 아이들이 다시 시를 냈습니다. 그런데 이번에 쓴 시들은 처음에 냈던 것과 많이 달랐습니다. 아까는 자신과 관계없는 말만 나열했던 아이들이 이번에는 직접 겪은 자신의 느낌을 적어 낸 것이지요. 예를 하나 들어보겠습니다.

체육시간

박경철(중1)

오늘은 구르기 시험을 보는 날이다
1번부터 5번까지 나와 하는
체육 선생님의 말에 내 마음은 다급해졌다

그 다음은 내 차례 심장 박동 소리
두근 두근 두근

나는 다른 애들과 시작과 끝을 똑같이 했다
아이들의 와 하는 감탄 소리에
체육 선생님의 말이 희미하게 들렸다
잘 했다

나는 하늘이 노랬다

이 시는 무엇보다도 솔직하게 썼다는 것이 돋보입니다. 체육 시간에 구르기 차례가 되기까지 고민하는 모습과, 다 구르고 난 뒤의 자신의 심정을 하늘이 노랬다고 말하는 것까지 읽는 사람의 눈에 선하게 보이는 것 같습니다. 자신의 실제로 겪은 일을 보태고 뺌 없이 잘 쓴 것이라고 할 수 있습니다. 만약 이 글을 쓴 학생이 일부러 말을 고르고 꾸미려 했다면 이런 글을 쓸 수는 없었을 것입니다. 그러니 자신의 경험과 느낌을 솔직하게 쓰는 것이야말로 시 쓰기의 기본이라고 할 수 있습니다.

이번에는 노동자의 글 하나를 예로 들어 보겠습니다.

경순이의 사랑
  조영선(부천노동자문학회 글마을 회원)

경순이가 사랑을 한단다
뭇 사내들 못지않게
소주 세네 병에
담배까지 물어 대는
스물세 살 경순이가 사랑을 한단다
사내들,
소주잔 가득 부어 대는 끈적거리는 눈빛
저질 농지거리로 경순이 온몸 더듬던 회식날
경순이를 향해 완샷을 외쳐 대던 사내들
하나 둘 앞으로 고꾸라지고
언니야 한 잔 더 하자
소주 두 병 달랑 사 들고 들어선 여관방
무너지듯 주저앉아
소주병 하나 따더니
또르르 먼저 부어 마신다
언니야 나 좋아하는 사람 있다
불쑥 내뱉고는
또 한 잔을 부어 마신다
나 같은 거 좋아할까
한숨 한 번 쉬더니
눈물 떨어진다

술집 다니던 경순이
마음잡고 취직한 조그만 전자회사
니네가 그래 봤자 공순이지
입에 달고 다니던
하필 그 사람, 강 주임을
경순이가 사랑을 한단다

언니야,
나 어떡해
괴로와 죽겠다
경순이 어느새
내 무릎 위로 엎어져 울고
그 위로 나도 엎어져 운다
사랑하는 남자가 아닌
술 마셔주는 언니 앞에서
사랑 고백한 날
역 근처 어느 여관방
사랑 시작한
경순이가 운다

아까 학생이 쓴 글과는 분위기가 사뭇 다르지요. 서로 다른
처지에 있는 사람들의 글이니 그만큼 다를 수밖에 없지요. 이
시는 여성 노동자의 글입니다. 우리는 '여성 노동자의 글' 하면
흔히 착취가 어떻고, 억압이 어떻고, 노동 해방이니 잔업이니
철야니 하는 말을 떠올립니다. 그러나 이런 말들은 잘못 사용하
면 하나의 구호로 그치기 십상입니다. 학생도 그렇고 노동자도
그렇고 모두들 오늘을 살아가는 생활인들입니다. 그러니 학생은
자신의 생활과 경험에서 글감을 찾아내고 노동자도 또한 그 자
신의 생활에서 글감을 찾아내는 것이 당연하겠지요.

이 시에는 세 명의 구체적인 인물이 등장합니다. 막 사랑에
빠진 경순이, 그런 경순이의 사랑 고백을 들어주는 나, 그리고
경순이가 사랑하는 강 주임이 그들입니다. 그런데 문제는 경순
이가 사랑하는 강 주임은 신분이나 처지가 경순이와 다르다는
데 있습니다. 그 차이는 얼핏 보이는 것처럼 한쪽은 주임이고
한쪽은 평범한 노동자라는 데 있지 않습니다. 주임과 노동자의

관계가 문제가 아니라, 한쪽(강 주임)이 다른 한쪽(경순이)을 인간으로 취급하지 않고 무시해 버리는 상황에 있는 것입니다. 그러니 그 상황이야말로 관리자로 대표되는 강 주임과 노동자인 경순이, 즉 계급적인(엄밀한 의미에서 강 주임은 사용자가 아니지만, 사용자의 편에 서 있는 사람으로 보입니다) 갈등이 담겨 있는 셈이지요.

그러나 만약 계급적인 문제 때문에 이루어질 수 없는 사랑 어쩌고 했다면 이 시는 실패했을 것입니다. 이 시가 가치 있는 것은 벌어진 실제의 사실을 그대로 솔직하게 적었다는 데 있습니다. '나'라는 서정적 자아는 경순이의 사랑 고백을 들어주는 자세로 일관합니다. 시 속에 나의 의견은 전혀 드러나 있지 않습니다. 그냥 경순이의 이야기를 전달해 주는 역할만 하고 있습니다. 그 전달해 주는 목소리가 바로 솔직함입니다. 솔직함 속에는 이미 경순이에 대한, 서정적 자아인 나의 애정이 담뿍 담겨 있으니까요.

여기서 우리는 솔직함이야말로 시의 가장 큰 무기가 된다는 것을 느낄 수 있을 것입니다.

수첩 하나와 필기구 하나

글이란 어느 날 갑자기 마음먹고 써야 되겠다고 생각해서 써지는 것이 아닙니다. 그러니 늘 생각하고 관심을 가지는 것이 중요하지요. 특히 다른 글보다도 시는 더욱 그렇습니다.

소설과 같은 글은 자신이 써야 할 내용에 대하여 미리 자료도 조사하고, 구성도 해 보고 하는 것이 글쓰기 전의 일이라면,

시는 날마다 살아가면서 부딪치는 느낌이나 생각을 머릿속에서
엮어 보는 과정을 통해 창작되는 것입니다. 그러니 그때그때의
생각과 느낌을 적어 두는 것이 좋겠지요.

제 주머니 속에는 작은 수첩이 하나 있습니다. 이 수첩은 제
가 늘 지니고 다니면서 그때그때 보고 듣고 느끼는 일들을 적
는 데 쓰입니다. 지금 제 수첩에 적힌 말들을 몇 개 뽑아 보겠
습니다.

> …… 목련이 지고 산당화가 피었다
> 삼월이 가고 사월이 왔다
> 라일락 새순 돋는 교정에
> 또 한 봄이 가고 있다
> 복직을 하고 두 해째
> 나는 때 없이 외로움을 탄다……

> …… 찰랑찰랑 가랑잎처럼 사라지는 아이들……

> …… 준성이 어머니가 보내 준
> 국화분 두 개
> 노랑, 자색의 다닥다닥한
> 얼굴들이
> 어두운 교실에서 웃는다
> 아침 자습시간
> 떠들다 혼나도 그 때뿐,
> 천진난만 웃음 베어문 아이들처럼……

수첩에 적힌 글귀들 가운데 몇 개만 뽑아 본 것입니다. 그 중
어떤 것은 완성된 시에 가깝기도 하고, 또 어떤 것은 그냥 한
구절일 뿐이기도 합니다. 제일 처음의 것은 올 봄에 적어 둔 것

입니다. 마지막의 것은 이번 가을, 그러니까 이 글을 쓰고 있는 지금에서 그리 멀지 않은 때 적은 것입니다. 오래된 것은 그 글귀를 적을 때의 느낌이 그대로 남아 있지 않기도 합니다.

이 글을 쓰면서 작년에 쓰던 수첩을 뒤져 보니 거기에도 이런 메모들이 많이 있습니다. 그 중 어떤 것은 이미 시로 완성되기도 했지만, 상당수는 아직도 수첩에 그대로 잠들어 있습니다. 그런데 시로 된 것이든 아니든, 이들 메모의 공통점은 그때그때 부딪치는 일들에 대한 느낌이나 생각들이었다는 것입니다. 다시 말하면 이들 메모 모두가 내 자신의 삶의 경험에 근거하고 있다는 것이지요.

아마 그렇게 적어 둔 메모들 중 시로 완성되는 것은 그리 많지 않을 것입니다. 또 시로 완성하는 과정에서 원래의 메모와 전혀 다른 글이 써지기도 할 테고요. 어떤 것들은 서로 다른 시간에 적은 메모들이 서로 뒤섞여 시로 완성되기도 합니다. 그러므로 시를 쓰기 위해서는 그때그때마다 자신의 느낌과 생각을 적는 습관이 필요합니다. 많이 적어 둔 메모야말로 시의 훌륭한 밑거름이 되니까요. 주머니 속에 수첩과 필기구 하나는 늘 지니고 다니는 것이 시 쓰기의 출발이 되는 것이지요.

말과 말이 어울려 이루는 한 세상

다른 글도 마찬가지일 테지만, 시는 말과 말이 어울려 한 편의 창작물이 됩니다. 그러니 시는 하나하나의 다른 말들과 어울려 내는 화음이라고 할 수 있습니다. 말과 말이 어울린다고 하는 것은 단순히 언어의 결합만을 뜻하는 것은 아닙니다.

말은 곧 글 쓰는 이의 생각입니다. 그러므로 시는 생각과 생각의 울림이라고 할 수도 있지요.

자, 그럼 시 한 편을 예로 들어 봅시다.

동지 팥죽을 먹으며
김 소(마창노동자문학회 참글 회원)

댓거리 번개시장 죽 파는 할매집에
새벽 시린 손 녹이며
동지 팥죽을 먹는다
붉은 죽솥에 떠오르는 하얀 새알심보다 더 세어버린
허리 꼬부랑한 늙은 할매의 흰 머리카락을 건져가며
콧물 훌쩍이며 동치미 국물 들이키며
동지 팥죽을 먹는다
언제 와서 앉았는지 고향이 서울이라는
길다방 박양도
밤손님 꽤나 치렀더니 속이 허하다며
가랭이 속살 다 드러내 놓고 퍼질러 앉아 입김 후 후 불며
동지 팥죽을 먹는다
나이 숫자만큼은 새알심을 먹어야 한다며
곱게 빚은 새알을 건져 주시던 고향집 할머니의 부르튼 손과
두 살 위인 누이와 한 알이라도 더 먹을 거라고 다투었던
어릴 적 기억들을 더듬으며
이제는 내 나이 반만큼도 먹기에 벅찬 새알심을 뒤적이며
동지 팥죽을 먹는다

할머니는 지금쯤
부엌이며 대문간에 붉은 국물을 뿌리며
액땜을 하시겠지
어린 조카들 깨워

금방 막 쑨 팥죽을 먹이며
옛이야기 해 주고 있을 거고

댓거리 번개시장 죽 파는 할매집에
새벽 시린 손 녹이며
동지 팥죽을 먹는다

　동짓날 새벽시장에서 팥죽을 한 그릇 사 먹으며 느낀 것들을
잘 소화해 낸 시입니다. 이 시를 통해 시의 언어에 대하여 생각
해 보기로 합시다.
　이 시의 말은 우선 팥죽 한 그릇에서 시작됩니다. 팥죽 안에
는 하얀 새알심이 있습니다. 시인은 하얀 새알심을 팥죽을 파는
할머니의 하얗게 센 머리카락과 관련시킵니다. 사실적인 표현이
지만 이는 언어의 상상력을 충분히 돋구어 내고 있습니다. 이어
옆자리에 앉아 팥죽을 먹는 길다방 박양이 등장합니다. 다음 언
어는 나이 숫자만큼 새알심을 먹어야 한다시던 고향 할머니로
이어집니다. 그리고 고향 할머니에 대한 상상은 당연히 이 시간
고향에 대한 상상을 불러오게 됩니다. 그 상상이 바로 그리움이
지요. 고향으로 달려갔던 상상력은 마지막에 다시 처음의 새벽
시장, 팥죽을 먹는 서정적 자아의 행위로 돌아오면서 끝납니다.
　자, 그럼 다시 한 번 정리해 봅시다. 동지 팥죽, 팥죽 파는 할
머니, 옆자리의 박양, 팥죽을 쑤어 주던 고향 할머니에 대한 기
억, 고향에 대한 그리움, 다시 새벽시장의 동지 팥죽, 이것이 이
시에서 순서대로 이루어지고 있는 상상입니다. 이런 상상을 불
러일으키는 말들이 어울려 시 한 편을 완성하고 있는 것입니다.
　'현실(고향을 떠나와 객지에서 동지 팥죽을 사 먹는 서정적
자아의 현실) → 꿈의 세계(고향에 대한 회상과 그리움) → 현

실'의 과정이 이 시의 세계입니다. 현실은 고통스러운 삶의 현장이고 꿈은 따스한 그리움의 세계입니다. 고향이라는 따스한 세계와 현재의 고통스러운 삶이 대비되는 것이 바로 이 시의 힘이라고 할 수 있습니다(이 시에 등장하는 길다방 박양이야말로 뿌리 뽑힌 삶이라는 의미에서 서정적 자아와의 동일성을 뜻하는 것일 테고 말입니다).

한번 눈을 감고 이 시에서 이루어지고 있는 언어의 울림들을 가만히 생각해 보십시오. 이 시를 이루고 있는 여러 가지 말들이 위에 설명한 상황과 과정을 통해 한 세계를 펼쳐 보이고 있지 않습니까?

우리가 시를 쓸 때도 마찬가지입니다. 자신이 쓰고자 하는 것을 이 시에서처럼 잘 조직하고 관련시킨다면 훌륭한 시를 쓸 수 있을 것입니다. 그러면 여러분은 자신의 생의 경험이 곳곳에 녹아들어 또 다른 새로운 세계를 만들어 내는 시 창작의 기쁨을 맛볼 수 있을 것입니다.

옮겨 쓰고 나누어 보고

자, 이제는 한 편의 작품이 틀거리를 갖춘 다음의 문제입니다. 아무리 천재적인 시인이라도 단숨에 흠잡을 데 없는 시를 완성할 수는 없습니다.

우리 시인들 중에 김삿갓이라는 사람이 있습니다. 할아버지를 비난하는 글을 쓴 탓에 평생 삿갓을 쓰고 다녀야 했다는 그 사람의 본명은 김병연입니다. 전해오는 이야기에 따르면 김삿갓은 세상천지를 방랑하면서 그때그때 보고 듣고 느낀 것들을 단숨에 시로 써내려갔다고 합니다. 그러나 아무리 천하의 김삿갓이라고 하더라도 단숨에 시를 써내려갈 수는 없었을 것입니다. 제가 생각하기에는 아마도 시 한 편을 쓰기 위해 머릿속에서 수백 번도 더 이말 저말을 바꾸어 보았을 것입니다.

중국의 최고 시인을 꼽으라면 사람들은 흔히 이백과 두보를 듭니다. 이백이 호방한 시풍을 지녔다면, 두보는 꼼꼼함 시인이었지요. 이백은 호방한 시풍 그대로 한번 생각이 당기면 쉬지 않고 시를 써내려갔다고 합니다. 그러나 두보는 시 한 편을 쓰기 위해 글자 하나 말 한 마디를 수백 번도 더 꼼꼼하게 뜯어고쳤다고 합니다. 그래서 어떤 학자는 다른 시인의 시가 성냥개비를 밥풀로 붙여 지은 집이라면 두보의 시는 아교풀로 단단히 접착시켜 놓은 집과 같다고 비유하기도 합니다.

물론 단번에 완성되는 시도 있습니다. 그러나 이백이든 두보든, 또 어떤 시인이든 역시 시를 쓰기 위해서는 여러 번 고쳐쓰고 다듬고 했을 것입니다.

그러니 틀을 잡아 놓은 시는 그냥 버려두어서는 안 됩니다. 자꾸 고쳐 봐야겠지요. 고치기 위해서는 어떤 방법이 좋을까요? 제가 생각하기에는 시를 자꾸 옮겨 써 보는 것이 좋을 것 같습니다. 틀거리 잡은 시를 다시 옮겨 쓰다 보면 이 말이 걸리기도 하고, 저 표현이 낯설기도 하고 그렇습니다. 그럴 때마다 자꾸 더 생각하게 되고 고치게도 되는 것이지요. 어떤 경우에는 수십 번까지 옮겨 적게도 되기도 할 것입니다. 또 옮겨 적으면서 입으로 소리내어 읽어 보는 것도 좋습니다. 읽다 보면 호흡의 길고 짧음이나 말의 울림이 드러나기 때문이지요. 그렇게 해서 시한 편이 완성되는 것입니다.

마지막으로 한 마디만 덧붙이자면, 창작된 시를 자기 혼자만

두고 보지 말고 될 수 있으면 시에 관심이 있는 사람들과 나누어 보는 것도 좋을 것입니다. 여러 사람의 생각을 통해 자기 시의 단점과 장점이 드러나기도 하는 법이니까요.

자. 지금까지 시 쓰기에 대한 이야기를 나누어 보았습니다. 시는 마음의 고향이며 세상에 대한 사랑의 목소리입니다. 좋은 시는 세상을 바르게 만들고, 사람을 아름답게 만듭니다. 그러니 시를 쓰는 길은 마음을 열고 사랑을 찾아가는 길이라고 할 수 있겠지요. 시를 사랑하는 사람들이 이 땅의 삶의 현장 곳곳에 덩굴처럼 퍼진다면, 우리가 사는 이 세상이야말로 참된 곳이 될 것입니다. 시는 그런 세상을 만들어 가는 아주 유효한 무기이기도 하고요. ●

2부

나를 바꾸는 시 쓰기

처음 시 쓰는 사람을 위하여

이 응 인

1. 시 쓰는 마음

하루가 다르면 시가 보입니다

시를 쓰는 사람은 별난 사람인가 아니면 보통 사람들과 별 차이가 없는 사람들인가? 이런 질문을 해 볼 수 있습니다. 그런데 먼저 답을 말하자면 이렇습니다. 시를 쓰는 사람은 별난 사람이기도 하고 우리 주변에서 흔히 보는 보통 사람이기도 합니다. 시를 쓰는 사람은 이 두 가지 면을 함께 가지고 있다는 것입니다. 그러면 과연 나는 시를 쓸 수 있는 자질을 가지고 있느냐 하는 의문이 생깁니다. 어떤 사람이 시를 쓸 수 있는 사람인가를 생각해 봅시다.

중학생을 가르치는 제가 아침에 교실에 들어가 이런 질문을 합니다. "어제 등교할 때하고 오늘 등교할 때하고 뭐 다른 게 없었니?" 어떤 학생들은 눈이 똥그래져 가지고, 어제나 오늘이나 그게 그건데 무슨 뚱딴지같은 질문이냐고 할 것입니다. 또 어떤 학생들은 자기가 발견한 새로움을 말할 것입니다. 앞산이 훨씬 맑고 깨끗하게 보였다는 둥, 옆집 누나의 새로운 모습을 봤다는 둥, 교문 옆 울타리에 살구꽃이 몇 송이 피었다는 둥,

이렇게 대답할 것입니다.

하루하루 생활에서 새로움을 발견하지 못하는 사람은 시를 쓸 수 없습니다. 직장인이건, 가정주부건, 사업을 하는 사람이건 마찬가지입니다. 나날이 새로움을 찾지 못하는 생활은 아무런 발전이 없습니다. 시를 쓰는 마음은 하루하루를 새롭게 사는 마음입니다.

단순한 비유를 해 봅시다. 제가 사는 밀양은 경치가 아주 빼어난 곳입니다. 겨울날 아침에 일어나면 밀양강에서 물안개가 뽀얗게 피어오릅니다. 그러면서 앞산의 모습이 서서히 깨어납니다. 자세히 보면 물에는 청둥오리 몇 마리 헤엄쳐 다닙니다. 이런 장면을 본 어떤 사람은 뭐라고 표현할 수 없는 기쁨이 가슴에서 솟구쳐 오릅니다. 정말 말로는 할 수 없는데 뭔가가 마음속에서 솟아오릅니다. 자연에 대한 고마움, 밀양에 살고 있다는 희열, 이런 뭔가가 있겠지요. 그리고 오늘 하루는 정말 좋은 날이 될 거라는 기대로 설레게 됩니다. 그런데 다른 한 사람은 이러한 경치를 보고도 그냥 무덤덤하게 넘어갑니다. 또 어떤 사람은 이러한 변화조차도 모르고 하루를 시작합니다. 이 예만 가지고 생각해 봅시다. 마지막 사람은 십 년을 살아도 첫 번째 사람이 일 년을 산 만큼도 느끼지 못하는 삶이 됩니다. 삶이란 얼마나 물리적으로 오랜 시간을 살았느냐가 중요한 것이 아니고, 얼마나 의미 있게 살았느냐가 중요한 것이지요. 하루하루의 생활에서 새로움을 느끼는 삶, 인생의 의미를 발견하는 삶이 진정으로 값진 삶입니다.

하루하루가 다르게 보인다면 시를 쓸 수 있는 최소한의 요건은 갖춘 게 됩니다.

밭 매는 민요 같기도 하고

타령 같기도 하고
흘러간 유행가 같기도 한 나직한 노래 따라
담배연기 자욱한 화장실에 들어섰다
해탈을 한 음정 없는 노래가
낯선 사내를 부끄러워 않고
바지춤에 매달린다
수건을 두른 늙은 아줌마 쭈그려 앉아
식기 닦듯 얼싸안고 변기통을 문지르다
비누 범벅된 노래로
나를 힐끔 쳐다본다
　― 이도윤 <노래>

시를 쓰는 마음은 사랑입니다

그런데 하루하루가 다르게 보인다고 시를 쓸 수 있는 요건을
다 갖춘 것은 아닙니다. 다시 예를 들어 봅시다. 어떤 이는 나
날이 새로운데, 보는 것마다 만나는 이마다 돈으로 보이는 경우
도 있습니다. 야, 저 땅을 어떻게 하면 큰돈 벌겠는데. 요기다
무슨 가게를 내면 돈이 되겠는데. 저 사람하고 거래를 하면 득
이 되겠는데. 매일 이런 새로움을 발견하는 사람은 장사꾼은 될
수 있지만 시를 쓰는 사람은 될 수가 없습니다.

새로움을 발견하는 눈의 바탕에는 사랑이 깔려 있어야 합니
다. 강물에 대한 사랑, 어린아이처럼 노니는 청둥오리에 대한
사랑, 늘 마주 대하는 산에 대한 사랑, 이웃에 대한 사랑, 새로
만나는 이에 대한 사랑이 있어야 합니다. 이러한 사랑이 있어야
아름다움이 보입니다. 이러한 사랑이 있어야 감동할 수 있고,
슬퍼할 수 있고, 괴로워할 수 있습니다.

사랑의 마음은 내가 남이 될 수 있다는 데 있습니다. 내가 산
이 되어 듬직하게 서 볼 수 있고, 오염되어 가는 강물이 되어

볼 수 있고, 어린아이가 될 수 있고, 하루 종일 학교에 붙들려 있는 학생이 되어 볼 수 있고, 늘그막에 혼자되어 외로운 노인이 되어 볼 수 있고, 월급도 제대로 못 받아 생활이 어려운 노동자가 되어 볼 수 있습니다.

가뭄 끝, 쌀비 온 뒤
장자실 보성할매
땅에 딱 붙은 콩밭에
듬뿍듬뿍 비료 주면서
많이 묵고 이내 크거라 와!

그 소리 듣고 이 가을
손가락만한 콩깍지를 매달고
바람 한 자락에도 주저리주저리
웃어 대는 콩밭이렷다

오매 이쁜 내 새끼들!
늬들 때문에 내 서울 못 간다
내 떠나면 늬들 누가 거두노
보성할매 칭찬 또 담뿍 받으며

하기사, 하느님은 밤마다
콩들과 운우지정을 나누어서
아침이면 그 이파리들이
이슬 가득 맺힌다는 것이다
― 고재종 <내 새끼들>

핵심을 잡아내는 눈을 길러야 합니다

시를 쓰는 사람은 남들이 보지 못하는 것을 보는 예리한 눈을 가져야 합니다. 작고 사소한 일도 함부로 보아 넘기지 않고,

그 속에 숨어 있는 인생의 큰 의미를 찾아낼 수 있어야 합니다. 그리고 복잡한 세상과 생활 속에서 문제의 핵을 파악해 내는 통찰력을 갖추어야 합니다. 예리한 눈과 통찰력은 정신적 긴장에서 옵니다. 편하게 생각하고 쉽게 생각하고 무시해 버리거나 가벼이 여기는 데서는 그러한 힘을 기르지 못합니다. 저 현상의 뒷면은 무엇일까? 저 일의 기쁨은 어떠할까? 왜 저 여인은 아이를 서럽게 때리는가? 우리 삶의 여러 문제, 근본 문제를 가볍게 여기지 않고 관찰하고 생각하고 판단하는 데서 예리한 눈과 통찰력이 길러진다고 생각합니다.

> 뜨거운 여름날이건
> 날 추운 겨울날이건
> 썩어 가는 김 뿌연
> 두엄더미 속에서
> 하얀 등줄기에
> 터질 듯,
> 한 가닥 푸른 힘줄 내지르고
> 굼실굼실
> 굼실굼실
> 꿈틀대는 살아 있음이여
>
> 아, 맑은 꿈이여
> ― 정세훈 <두엄 속 굼벵이>

이러다 보면 자기 생각의 깊이를 갖게 됩니다

모름지기 사람은 누구나 다 자기 생각을 가지고 있기 마련입니다. 그렇지만 생각이란 나름대로 샘을 만들고 물이 고이도록 해야 합니다. 생각의 깊이란 하루아침에 이루어지는 것이 아니라 오랜 시간 동안 자기의 샘을 만들어야 가능한 것입니다.

> 겨울 하늘이 비었나니
> 마알간 구름장 사방에서 모이고
> 모인 구름 저희끼리 흰 빛 더해 갈 때
> 맨 나중에 나타난 구름의 흰빛은
> 세상에 더할 나위 없이 희어서
> 미리 온 구름들과 어울리지 못하고
> 외톨박이로 비잉빙 공중을 돌다가
> 맨 먼저 죽어서 땅에 떨어지니
> 사람들은 그를 일러 눈이라 한다
> 대체로 눈발이라 하는 것은
> 내 어린 날 길가의 아이들이
> 저희끼리 잘 어울려 노닐다가
> 그들 중의 한 아이를 따돌리었을 때
> 무리에서 떨어진 아이의 발끝처럼
> 텅 빈 마음으로 서성거리며
> 숨가쁘게 숨가쁘게 내닫는 것이다
> ─이동순 〈눈발〉

쉬지 않고 수련해야 합니다

대학의 문학회 이야기를 하겠습니다. 문학회에 들어가면 선후배들이 만나 술도 한 잔 하고, 정기적으로 모여서 서로의 작품을 읽고 비평을 합니다. 그런데 선배들은 후배가 밤새워 써온 시를 하나하나 뜯어 문제점을 이야기하고 뺄 것은 빼고 해서 본래 시의 반으로 줄여 버립니다. 어떤 경우는 이것도 시냐고 호통을 치기도 합니다. 그러면 후배는 열받아 가지고 집에 가서 잠도 안 자고 또 씁니다. 그래 조금만 기다려 봐라. 내가 잘난 선배놈들 따라 잡고 말 것이다. 코를 납작하게 해주지. 이렇게 혼자서 벼릅니다. 그런데 다음 모임에 가면 또 시가 난도질을 당합니다. 이렇게 해서 후배는 문학의 열정을 키우고 끊임없는 습작을 합니다. 그러다 세월이 가서 선배가 되어 보면, 자기에게 혹독하게 대했던 선배들의 마음속에 후배에 대한 사랑이 가득했다는 것을 비로소 깨우치게 됩니다. 시 몇 편 써 보았다는 걸 가지고 거만해서는 안 됩니다. 습작기에는 1년에 100편 이상 쓰기도 합니다. 고등학교 문예반이나 대학의 문학회에서 활동한 사람들은 이런 고통스런 과정을 거쳐온 사람들입니다.

남의 비평을 잘 듣고 자기를 키우는 거름으로 삼아야 합니다

성년이 된 사람들과 시를 이야기할 때 제일 괴로운 게 하나 있습니다. 솔직하게 말하기 어렵다는 것입니다. 이건 시의 문턱에도 못 간 것인데, 이건 시도 개똥도 아닌 것인데, 그렇게 말하기가 힘듭니다. 내가 하는 말을 진정으로 받아들이지 않고 오히려 섭섭하게 생각하기 때문입니다. 또 오해하기 때문입니다. 별것 아닌 녀석이 되게 잘난 척하네. 이렇게 받아들이기 때문이지요. 문학을 하고 시를 쓰고자 하는 사람은 열린 마음이 있어야 합니다. 남의 비평을 겸허한 마음으로 듣고 자기 세계를 키우는 거름으로 삼아야 합니다. 자기 세계에 대한 고집도 필요하지만 자신의 약점을 객관적으로 살펴보고 고쳐 나가야 합니다. 그리고 초심자의 경우 자기 시가 객관적으로 보여야 시 쓰기에 입문한 것입니다. 자기가 써 놓고 참 잘 되었다고 생각하는 단계는 아직 제대로 시가 안 되는 경우입니다. 자기 시의 한계나 문제가 보여야 합니다.

2. 시의 큰 특징

시는 가슴으로 읽어야 합니다. 더 엄격하게 말하자면 온몸으로 읽어야 합니다. 머리로 읽을 때 시의 감동을 찾아낼 수 없습니다. 시 전체가 내게 확 와 닿아 내가 되어야 제대로 느낄 수가 있습니다. 그 다음 머리로 뜯어보는 단계입니다. 어디가 좋은가? 무엇이 나를 움직이게 했는가를 찾는 단계입니다.

시에 대한 이야기는 사실 말로 표현하기가 어렵고 표현을 해도 듣는 사람에게 똑바로 이해되기 어려운 경우가 많다. 그건 시라는 것이 산수나 과학 공부처럼 누가 보아도 확실한 모양을 한 것이 아니고 사람들의 감정이나 사상이나 그런 마음의 세계에서 제각기 색다른 눈으로 보고 느끼고 하여 만들어지는 것이고, 또 그 시를 읽는 사람도 제 마음에 따라 그것을 좋다 나쁘다 생각하는 것이기 때문이다.
— 이원수 <동시작법>

그렇지만 시의 특징을 나름대로 정리해볼 필요가 있습니다. 오철수 시인은 서정시의 특징을 다음과 같이 명료하게 밝히고 있습니다.

첫째, 시는 시인의 정감을 고도로 집중하여 감동을 표현합니다. 결국 시인의 마음속(내면) 세계를 압축하여 표현하는 것입니다.
둘째, 시는 풍부한 서정성에 기초합니다. 이는 다른 문학 갈래와 달리 시인의 사상 감정을 직접 토로하기 때문에 강렬할 수밖에 없는 서정성입니다.
셋째, 시는 언어가 세련되고 음악성이 강합니다.
— 오철수 <시쓰기 워크숍 1> 17쪽

3. 시 창작의 과정

시는 순간의 느낌을 표현하지만 오랜 시간이 걸려서 나옵니다. 시간이 오래 걸린다는 것은 두 가지입니다. 문자로 옮겨 적기 이전의 시간이 오래 걸리는 경우가 있고, 문자로 옮겨 적은 후의 시간이 오래 걸리는 경우입니다. 오랫동안 머릿속으로 생각을 하고 고민을 하다 글로 옮겨 적는 경우가 앞의 것이고, 글로 옮겨 적은 다음 수없이 읽고 고치고 하는 과정이 뒤의 경우입니다. 사실 시를 쓰는 입장에서 보면 이 두 과정을 다 거친다고 하는 게 정확한 표현입니다. 저의 졸작 하나를 예로 들겠습니다.

봄날-꽃 보면 눈이 시어/미친 거렁뱅이라도 좋겠네

처음에는 이런 메모에서 시작되었습니다. 봄날 하루 꽃을 보면서 눈이 시다는 생각을 한 것입니다. 그런데 눈이 시다는 생각은 자주 있는 경험입니다. 여기서 나를 자극한 것은 저 눈이 시도록 황홀한 세계에 빠져 들고 싶도록 만드는 유혹입니다. 세상의 모든 것을 잊고 그 세계에 빠지고 싶은 겁니다. 정말 우리가 보기도 싫어하는 거지가 되어도 좋을 정도로 나를 미치게하는 봄빛입니다. 여기서 '거렁뱅이라도 좋겠네.'라는 생각이 떠오른 것입니다.

봄날-천지 모든 숨결이/꽃으로 환생하는 날/눈이 시어버린/비렁뱅이가 되어도 좋아라

메모를 두고 생각을 정리하는 시간이 필요합니다. 그러면서

나를 미치게 한 저 꽃이야말로 그냥 이루어진 게 아니라는 생각을 갖게 됩니다. '천지 모든 숨결이' 모여서 이루어졌을 거라는 데까지 갔습니다. 그래서 비렁뱅이 중에서도 제일 처절한 눈이 먼 비렁뱅이가 되어도 좋다는 생각에까지 이르게 됩니다. 물론 여기서 '눈이 먼'이라고 표현하지 않고 '눈이 시어버린'이라고 표현한 것은, 첫 메모에서 나오듯 눈이 시어버릴 정도의 감동을 살리기 위해서입니다.

천지 가득 숨결이
몽글몽글
꽃으로 환생하는 날

눈이 시어버린
비렁뱅이 되어 떠돌아도
좋아라
　　─이응인 <봄날>

마지막 완성된 졸작의 모양입니다. 앞의 내용을 여러 번 읽고 다듬어 정리한 것입니다. 이처럼 한 편의 시가 완성되는 과정은 결코 단순한 것이 아닙니다.

길 가다 발길에 툭 채여
구르는 잔돌 하나
내 주머니에 떨어진다

찢겨진 신문지 조각이나
백지 위에 뿌리 내려 산다
살다가 어떤 놈은
삭은 소똥 냄새를 내기도 하고

세탁기에 들어가
얼굴을 알 수 없는
휴지 뭉치가 되기도 하고
또 어떤 놈은
어느 날
부시럭거리며 내 손에
붙들려 나온다
나와서는 바짓가랭이를
붙들고 늘어진다

술 취해 돌아오면
등을 두들겨 주기도 하고
잠자리에서 불쑥
나를 일으켜 세우기도 한다

한 사날 이러다 보면
제법 얼굴이 말끔한
시가 되기도 한다
더러는 잊을 수 없는 사랑으로
가슴에 멍을 남기기도 하고
　　— 이응인 <시를 위한 단상>

4. 시 쓸 때 유의할 것들

　남의 시를 많이 읽고, 많이 써야 된다는 건 말할 것도 없습니다. 한 가지 덧붙이면, 좋은 시는 좋은 생활에서 나옵니다. 멋을 내고 거짓을 부리는 데서 시가 나오는 것이 아니라 생활에서 자신의 진실된 모습만큼 시가 나옵니다.

어미 되는 염낭거미 때가 되면
풀잎 돌돌 말아 돈주머니 같은 풀잎집 짓고
그 안에 스스로 갇혀 알을 낳아
새끼 나올 때까지 지성으로 지킨다네
마침내 그 어린 아귀 같은 무서운 새끼들 생겨나면
끔찍하여라
제 어미 몸 샅샅이 파먹고 자라난다네
제 어미 갈색 빈 껍데기만 남아 바스러질 때까지

애탄지탄 딸 키워 시집보내고도
직장생활 하는 그 딸을 대신해
늦도록 딸네집에서 살림 도와주시는 친정어머님
해마다 다르게 허리 더욱 꼬부라지고
낙엽처럼 바싹 마른 몸 바스러질 것 같네
염낭거미 새끼보다 조금도 더 나을 것 없는
쉰 살이 되도록
다 늙은 어머님 진 파먹고 살아가는
그 딸년
　　— 양정자 <친정어머님>

　처음 시를 쓰는 사람들이 저지르기 쉬운 잘못을 몇 가지 이야기하면서 마무리를 할까 합니다. 시는 형상의 언어입니다. 자기가 생각하는 것을 내뱉기만 하면 시가 되는 것은 아닙니다. 사랑이니 고뇌니 아픔이니 하는 말을 그냥 내뱉어서는 독자들에게 절대로 감동을 줄 수가 없습니다. 예를 들면 이렇습니다. '나 정말 괴로워, 괴로워 죽겠어.'라고 수십 번 뇌어도 다른 사람은 그 괴로움을 느끼지 못합니다. '나, 5년 동안 함께하던 그녀와 헤어졌어.'라고 말하는 것보다 못하다는 것입니다. 이런 관념어의 지나친 사용이 문제이고, 긴장을 잃은 산문에 가까운 문장을 많이 쓰는 것도 문제입니다. 말을 아끼고 다듬는 과정이 따르지 않기 때문입니다.

앞에서도 얘기했지만 감동의 중심을 놓치지 않아야 합니다. 생활 속에서 감동의 순간이 올 때마다 메모를 하는 습관을 기르는 것도 중요하다고 봅니다. 좋은 생각이 떠올랐다고 그것 자체가 훌륭한 시가 된다고 생각해서는 안 됩니다. 오래 새겨보고 생각한 다음에 종이에 옮겨 적어야 합니다. 그리고 시는 할 말을 다 하지 않으면서 할 말을 다 하는 문학이라는 걸 염두에 두어야 합니다. 동양화에서 여백이 주는 아름다움을 생각해 보십시오. 화면 가득 색칠을 하지 않지만 우리는 마음속에서 상상력을 통해 화면을 가득 채울 수 있는 것과 같은 이치입니다.

자기 감정에서 벗어나 자기의 시를 보아야 합니다. 자신이 써 놓은 시를 일정한 시간이 지난 뒤에 냉정한 마음으로 다시 보아야 합니다. 내가 쓰는 글은 아직 시가 되지 못한다, 어딘가 문제가 있을 것이다는 생각을 가지고 보아야 합니다. 또, 남의 시를 읽으면서 감동의 요소, 좋은 점, 개성을 자꾸 찾아내야 합니다. 좋은 시는 직접 공책에 옮겨 적는 것도 좋은 방법입니다.

시는 정해진 틀이 있어서 거기에 맞추어 써야 한다는 생각을 버려야 합니다. 시가 갖는 운율은 형식적인 틀에 맞추어 반복하는 데서 오는 게 아닙니다. 그 시에 맞는 틀이 저절로 나오게 되어 있으며, 그걸 여러 번 읽고 만들어 내는 것입니다.

시골에서 살아온, 아무 멋도 없는 것 같은 아주머니의 그 부지런함과 절묘하게 만난 암탉의 모습을 다음 시에서 보십시오. '눈부신 새하얀 뜨거운 알'은 멀리 있는 것이 아닙니다. 그렇다고 아무한테나 보이는 것도 아닙니다. 제가 설명할 수 없는 많은 것을 줄 것입니다. 부끄러운 글을 이만 맺습니다.

비 맞은 닭이 구시렁구시렁 되뚱되뚱 걸어와 후다닥 헛간 볏짚 위에 오른다

그리고 아주 잠깐 사이 눈부신 새하얀 뜨거운 알을 낳는다

비 맞은 닭이 구시렁구시렁 미주알께를 오물락거리며 다시 일나간다

    — 이시영 <당숙모> ●

시 쓰기, 삶의 터전에서부터 출발하자

안 상 학

향토시를 알아야 시를 안다

지역문학을 이야기하는 자리가 있으면 나는 버릇처럼 중국의 장계를 들먹입니다. 그는 단 한 편의 시를 남겼을 뿐인데도 아주 유명한 시인으로 회자되고 있습니다. <풍교야박(楓橋夜泊)>이 바로 그 시입니다. 내친 김에 소개하자면 이렇습니다.

> 月落烏啼霜滿天
> 달 지고 까마귀 우니 고향 하늘 쪽은 서리만 가득하고
> 江楓漁火對愁眠
> 풍교 다리 아래 고기잡이배의 불빛은 잠 못 들어 하네
> 故蘇城外寒山寺
> 고소성 저 멀리 한산사
> 夜半鐘聲到客船
> 자정을 알리는 종소리만 나그네 뱃전에 들려오네

내 멋대로 풀어 써 보았습니다. 내용인 즉 그렇습니다. 글쓴이는 혼란한 세월 어쩌다 고향을 떠나서 이리저리 떠돌다 한산사가 있는 근처 풍교 다릿목에 배를 대고 하룻밤 묵게 됩니다.

잠이 오지 않아서 뱃전에 나갔을 것입니다. 아무래도 타관의 객고가 더할수록 고향을 그리는 정한이 깊었을 것입니다. 당시의 매력이 듬뿍 담긴 시입니다.

이 시는 한산사가 있는 근처에 시비로 서 있습니다. 이 지역 사람들은 이 시를 애송하고, 또 이 시를 관광상품으로 개발해서 각종 기념품에 새겨 넣어 팔기도 합니다. 시비의 형태나 글씨를 그대로 살려서 만듭니다. 우리나라 사람들도 중국관광을 다녀올 때 더러 여행가방에 우겨 넣어 오는 것을 더러 볼 수 있습니다. 한문을 쓰는 중국과 우리나라, 일본에까지 널리 알려진 시이죠. 이렇게 되기까지는 우선 이 지역 사람들이 이 시를 아끼고 사랑한 결과라고 나는 봅니다. 물론 시적 성취도가 뛰어난 것도 부인할 수 없는 사실이지만 말입니다.

우리 안동에도 시비가 여럿 있습니다. 역동 우탁 시비는 역동서원 앞에, 농암 이현보 시가비는 도산서원 입구에, 퇴계 이황의 「청량산가」는 청량산 입구에, 육사 이원록 시비는 안동댐 민속박물관 조경지와 그의 고향 마을 원촌에 있습니다. 신승박 시비는 영호루 숲길에 있고 한양명의 「사향시비」는 임동 중평신단지에 있습니다. 이 밖에도 몇 기의 시비가 더 있지요. 어쩌면 지역에 비해 시비가 너무 많은 지도 모릅니다.

그렇지만 이 시비들 중에서 대중적인 사랑을 받는 것은 거의 없다고 해도 과언이 아닐 것입니다. 결코 장계의 시보다 수준이 떨어지는 것도 아닙니다. 드라마틱한 인생이 없는 것도 아니지요. 역사성이 없는 것도 더더구나 아닙니다. 그런데 왜 자랑하며 남들에게 내놓지 못하는 것일까요.

최근 이육사 문학상이 다른 지역에서 제정되었습니다. 심히 못마땅합니다. 물론 이육사가 안동 출신이기 때문에 기득권을 가져야 한다는 협소한 시각으로 하는 소리가 아닙니다. 문제는 이육사를 기념하고 추모하는 단체가 오래 전부터 활동을 했고, 또 이육사 문학상 제정을 위한 준비 모임도 여러 차례 한 줄 아는데 결론은 닭 쫓던 개 지붕 쳐다보는 격이 되었다는 것이지요. 물론 하나 더 생긴다고 해서 그리 탈 날 것도 아니지만 말입니다. 하지만 일이 더딘 점에 대해서는 공적인 활동 단체로서 책임감을 느끼고 반성해야 한다는 것을 분명히 말하고 싶습니다.

사실 문학상을 안동에서 제정했다고 해도 그리 반가운 일은 아닙니다. 문학상 난립은 오히려 그 이름의 주인공을 욕되게 하는 일도 비일비재하니까 말입니다. 그리고 그런 느림보 활동으로는 무슨 일을 꾸미든 신뢰하기 어렵습니다. 이육사 생가터를 묻고 그 위에 시비로 짓눌러 놓은 것이라든지, 한적한 시골 마을인 시인의 고향에 어울리지도 않는 기념관을 거창하게 짓는 것도 재미있는 일은 아닙니다. 그 많은 시비 하나 자랑하지 못하는 현실을 두고 자꾸만 일을 벌이기만 하는 것은 생색내기에 지나지 않을 것입니다. 시비 때문에 건 시비지만 시비는 가려야 할 것 같아서 하는 말입니다.

오늘 여러분들이 이 자리에 있는 것은 여성으로서 힘겨운 살림살이를 피해서 온 것은 아닐 것입니다. 또 시를 배우고, 써서 무슨 낯을 내려고 온 것도 아닐 것입니다. 여기까지 오신 것은 아무래도 시에 대한 관심이 없다면 불가능한 일입니다. 그러니 어느 정도는 시에 대한 소양과 관심이 있는 것이겠지요. 묻고 싶습니다. 여러분들 중 지역문학작품에 대해서는 얼마나 이해하고 있는지요. 지역문학보다는 서울 중심의, 유명한 문인들의 작품을 선호하고, 또 많이 찾아서 읽지는 않는지요. 그래요. 저는 그것이 나쁘다고 몰아붙이는 것은 아닙니다. 취향도 다르고 선호도도 저마다 다를 것이라는 점을 인정합니다. 그러나 지역에서 생산된 시와 시인들의 동향에 대해서도 알아야 한다는 것입니다.

제가 왜 시를 배우려는 안동 지역의 어머니에게 왜 하고 많은 문학작품 중에서 지역 문학에 관심을 가져야 한다고 할까요. 그것은 단순합니다. 삶의 기반이 같기 때문입니다. 같은 자연환경과 인문지리적인 조건 속에서 살아가기 때문입니다. 우리 지역의 시인들이, 혹은 출신 시인들이 어떻게 우리 안동의 모습을 담아내고 있는가. 우선, 이것을 눈여겨보는 것이 시를 배우는 지름길이 아닐까 합니다.

한 예를 들어보겠습니다. 우리는 저마다 동창회 하나쯤은 참석하고 있을 겁니다. 어떠세요. 그 중에서도 초등학교 동창회를 가장 선호하는 것은 아닌지요. 왜 그럴까요. 그것은 6년이라는 긴 세월 동안 함께 공유하고 있는 추억이 있기 때문일 것입니다. 또 하나는 순수한 어린이의 세계였다는 것입니다. 그 속에서 깨벗고 서로 나누고 다독이고 더러는 싸우기도 하며 자란 기억은 여러분을 지금도 동심으로 돌려놓을 것입니다. 저도 그렇습니다. 지금 만나도 여자 동창생한테서 머시마가 어떻고 하는 막말을 듣습니다. 그래도 하나 기분 나쁘지 않거든요. 아마도 그것은 한 고향에서, 같은 물을 마시고, 같은 자연과 교감하면서 자랐기 때문이 아닐까요.

마찬가지입니다. 우리 지역 출신의 시인들이 쓴 작품에는 우리가 아는 산천과 사람과 삶이 녹아 있기 마련입니다. 시가 곧 삶의 반영물이기 때문이지요. 또 여타 장르에 비해 삶의 진정성과 인간에 대한 애정, 세상의 희망이 진솔하게 들어 있습니다. 시를 배우려는 단계에서 같은 지역 시인들의 작품을 찾아 읽는 것이 시를 이해하는 데 훌륭한 반면교사가 되는 까닭이 여기 있는 것입니다.

> 섯달에도 보름께 달밝근밤
> 앞내강(江) 쨍쨍 어러 조이든밤에
> 내가부른 노래는 강(江) 건너갓소
>
> 강(江)건너 하늘끗에 사막(沙漠)도 다은곳
> 내노래는 제비가티 날러서갓소
>
> 못이즐 게집애나 집조차 업다기에
> 가기는 갓지만 어린날개 지치면
> 그만 어느모래불에 떠러져 타서죽겟죠.
>
> 사막(沙漠)은 끗업시 푸른하늘이 덥여
> 눈물 먹은 별들이 조상오는밤
>
> 밤은옛일을무지개 보다곱게 짜내나니
> 한가락 여기두고 또한가락 어데멘가
> 내가부른 노래는 그밤에 강(江)건너 갓소.
> ―이육사. 「江 건너간노래」.1938

저는 이 시를 읽을 때마다 이육사 시인의 고향 마을인 안동시 도산면 원촌리 앞에 흐르는 강이 떠오릅니다. 설사 이 강이 낙동강이 아니고 압록강이라도 좋습니다. 그러나 강의 이미지는 이미 어린 시절 발가벗고 뛰어 놀던 고향의 강으로 시인의 미의식 속에는 자리 잡고 있는 것입니다. 그렇지 않던가요. 안동 출신이라면 어디 가서 무슨 강을 보더라도 우리가 보고 자란 낙동강과 자꾸만 결부시켜 보게 되지 않던가요. 낙동강은 이런데 섬진강은 이게 좀 그래, 낙동강은 저런데 금강은 좀 어떻고 하면서 말이지요. 마찬가지로 저도 이 시를 보면 자꾸만 그의 고향 마을의 강을 떠올리곤 하지요.

> 사람과 사람 사이
> 길이 이어졌다
> 대를 이어 엮은 마음과 마음을 닦아
> 사람들 골목 가득히
> 인정을 반짝였다
> 눈이 부셨다
> 손을 맞잡았다
> 아름드리 나뭇가지마다 새순이 돋아
> 울담을 뛰어 넘어온
> 숱한 정이 빛났다
> -조영일. 「솔뫼리 사람들·6」. 1998.

여러분들이 시를 배우는 조영일 시인의 시입니다. 솔뫼리는 다름 아닌 조영일 시인의 고향입니다. 안동시 송천동에 있는 곳이지요. 우리는 이 시를 이해하기에는 누구보다 빠를 것입니다. 자, 생각해 볼까요. 이 시는 과거형으로 쓰여져 있습니다. 적어도 옛날에는 솔뫼리가 서로 도와가며 마음을 나누며 인정스럽게 살았다는 이야깁니다. 담장 너머로 음식을 나누며, 감나무 가지 하나쯤은 넘어와도 아무렇지도 않게 손을 맞잡고 살았다는 겁니다. 그런데 왜 과거형으로 쓰여졌을까요. 생각해 보면 우리만큼 이 시를 이해할 수 있는 사람도 드물 것입니다. 이 시가 쓰여진 1998년 이전에 그곳에는 무슨 일이 일어났는지 우리가 누구보다도 더 잘 알 수가 있잖아요. 맞아요. 그곳에는 안동대학교가 옮겨갔습니다. 그래서 어떻게 되었나요. 지금은 학교를 중심으로 상가와 하숙촌, 독서실 등이 들어차서 솔뫼리라는 농촌 공동체가 붕괴된 것입니다. 시인은 그 빛나던 과거를 생각하며 이 시를 쓴 것입니다. 지금은 어떻습니까. 땅값이 올라 졸부가 된 사람도 있습니다. 상가를 차려 이웃과 돈으로 무언가를 사고팝니다. 자본이 끼어들면서 인정이 사라지고 만 것이지요. 그래서 시인의 눈에는 현실이 아름답지가 않습니다. 아름다움에 민감한 시인은 그 빛나던 과거를 생각하는 것입니다.

생각해 보십시오. 우리 안동 사람이 아니고 대구 사람이라면 우리가 아는 만큼 감동을 받을 수 있을까요. 답은 아니올시다, 입니다. 그러니, 우리가 우리 지역의 시인들은 어떻게 삶과 싸우면서 시를 만들고, 어떤 자연환경에서 그 이미지를 찾아서 녹이고 있나 유심히 살펴야 합니다. 여러분들도 앞으로 시를 쓰게 되면 역시 안동의 지역성을 담는 시를 쓰게 될 것입니다. 그러니 지역에서 생산된 작품이 여러분의 창작에 얼마간의 모델이 될 수 있다는 이야깁니다.

그럼 지역성을 담기만 하면 좋은 시가 될까요. 널리 읽힐 수 있을까요? 하고 물을지도 모릅니다. 저는 자신 있게 대답할 수 있습니다. 그렇습니다, 하고 말입니다. 생각해 볼까요.

하늘은 날더러 구름이 되라 하고
땅은 날더러 바람이 되라 하네
청룡 흑룡 흩어져 비 개인 나루
잡초나 일깨우는 잔바람이 되라네
뱃길이라 서울 사흘 목계나루에
아흐레 나흘 찾아 박가분 파는

가을볕도 서러운 방물장수 되라네
산은 날더러 들꽃이 되라 하고
강은 날더러 잔돌이 되라 하네
산서리 맵차거든 풀속에 얼굴 묻고
물여울 모질거든 바위 뒤에 붙으라네
민물 새우 끓어 넘는 토방 툇마루
석삼년에 한 이레쯤 천치로 변해
짐부리고 앉아 쉬는 떠돌이가 되라네
하늘은 날더러 바람이 되라 하고
산은 날더러 잔돌이 되라 하네
　　―신경림, 「목계장터」

　이 시는 어떻습니까. 민중들의 끈질긴 삶의 생명력과 고난에
찬 삶의 질곡을 이기고 새로운 삶의 터전으로 나아가려는 의지
가 돋보이지 않나요. 이 시를 읽으면 우리는 생면부지 목계나루
를 환하게 그릴 수 있는 착각에 빠집니다. 이 시는 건강한 지역
정서가 고스란히 녹아 있으면서도 감동의 울림이 크게 다가오
는 좋은 시입니다.

　그럼, 지역성만 확보하면 좋은 시가 될까요. 그렇지는 않습니
다. 생각해 볼까요. 목계장터, 우리는 과연 이곳에 대해서 얼마
나 알고 있을까요. 여기서 목계에 가 본 사람은 얼마나 되나요.
보세요. 목계에 대해서 잘 모르지만 이 시는 감동을 전해 주고
있습니다. 왜 그럴까요.

　그래요, 목계는 신경림의 고향에서 얼마 떨어지지 않은 곳에
있는 조그만 소읍이지요. 시인은 어려서부터 봐온 곳, 그곳에
모이고 흩어지던 사람들을 노래했습니다. 누구보다도 여기에 대
해서 더 잘 알고 있는 시인이 쓴 시여서 공감의 폭이 큽니다.
그러나 단순히 지역성만 노래했다면 이 시가 널리 애송될 수

있었을까요. 아닙니다. 지역성과 향토성을 삭히고 녹여서 이 땅의 민중들의 보편적 정서에 맥을 이었기 때문일 것입니다. 나만의, 지금 여기만의 노래가 아닌 우리 모두의 노래로 승화시켰기 때문에 가능한 것입니다. 시적 완성도도 높고, 무엇보다도 감칠맛 나는 살아있는 운율이 수반되었기 때문에 훌륭한 시의 모습으로 다가오는 것이지요.

아무튼 지역성과 향토성이 물씬 풍기는 정서적 바탕 위에 이 땅의 보편적인 사람들의 정서를 입힐 때 건강한 시가 태어난다고 봅니다. 그래서 나는 여러분에게 지역문학을 공부하라는 말씀을 올리고 싶습니다. 물론 지역에서 활동하는 시인들도 시적 수준을 부단히 갈고 닦아야 한다는 전제가 있습니다. 지역성이란 게 그렇습니다. 인체의 물과 같은 것이지요. 사람의 몸은 70%가 물이라고 합니다. 그러나 어디에도 물의 형상은 잘 보이지 않습니다. 녹아 있는 것이지요. 피와 살과 뼈에 말입니다. 지역성이 인체의 물과 같습니다. 시에 녹아 있는 70%를 만들어갈 때 좋은 시를 생산할 수 있을 것입니다. 내가 본 강과 하늘, 내가 만난 사람, 내가 아는 삶의 이야기, 뭐 이런 것으로 버무린 정서 말입니다.

시는 아름다움의 처음과 끝이다

지역성을 이기면 그 다음에 보이는 것이 아름다움의 문제입니다.

시가 아름다운 것은 시를 쓰는 사람들이 아름다움에 약하기 때문입니다. 시는 아름다움에 대한 인간의 표현입니다. 아름다운 자연, 아름다운 삶, 자연과 인간의 아름다운 관계에서 출발합니다. 그러나 시는 아름다운 자연과 아름다운 삶 그 자체를 노래하기보다는 오히려 아름다움을 누릴 수 없는 데서 태어나는 아이러니를 가지고 있습니다.

우리 속담에 드는 사람은 몰라도 나는 사람은 안다는 말이 있습니다. 아무리 소중하고 귀한 사람이라 할지라도 가까이 있을 때는 그 사람의 가치를 모르다가 가까이 없으면 그 사람의 가치는 물론이고 숨소리, 버릇 하나까지도 보고 싶고 그립고 생각나기 십상이죠. 더구나 사랑하는 사람과 헤어지게 되면 그 슬픔은 훨씬 커지는 것 같습니다.

봄가을 없이 밤마다 돋는 달도
예전엔 미처 몰랐어요

이렇게 사무치게 그리울 줄도
예전엔 미처 몰랐어요

달이 암만 밝아도 쳐다 볼 줄을
예전엔 미처 몰랐어요

이제금 저 달이 설움인 줄은
예전엔 미처 몰랐어요
— 김소월 「예前엔 미처 몰랐어요」 1925. 12

개 눈에는 똥밖에 안 보인다고 했던가요. 사랑하는 사람이 곁에 있을 때는 마냥 즐겁게만 지내다 보니 그런가보다 했겠지요. 그러다가 어떻게 헤어지게 되었겠지요. 어떻게 알았겠습니까. 사랑을 나누던 밤에 쓸쓸히 혼자라는 것을 알게 되었을 때는 이미 늦은 거지요. 자, 이쯤 되면 죄 없는 달이 원망의 대상이 되기 마련입니다. 달덩이 같은 사랑하는 사람의 얼굴을 마주하고 있을 때만 해도 달이 뜨는지 지는지 알게 뭡니까. 금이야 옥이야 보듬고 쓰다듬다가 어느 날 문득 혼자가 되고 보니 비루먹은 보름개처럼 달 보고 짖을 수밖에요. 내 사랑 돌리도(돌려줘), 내 사랑 돌리도, 하며 울 수밖에요. 술 먹고 맨날 노래 부른다는 것이, 허구헌날 -귀밑머리 쓰다듬던 맹세는 길어도-어쩌고 하며 가슴 칠밖에요.

김소월인들 예외는 아니었겠지요. 사랑하는 사람은 떠나갔지요, 허구헌 날 술에 빠져 탄식하고 살다보니 가슴은 점점 아파오지요, 어디 하소연 할 데나 있겠어요. 답답한 가슴 치다가 또 몇 날이 갔겠지요. 아픔도 곰삭아 지칠 대로 지칠 때쯤에서야 정신을 차려보니 참 달도 무진장 밝았겠지요. 문득, 달덩이 같은 애인의 얼굴이 휘영청 밝은 달에 겹쳐지는 것이 아니겠어요. 시인은 옳다구나 싶었겠지요. 그래, 저 달에게라도 내 마음을 전해보자. 하고 죄 없는 달을 끌어들여 사랑을 잃은 외로운 심정을 찬찬히 노래한 것이겠지요. 적당한 대상을 찾은 셈이지요.

시인은 참 아름다움에 약한 사람인가 봐요. 사랑하는 사람도 물론 아름다웠겠지만 그 사람을 노래하는데 적절한 자연의 아름다움을 끌어들일 줄 아는 것이지요. 이 시에서 그 대상을 달이 아니고 늑대로 바꾸면 어떻게 될까요.

봄가을 없이 밤마다 우는 늑대도
예전엔 미처 몰랐어요

이렇게 사무치게 그리울 줄은
예전엔 미처 몰랐어요

늑대가 암만 울어도 귀기울일 줄은
예전엔 미처 몰랐어요

이제금 저 늑대가 설움인 줄은
예전엔 미처 몰랐어요

　후후. 김소월이 미치지 않은 다음에야 늑대를 사랑하는 사람에 비유했겠습니까만, 아름다운 사람을 잃은 슬픔을 아름다운 달에 비유해서 대화를 나누는 시인의 모습 또한 아름답지 않습니까. 답답한 가슴을 달래줄, 기가 막힌 이야기를 들어줄 저 달이 없었다면 아마도 김소월은 미쳐버렸을 지도 모를 일입니다. 그랬으면 혹 모르죠. 이렇게 위의 예처럼 시를 썼을지도. 하여간, 김소월은 아름다움이 뭔가를 아는 사람이었겠죠. 그런데 둔한 사람은 둔한 사람이었나 봐요. 달이 밝은 줄, 달이 설움인 줄 뒤늦게야 알았으니. 아니, 어쩌면 아예 달에 대해서 몰랐으면 더 좋았겠지요. 사랑하는 사람과 영원히 다독거리며 아름답게 살았으면 말이에요.

　세상에 아름다움이 어찌 연인과의 사랑뿐이겠습니까. 가족 간의 사랑이라든지, 이웃 간의 사랑이라든지 서로 나누고 걱정하고 다독이고 힘 보태어 살아가는 모습은 또 얼마나 아름답습니까. 모름지기 사람이라면 서로 사랑하며 살아가는 모습이 얼마나 아름다운 지를 알아야 하지 않을까요.

신살구를 잘도 먹드니 눈오는 아츰
나어린 안해는 첫아들을 낳었다

人家 멀은 山중에

까치는 배나무에서 즛는다

컴컴한 부엌에서는 늙은 홀아비의 시아부지가 미역국을 끓인
다
그 마을의 외따른 집에서도 산국을 끓인다
―백석「寂境」1936

적경, 어떤 한갓지고 조용한 마을에 사는 어느 새신랑의 아내
가 첫아이를 낳았나 봅니다. 여기엔 어떤 복선도 내포도 없는
것처럼 보입니다. 축하할 하객이라고는 까치밖에 없는 한적한
산골에서 입덧을 하여 살구를 잘 먹던 여인이 아이를 낳았고,
혼자 사는 홀아비 시아버지가 미역국을 끓이고 있습니다. 마을
에서 멀리 떨어져 있는 집에서도 어떻게 알았던지 산국을 부조
하려고 끓이고 있다는 이야깁니다. 이렇게 보면 시도 참 싱겁기
짝이 없는 것이죠. 혹, 모르죠. 이런 것도 시라면 나도 쓰겠다고
자신만만해 하실지도 모르겠습니다.
그러나 곰곰 새겨보면 무언가 가슴 짠한 감동이 스멀거리고
있는 것 같지 않습니까. 얼핏 보면 하루 일을 틈틈이 메모해 둔
것 같은데 무엇이 이렇게 가슴 밑바닥부터 저며 올까요. 도대체
여기에는 무슨 아름다움이 있기에 그럴까요. 비밀은 행간에 있
습니다. 시인이 언어로는 표현하지 않았지만 드러난 이미지에
속속 배어 있는 삶의 아름다운 숨결이 숨어 있지 않습니까.
자, 시대는 백석이 이 시를 쓴 1930년대로 거슬러 올라가야겠
지요. 일제의 침탈이 극에 달했고, 민족은 사분오열, 뿔뿔이 먹
고살기 위해서 고향을 등지고 대도시의 공장으로 만주로 흘러
갔겠지요. 더러는 독립운동을 하러 떠나기도 했겠지요.
그럼 고향은 어찌 되었을까요. 대대로 이웃하며 피를 나누고

쌀을 나누며 살아온 터전은 나날이 빈집만 늘어만 갔겠죠. 정을 나누며 살던 이웃들도 각박한 살림살이에 서로 반목하는 일도 잦아졌겠지요. 한 마디로 공동체적인 삶의 기반이 와해되고 삭막한 천지가 되었을 거예요. 일제의 분열정책에 휩쓸려 같이하던 아름다운 삶의 모습이 점차 사라져버렸겠지요. 참으로 안타까운 현실이 아닐 수 없습니다. 그러니 현실이 아름다울 리 있겠습니까.

그런 현실 속에서 쓰여진 시입니다. 어여쁜 아내가 귀여운 아이를 낳았건만 기뻐하는 사람들의 모습은 보이지 않습니다. 아무래도 남편은 대처로 돈 벌러 갔거나, 나이가 어린 것으로 봐서 징용을 피해 조혼을 했을지도 모르겠어요. 어쨌거나 남편은 부재중으로 나오지요. 시아버지도 혼자인가 봐요. 처량하게 미역국을 끓이는 노인의 모습을 상상해 보세요. 그래도 다행인 것은 먼 이웃이지만 소식을 듣고 멀건 미역국이라도 끓여 보내려는 심정은 가슴 저미는 감동으로 전해 옵니다.

그러나, 이 시의 아름다움은 딴 데 있습니다. 시인은 어떤 게 아름다운 것이란 것을 너무도 잘 알고 있습니다. 행간에는 이런 말이 있었을 겁니다. 비록 산골 마을이지만 옛날에는 아이를 낳으면 이웃에서 산파가 오고, 또 이웃 할머니가 와서 물을 끓이고, 한쪽에서는 미역국을 끓이고, 남편은 사립짝을 돌며 두 손을 마냥 비비며 설레발쳤겠지요. 또 어느 한쪽에서는 그저 순산하기를 정화수 떠놓고 빌고 있겠지요. 다른 방에서는 아이들이 동생을 기다리며 귀신놀이를 했을지도 모르고요. 이 얼마나 정겨운 풍경이었겠습니까.

그런데 이 시의 현실은 어떻습니까. 풍경이 쓸쓸하기만 하군요. 그렇습니다. 백석 시인은 그 옛날 아름다운 삶의 모습을 잃어버렸다는 아픔을 노래하면서, 또 한편으로는 언제나 모여서 그렇게 정을 나누며 서로를 걱정하며 살아갈 수 있을까 하는 그리움을 노래하고 있는 것이지요. 이 시의 행간에 숨어 있는 아름다움은 그런 것입니다. 이쯤 되면 이 시가 한층 감동으로 다가올 법한 것이지요. 말이 많다고, 아름다운 시어를 쓴다고 시가 아름다워지는 것은 아닙니다. 평범한 메모 같은 시지만 거긴 절절한 아픔과 그리움이 아름다운 삶의 모습을 회복하고자 하는 시인의 의지에 담겨 한층 빛나고 있지 않나요. 그래서 시는 아름답기만 해서는 부족한 것이지요. 진솔한 삶의 진정성이 녹아 있어야 한다는 것이지요. 시가 말장난이냐고요. 아니죠. 인간과 삶의 진정성이 담긴다면 단순한 언어놀음으로만 보기는 어렵겠지요. 자, 여러분, 아름다움이 2% 부족할 때 시를 읽으세요. 더 부족하면 직접 써 보세요. 아름다움의 갈증이 해소될 거예요.

오늘은 어머니 여러분 앞에서 하는 이야기니 만큼 여성이 등장하는 시로 이야기를 풀어가겠습니다. 앞에서 한 이야기를 이어서 한다면 이런 시를 예로 들 수 있겠습니다.

> 북쪽은 고향
> 그 북쪽은 女人이 팔려간 나라
> 머언 山脈에 바람이 얼어붙을 때
> 다시 풀릴 때
> 시름 많은 북쪽 하늘에
> 마음은 눈감을 줄 모르다
> ─ 이용악 「北쪽」 1937

이 시도 「寂境」과 같은 시대에 쓰여진 것입니다. 앞의 시는 스산한 산골마을에 남은 여인 이야기고 이 시는 여인이 어딘가에 팔려간 낯선 타관의 이야깁니다. 이용악 시인은 이 시에서 어떤 아름다운 기억을 하고 있는 것일까요. 어떤 아름다움이 지금은 없어서 이렇게 안타까운 마음을 노래한 것일까요. 어떤 즐거움이 사라져 시름으로 변해서 마음은 늘 그 생각에 여념이 없다는 말일까요.

여기서 '고향'은 이용악 시인 자신의 고향인 평안북도 경성을 말하는 것 같습니다. 이 무렵 시인은 일본에서 유학생활을 하고 있었습니다. 아마도 풍문으로 고향 소식을 들었겠지요. 첫사랑의 여인일지도 모릅니다. 빚더미에 올라앉아 만주로 팔려간 것 같기도 하고요. 유곽에서 술을 따를 수도 있겠고, 몸을 파는 여인이 되었을지도 모릅니다. 이 시에는 그런 여인이란 것을 은연중에 내보이고 있습니다. 시인은 그 여인을 그리워하고 있습니다. 아름다운 로맨스가 있었을 것 같기도 하고요, 아니면 이웃하는 소꿉동무였을지도 모릅니다. 어쨌거나 시인과 이 여인은 범상치 않은 인연이 있는 것으로 보입니다. 오죽하면 바람이 얼어붙는 겨울에도 다시 풀리는 봄날에도 마냥 마음이 그곳에 가 있을까요.

시인이 여기서 그리워하는 것은 그 소녀와의 어떤 아름다운 추억 때문인 것 같아요. 남의 나라에서 공부를 하며 청춘을 낭비하고만 있는 것 같은 심정도 보이잖아요. 그런 자괴감은 그 여인의 소식에 더 몸서리치고 있는 것 같아요. 이 시인은 무얼 기다릴까요. 이 얼토당토않는 현실의 불합리한 것의 끝은 어디일까요. 아마도 해방이 아닐까요. 그러면 팔려간 여인도 돌아올 수도 있겠고, 식민지의 지식인으로서의 괴로움에 벗어나서 다시금 그 아름다운 인연을 이어갈 수도 있겠지요. 그래요, 이 시도 그 여인과의 아름다운 기억이 없었다면 이렇게 짧은 몇 마디 말로 절절한 심사를 표현할 수 있었겠습니까. 겉만 봐서는 아픈 것도 없고 괴로운 것도 없습니다. 그런 표현은 어디에도 없습니다. 최소한의 말로 큰 울림을 자아내는, 아름답고 즐거운 말을 숨기면서도 그랬을 것이라는 이해를 얻을 수 있는, 아주 훌륭한 시가 된 것입니다. 시가 아니었으면 적국의 심장에서 어떻게 죄의식을 표현할 수 있었겠으며, 시가 아니라면 또 어떻게 마음의 짐을 부려 놓을 수 있었을까요.

> 아들이 나오는 올겨울엔 걸어서라두
> 청진으로 가리란다
> 높은 벽돌 담 밑에 섰다가
> 세 해나 못 본 아들을 찾어오리란다
>
> 그 늙은이
> 암소 따라 조이밭 저쪽에 사라지고
> 어느 길손이 밥 지은 자췬지
> 끄슬은 돌 두어 개 시름겨웁다
> ─이용악 「강가」 1939.

여러분 어떠세요. 이 시에서도 위의 시와 같은 감동이 잡히지 않으세요?

지금까지 시라는 몸의 7할인 지역성과 아름다움에 대한 이야기를 했습니다. 시에 대해서 여차저차한 이야기가 많습니다만, 저는 여러분들이 우리 안동 사람들이라는 점을 들어서 지역정서를 중심으로 그 위에 아름다운 시선을 곁들여 말씀드렸습니다.

세상 살다보면 우리는 무수한 감동의 자리를 만나게 됩니다. 그때 시에 기대어 마음의 짐을 부리며 한숨 돌릴 수 있기를 바랍니다. 게다가 진실할 수 있다면 절반의 성공은 거둔 셈입니다. 그 나머지는 갈고 닦아서 얻을 수 있는 기술적인 측면만 남아 있을 겁니다. 그런 이야기는 다음 기회에 할 수 있기를 바랍니다. 감사합니다. ●

* 이 원고는 2003년 4월 15일, 안동문화원 <조영일 시창작교실> 특강 때 발표한 것입니다.

있었던 일을 시로 쓰기

오 철 수

Ⅰ. 있었던 일을 시로 쓰는 과정

1-1. 있었던 일을 시로 쓰기란?

나에게 있었던 일이란 말 그대로 내가 겪은 일(사건)입니다. 예를 들어 술을 진탕 먹고 정신을 잃었던 경험이나, 차를 타고 졸다가 내려야 할 정류장을 지나쳐 갔다거나, 지하철에 중요한 물건을 두고 내려서 그것을 찾으러 종점까지 갔다거나, 별 이유 없이 두통이 하도 심해 병원에 갔던 일과 같이 시간적으로 펼쳐졌던 일이나 사건입니다. <있었던 일을 시로 쓰기>는 그런 일이나 사건이 뭔가 의미 있는 생각을 불러일으키며 다가올 때 그런 생각과 느낌을 표현하는 시 쓰기입니다.

다음 예문을 보겠습니다.

집이 가까워 오면
이상하게도 잠이 쏟아지기 시작했다
깨어 보면 늘 종점이었다
몇 남지 않은 사람들이
죽음 속을 내딛듯 골목으로 사라져 가고

한 정거장을 되짚어 돌아오던 밤길,
거기 내 어리석은 발길은 뿌리를 내렸다
내려야 할 정거장을 지나쳐
늘 막다른 어둠에 이르러야 했던,
그제서야 터벅터벅 되돌아오던,
그 길의 보도블록들은 여기저기 꺼져 있었다
그래서 길은 기우뚱거렸다
잘못 길들여진 말처럼
집을 향한 우회는 끝나지 않을 것이다
희미한 종점 다방의 불빛과
셔터를 내린 세탁소, 쌀집, 기름집의
작은 간판들이 바람에 흔들렸다
그 낮은 지붕들을 지나
마지막 오르막길에 들어서면
지붕들 사이로 숨은 나의 집이 보였다

집은
종점보다는 가까운,
그러나 여전히 먼 곳에 있었다
　　— 나희덕 「종점 하나 전」 전문

　여러분도 이런 경험이 있을 것입니다.
　늘 타는 버스인데도 묘하게 집에 가까이 올수록 졸음이 쏟아
져 깜박 내려야 할 정류장에서 내리지 못하고 한 정거장 더 가
서 내렸던, 그래서 한 정거장을 되짚어 왔던 경험. 그래서 사실
쉽게 흘려버릴 수도 있는 그런 경험인데, 시인은 그 일로부터
뭔가 의미심장한 생각을 갖게 됩니다. 생각해 보십시오. 아예
타자마자 잠이 들어 종점까지 왔다면 피곤해서 그랬거니 하고
말 텐데, 꼭 집에 가까이 올수록 졸음이 쏟아지고 내려야 할 곳

에서 깜박 졸다가 한 정거장 더 간 종점에서 깨인다는 것이, 또 그런 일이 반복된다는 것이 묘하지 않습니까? 뭔가 내 마음을 찌릿찌릿하게 합니다. 특히 막차를 탔을 경우에는 다시 나가는 버스도 없고 해서 길을 되짚어 걸어올 때! 그 되짚어 오는 밤길의 면면이 생의 조건에 대한 어떤 암시처럼 느껴지며 서정의 파고를 불러일으킵니다.

그 체험을 나눠 보면,

1) 습관처럼 집을 지나치는 졸음

   ① 이상하게도

   ② 늘

   ③ 어리석은 발길

2) 되짚어 오는 밤길의 면면

   ④ 보도블록은 여기저기 꺼져 있었다. 기우뚱거렸다

   ⑤ 우회

   ⑥ 간판들이 바람에 흔들렸다

3) 우리의 생의 조건이 마치 그처럼 '이상하게도', '어리석게', '기우뚱거리는', '우회'를 조건으로 하는 길 같아만 보인다는 사상 감정.

   ⑦ "집은/ 종점보다는 가까운, / 그러나 여전히 먼 곳에 있었다".

그래서 <있었던 일을 시로 쓰기>는,

1) 있었던 일

2) 있었던 일이 왠지 찌릿찌릿한 느낌을 주다가

3) 생의 한 국면에 해당하는 의미 감정을 불러일으켜

4) 의미가 드러나게, 의미를 중심으로, 있었던 일(사건)이라는

객관적 재료를 활용하여 사상 감정을 표현하기입니다.

실재로 여러분들이 위 시를 봐도, 있었던 일이 생의 한 국면에 대한 이해를 촉발시키지 못했다면 이와 같은 시가 쓰여질 수 없다는 생각이 들 것입니다. 그리고 있었던 일의 면면에 근거하지 않고는 그런 생각을 표현할 길도 없다는 생각이 들 것입니다. 이처럼 <있었던 일을 시로 쓰기>란 있었던 일이 불러일으킨 사상 감정을 있었던 일에 근거하여 표현하는 쓰기입니다.

1-2. 시 쓰기의 재료

나에게 있었던 일을 대상으로 하는 시 쓰기입니다.

있었던 일이 나에게 어떤 생각과 느낌을 불러일으켰기 때문에, 그런 생각과 느낌을 있었던 일에 근거하여 표현하는 시 쓰기입니다.

그래서 시 쓰기의 재료는,

▷ 있었던 일의 어떤 면

　　— 경과 과정의 어떤 면들(이야기)

▷ 있었던 일들이 불러일으킨 생각과 느낌이 됩니다.

실제로 나희덕의 「종점 하나 전」도 있었던 일의 면면과 그것이 불러일으킨 생각과 느낌을 더해 나가는 방식으로 쓰여졌습니다. 그래서 만약 있었던 일의 면면이 생에 대한 이해를 환기하는 바가 부족했다면 이와 같은 시 쓰기는 불가능합니다.

1-3. 있었던 일이 환기하는 바의 생각과 느낌을 표현합니다

있었던 일은 곧 이야기입니다.

시간적으로 펼쳐진 체험 이야기입니다. 실제로 나희덕의 「종점 하나 전,도 시간적으로 펼쳐진 체험 이야기입니다. 그 시간적으로 펼쳐진 체험이 어떤 의미 있는 감흥을 주어서, 그 감흥을 표현하는 것입니다. 어떻게 표현하느냐 하면, 있었던 일이라는 그 과정의 면면에 근거하여 표현합니다. 때문에 시인의 시선은 항상 '있었던 일이라는 과정(이야기)'에 머물러 있어야 합니다. 일반적으로 물상이나 풍경을 대상으로 할 때는 대상의 장면에 관심을 기울인다면, 있었던 일은 '일'이라는 사건에 관심을 기울입니다.

그래서 사건 이야기 다시 말해서, 사건의 시간적 전개 과정이 중요합니다.

다음 시를 보겠습니다.

큰형님이 호도 캐러 가자한다
'하하, 형님도
호도가 고구맙니까'

염색한 머리 밑에서 허옇게 돋아오는 머리칼 쓸어 올리며 구부정하니 여윈 큰형님이 그냥 빙긋이 웃으며 망태기 하나 괭이 하나 들고 앞장을 선다
추석에 성묘 왔던 사람들이 사과 과수원 울타리로 넉넉히 둘러둔 밤나무 호도나무 섞어 둔 숲에 숨어들어 알밤 너덧 말 실히 털어 가는데도 '넵 둬라. 다 여기 연고 있는 사람들 아니겠냐.' 하더니 다람쥐란 놈들 실히 한 가마니는 물어 갔으니 반은 찾아와야겠단다
산비탈 몇 곳 괭이로 헐어 내어 두어 말
망태기에 담으며 나는 신이 났다
이곳저곳 더 욕심냈더니
그만 가잔다
'반만 건지면 됐다'

다람쥐란 놈 욕심은 많고 머리는 나빠 제 먹을 것보다 몇 곱절 물어 간다고 한다 그래 놓고는 어디에 다 묻어 두었는지 몰라 겨울에 굶어 죽기도 한다는데 하하, 그런 어리석음 덕분에 다람쥐가 죽지 않고 살아 남았다나 그렇게 땅 속에 물어다 묻어 논 것들이 싹을 틔워서 도토리 숲이 퍼져 갔다나

구부정하니 앞서 내려가는 형님
머리 위로 흰 구름 한 자락 여유롭다
　　― 문학철 「호도캐기」 전문

있었던 일을 들려줍니다.

있었던 일 그 자체를 들려주는 것이 아니라 있었던 일이 가지고 있는 의미를, 그 의미가 잘 드러나도록, 있었던 일로 들려주는 것입니다. 왜냐하면 있었던 일이 삶에 대한 의미 있는 깨달음의 감흥, '호도를 따야 한다'는 세계관 속에서 살고 있던 삶을 반성하게 하는 사상 감정을 주었기 때문입니다. 바로 그런 깨달음의 감흥 때문에, 그 깨달음의 감흥을, 그 체험 이야기를 통해서 표현하는 것입니다.

그래서 <있었던 일을 시로 쓰기>는 '있었던 일'이 중요합니다.

그러면 위의 체험이 어떤 시적 체험을 주었기에 이와 같은 시를 쓰게 되었을까, 생각해 보겠습니다.

나는 여지껏 '호도를 따야 한다'는 세계 속에 살았습니다.

나는 여지껏 '떨어진 호도는 주워야 한다'는 세계 속에 살고 있었습니다.

그런데 큰형님이 말합니다.

"호도 캐러 가자."

그래서 나는 웃으며 말했습니다.

"하하, 형님도/ 호도가 고구맙니까".

그러나 큰형님은 "그냥 빙긋이 웃으며 망태기 하나 괭이 하나 들고 앞장을" 섭니다. 호도를 캐러 갑니다. 그리고 진짜 다람쥐란 놈들이 물어다가 쌓아 둔 "산비탈 몇 곳 괭이로 헐어 내어 두어 말" 캐냅니다. 따지도 않고, 줍지도 않고 캐냅니다. 내가 여지껏 가지고 있었던 '호도를 딴다'는 이미지가 와장창 무너집니다.

그래서 생각하게 됩니다.

호도를 '딴다'와 '캐낸다'의 경험 이미지를 구성하는 세계관의 차이는 무엇인가? 혹시 나는 나의 경험적 이미지를 객관으로 절대화시켜 살지 않았는가? 그 결과 더 넓은 세계 이해로부터 멀어지지는 않았는가?

이처럼 '호도를 딴다'는 이미지가 나의 객관성이고 과학이었습니다. 그리고 그 객관성과 과학, 그 이미지에 위배되면 그것을 바로잡으려고 했습니다. 그 이미지가 어쩌면 내가 선택한 주관일지도 모른다는 생각은 전혀 하지 않고 말입니다.

퍼뜩, 오래 전에 읽었던 베이트슨의 생각이 떠올라 그 책을 찾아봅니다.

거기에 다음과 같이 쓰여져 있었습니다.

<객관적 경험은 존재하지 않는다. 모든 경험은 주관적이다.
'지각한다'고 생각하는 것은 뇌가 만들어 낸 이미지이다. 모든 지각은 이미지의 특징을 가지고 있다. 누군가에게 발을 밟혔을 때 내가 경험하는 것은 그에 의해 내 발이 밟힌 사실이 아니라, 밟히고 나서 얼마 후에 뇌에 전달된 신경 보고와 함께 재구성된, 그에게 발을 밟힌 것에 대한 나의 '이미지'인 것이다. 외계의 경험은 항상 어떤 특정의 감각 기관과 신경 통로에 의해 전달된다. 그런 의미에서 사물에 대한 나의 경험은 주관적인 것으로서 객관

적일 수 없다.

　우리의 문명은 객관성의 환상 위에 깊이 뿌리내리고 있다.
　— 베이트슨 『정신과 자연』(까치) 44/5쪽 요약>

　참으로 기막힌 말입니다.

　이처럼 경험의 주관적인 이미지에 대한 반성 없이 그것을 객관이라 믿고, "풍경이 풍경을 반성하지 않는 것처럼"(김수영 「절망」 중에서) 나는 나를 내세웁니다. 나의 객관이라는 그 믿음으로 다르게 읽힐 수 있는 수많은 가능성을 닫아 버립니다. 그리고는 하나의 이미지만을 큰 문, 바른 문이라고 말합니다. 그것이 뜻대로 되지 않을 때는 비난과 야유도 서슴지 않습니다. 그게 나였습니다.

　이런 생각을 할수록, 알밤 너덧 말 실히 털어 가는데도 "넵 둬라. 다 여기 연고 있는 사람들 아니겠냐", "반만 건지면 됐다"라고 말하는 큰형님의 말씀이 참으로 향기롭습니다.

　저만치 "구부정하니 앞서 내려가는 형님"의 모습!

　그 향기의 비밀은 "여유"입니다. '전부 아니면 전무'가 아니라 '얼마쯤'입니다.

　'호도를 딴다'는 이미지는 자기를 반성하지 못하는(반성할 수 없는) 것에서 존재의 절대화를 이룹니다. 그러나 '호도를 캔다'는 이미지는 그 자체로 관계의 산물이기 때문에 '절대'를 근본적으로 부정합니다. 관계를 중심으로 하는 세계관에 의해 이미지화된 것입니다("넵 둬라. 다 여기 연고 있는 사람들 아니겠냐."). '내가 심고 길렀으니 내가 거둔다'와 '모두가 심고 모두가 길렀으니 나누어 가진다'는 패러다임은 엄청난 차이입니다. 그 차이로 '나'와 큰형님이 있습니다.

　큰형님이 속한 패러다임의 우위는 우화 같은 다음 이야기에 그대로 녹아 있습니다. "다람쥐란 놈 욕심은 많고 머리는 나빠 제 먹을 것보다 몇 곱절 물어 간다고 한다 그래놓고는 어디에다 묻어 두었는지 몰라 겨울에 굶어 죽기도 한다는데 하하, 그런 어리석음 덕분에 다람쥐가 죽지 않고 살아 남았다나 그렇게 땅 속에 물어다 묻어 논 것들이 싹을 틔워서 도토리 숲이 퍼져 갔다나."

이 이야기에서 2-1=1이 아닙니다. 2-1=1±α입니다. α의 역동적 창발성이 '관계'의 세계를 이룹니다. 형님의 패러다임은 α를 중요시하고, 나의 패러다임은 2-1이라는 실체를 중요시합니다. 그러니 자동적으로 "여유"의 자리가 사라집니다. "여유"의 자리만큼의 겸손도 사라집니다. 겸손이 사라지는 만큼 따뜻함이 사라집니다(기계적이 됩니다).

하여, "하하, 형님도/ 호도가 고구맙니까"와 "그냥 빙긋이 웃는 형님"의 모습이 대비됩니다. 그리고 빙긋 웃는 형님의 미소가 나를 감쌉니다.

이것이야말로 현대의 치유입니다. 그런 사상 감정, 깨달음의 감흥이 일어납니다. 내가 체험한 일이 바로 그런 깨달음을 담고 있던 사건이었습니다.

그래서 그 체험 이야기를 중심으로, 내가 느꼈던 그런 생각들이 더 잘 느껴지도록 들려주는 것입니다.

<있었던 일을 시로 쓰기>는 있었던 일이 나에게 의미 있는 감흥을 주었기 때문에 그것을 표현하는 것입니다. 어떻게 표현하냐 하면, 의미 있는 감흥이 잘 드러나게, 있었던 일을 이야기하는 방법으로. 그렇기 때문에 있었던 일이 선명하게 시의 물질적 재료가 되지 않으면 안 됩니다.

문제는, 있었던 일이 환기하는 바의 의미입니다.
그래서 한마디로 '의미 있는 이야기'가 됩니다.

1-4. 줄거리와 그것이 품고 있는 의미
— 짧은 이야기를 짓는다고 생각하십시오

있었던 일은 그것이 '일'인 까닭으로 하여 항상 시간적 경과 과정을 갖고 있고, 또 그에 대한 감흥은 그 경과 과정 전체에 응하는 것이기 때문에 시적 체험에 있어서 항상 '내가 걸어 간 길—줄거리'와 '그 줄거리가 담고 있는 의미'가 문제가 됩니다. 결국 나에게 있었던 일을 시로 쓰기란 그 줄거리(작은 정황의 연결체)를 줄거리인 채 보여주기만 하는, 작은 정황들에 생각과 느낌을 덧붙여 보여주고 들려주든, 줄거리를 구체적인 정황의 감정으로 녹여내어 들려주든 '줄거리와 그 의미'의 직물입니다. 따라서 있었던 일의 시간적 경과 과정의 짧고 긺의 문제가 안 됩니다. 문제는 있었던 일의 전체 과정과 그것이 담을 수 있는 의미입니다. 그래서 시를 쓰기에 앞서 의미가 살아 있는 줄거리 짜기에 집중해야 합니다.
다음 시를 보겠습니다.

추석날 고모님댁에 인사를 가는데
버스정류장 한쪽에 사람들이 모여 있었다
호기심으로 다가가니
개 한 마리 건물 구석에 놓여 있었다
에구, 누구 집 개야, 안됐네
한마디씩 남기고 사람들이 하나 둘 떠나
마지막으로 내가 남았다

나는 어찌해야 좋을지 몰랐다
가축병원이 어디 있나 둘러보았지만
보이지 않았고
주인이 나타나기를 한참 기다렸지만
역시 헛일이었다 차에 치인 개는 피를 계속 흘리며
그저 숨만 볼록볼록 쉬고 있었다
나는 개를 살리고 싶었지만
싣고 갈 차도 필요한 돈도
할애할 시간도 없어
끝내 개를 남겨놓고 돌아서고 말았다
누가 개를 발견하여
얼른 가축병원으로 옮겨주었으면, 몇 번이나
뒤돌아보았다 그러나 도망을 가고 있음을
나는 인정하지 않을 수 없었다
　— 맹문제「인정하지 않을 수 없다」전문

　줄거리가 있는 이야기입니다.
　줄거리가 어떤 의미를 담고 있습니다. 있었던 일의 줄거리가
'그러나 도망을 가고 있음을/ 나는 인정하지 않을 수 없었다'는
자괴(自愧)의 감정을 일으키며 인간사의 어떤 면을 환기합니다.
어떤 의미 공간입니다. 아무리 생각해도 액면 이상의 의미가 나
의 마음을 잡아당깁니다. 매사에 마음은 아파했지만 결정적으로
중요한 행동으로는 나아가지 못했던 나의 삶이 떠오릅니다. '차
에 치인 개는 피를 계속 흘리며/ 그저 숨만 볼록볼록 쉬고 있'
음을 보면서도, '나는 개를 살리고 싶었지만/ 싣고 갈 차도 필요
한 돈도/ 할애할 시간도 없어/ 끝내 개를 남겨 놓고 돌아서'던,
그러면서도 '누가 개를 발견하여/ 얼른 가축병원으로 옮겨 주었
으면, 몇 번이나/ 뒤돌아보'던 그런 나의 모습이 떠오릅니다. 거
창하게 불의에 대한 투쟁 같은 것이 아니어도, 결정적인 행동이

란 참으로 단순한 것이어서 아파하는 그에게 도움을 주는 쪽으로 한 걸음만 다가서면 되는 것인데 그렇지 못했던 삶의 모습이 떠오르고 그 체험(있었던 일)이 엄청난 상징 공간이 됩니다. 그래서 있었던 일이 그 자체로 의미를 담고 있는 시적 공간이 되도록 정돈하고 감정을 보태 이야기하는 것입니다. 실제로도 '어떤 주제'를 향해 집중된 짜임새를 가졌다는 점만 빼면 우리가 일상에서 하는 이야기와 다를 바가 없지요.

이처럼 <있었던 일을 시로 쓰기>는 '내가 걸어 간 길—줄거리'와 '그 줄거리가 담고 있는 의미'가 빚어내는 쓰기 방법입니다. 때문에 시를 씀에 있어서 자기가 한 체험을 가지고 어떤 깨달음을 주는 짧은 이야기를 짓는다고 생각하면 체험을 재구성하는데 훨씬 유리합니다.

1-5. 있었던 일의 순서에 기초하여 시적 정황으로 취한다

있었던 일을 시로 쓰기는 있었던 일이 나에게 불러일으킨 생각과 느낌을 표현하는 것입니다. 따라서 있었던 일의 순서에 따라 서정을 전개하는 것이 가장 알기 쉽습니다(앞서 보았던 예문의 시 모두가 그렇습니다).

기본 골격을 도식하면,

<① 정황 설정(도입)→ ② 小정황의 전개→ ③ 국면 종결>이 됩니다.

있었던 일들의 어떤 면들을 쭈욱 연결해 보니, 그 자체로 무엇인가 의미를 품고 있는 이야기 공간이어서, 그런 생각과 느낌이 가장 잘 드러나도록, 있었던 일의 어떤 면을 전개시켜 가는 것이지요. <의미를 중심으로, 의미 정황이 되도록>.

이런 이유로 해서, 있었던 일을 시로 쓸 때는 체험한 일의 어떤 면을 반드시 시적 정황으로 취해야 합니다. 그것이 묘사와 정황 제시에 의한 것이든, 생각과 느낌이 덧붙여진 것으로든, 깨달음의 감흥으로 녹아들어 가든, 체험한 일을 시적 정황으로 취할 때 남들도 그 일을 마음속에 그려보며 그 생각을 감각적으로 느낄 수 있는 것입니다. 체험된 사건은 보여주지 않고 생각만 주절거리면 "종로에서 뺨 맞고 한강에다가 침 뱉는 격"입니다.

반드시, 생각과 느낌이 나왔던 일을 시적 정황으로 취해야 합니다.

그것도 체험의 순서에 따라야 합니다.

왜냐하면 나도 그 체험 과정을 통해 그런 생각을 했기 때문에, 그 과정을 보여주어 남들도 그렇게 느끼게 해야 하기 때문입니다.

> 어린 자식 앞세우고
> 아버지 제사 보러 가는 길
>
> ─ 아버지 달이 자꾸 따라와요
> ─ 내버려둬라
>   달이 심심한 모양이다
>
> 우리 부자가 천방둑 은사시나무 이파리들이 지나가는 바람에 쏴르르쏴르르 몸 씻어내는 소릴 밟으며 쇠똥냄새 구수한 판길이 아저씨네 마당을 지나 옛 이발소집 담을 돌아가는데
>
> 아버짓적 그 달이 아직 따라오고 있었다
>   ─ 이상국 「달이 자꾸 따라와요」 전문

있었던 일을 마치 영화의 한 장면처럼 옮깁니다. 그런데도 그

장면이 어떤 감흥을 불러일으킵니다. 왜? '人은 유한하지만 間은 영원하다'는 생의 법칙을 생각하게 하는 체험이기 때문입니다. 이미 돌아가신 분과 가야만 하는 아버지 그리고 철모르는 아들이라는 人의 연속성을 다른 것도 아닌 시간을 낳는 달이 지켜보고 있다는 상황이 그 자체로 '시간 속에 놓여진 생'과 '간(間)'으로서의 '영원'을 돌아보게 하기 때문입니다. 그러니, 그런 생각을 표현하려면 그런 생각과 느낌을 낳은 그 체험을 시적 정황으로 취하지 않고는 한 발짝도 나아갈 수 없는 것이지요. 또 실제의 체험 순서를 따르지 않고도 불가능하고요.

1-6. 이야기성을 십분 활용하라
— 이러쿵저러쿵 들려준다고 생각하면 좋습니다.

보통의 경우, 우리가 일상에서 겪었던 일을 누군가에게 말하려고 할 때는 그 일의 시간적인 경과 과정에 따라 이러쿵저러쿵 이야기할 수밖에 없습니다. 이유는 '있었던 일' 그 자체로 하나의 이야기이기 때문입니다. 이것이 '있었던 일'의 이야기성입니다.

다음 시를 보겠습니다.

지난여름 장에 가서
암수 강아지 한 쌍을 사왔다
이놈들이 커서 이젠 제법 개 구실을 한다
어느 날 과자 하나씩을 주었더니
제각기 자기 과자 앞에서 과자를 지키며
서로 으르렁거리기만 한다
두 시간이 지나고 오전이 다 가도록 서로

눈치만 보며 먹지를 못한다
등털 곤두세우고 침만 질질 흘리는
이 어이없는 긴장!
나는 늦게사 그걸 알고
가서 과자를 멀리 던져버림으로써
그 팽팽한 긴장을 깨뜨렸다
이놈들은 그제사 고개 들고 하늘도 보고
또 서로 핥아주기도 한다
　　— 이동순「개 두 마리」전문

　시적 화자가 겪었던 일이 그 자체로 하나의 이야기입니다. 그래서 그 이야기를 들려주는 것입니다. 그런데도 어떤 감동이 흐르며, 그 '어이없는 긴장!'이 우리네 삶을 살피게 합니다. 이처럼 <있었던 일을 시로 쓰기>는 쉽게 생각하면, 일상에서 겪었던 일을 조금 긴장된 이야기 형태로 재구성하여 이러쿵저러쿵 들려주는 것입니다. 물론 그 긴장은 이야기를 의미로 집중시키기 위한 긴장이 입니다. 그래서 있었던 일을 시로 쓰기는 생각과 느낌이 잘 드러나게 조직된 이야기인 셈입니다.

1-7. 깨달음의 감동이 살아 있는 '있었던 일'이어야 합니다
　　— 감흥 있는 사건

　이야기를 들려준다고 생각하는 것도 중요합니다.
　줄거리를 다듬는 것도 중요합니다.
　그러나 그 모든 것은 감동을 중심으로, 그것을 표현하기 위한 과정일 뿐입니다. 따라서 감동이 담겨 있지 않으면 그저 수다꺼리에 머물게 됩니다. 시인은 체험이 준 감동을 표현하는 감동의 예술가입니다. 그것이 물상을 대상으로 한 것이든, 풍경을 대상으로 한 것이

든, 자기가 겪었던 일을 대상으로 한 것이든, 그것이 나에게 불러일으킨 감동을 표현하는 것입니다. 그러니 자기의 체험이 '생의 한 국면을 환기하는 의미를 불러일으킨다'에서 출발하지 않으면 안 됩니다. 그냥 '슬프다/ 기쁘다/ 아름답다'고 생각되는 정도로 시를 쓸 수 없습니다. 그 속에 삶을 깨우치는 감흥이 들어 있어야 합니다. 이동순의 「개 두 마리」를 보십시오. 나희덕의 「종점 하나 전」, 문학철의 「호도캐기」, 맹문제의 「인정하지 않을 수 없다」, 이상국의 「달이 자꾸 따라와요」를 보십시오. 모두가 생의 한 국면을 환기하는 깨달음의 감흥이 들어 있습니다.

그러니 무작정 이야기를 시작하는 것이 아닙니다.

있었던 일이라는 '이야기성'을 '의미를 중심으로' 다듬는 이야기입니다.

그래서 깨달음의 감동이 살아 있는 '있었던 일'이어야 합니다. 내가 체험한 그 일이 마치 생의 한 국면을 이르는 상징적인 이야기 공간 같아 그것을 표현하는 것입니다. 이 세상에는 심심풀이라는 명목으로 스스로를 값어치 없게 하는 이야기가 너무 많습니다. 그래서 더욱 '감동 있는 일'을 찾아야 하고 표현해야 합니다. 그것만이 삶에 닻을 내리게 합니다.

방금 옷깃을 스치고 지나갔는데
망막 한쪽에 환하게 불이 들어오면서
어디서 많이 본 얼굴 같은기라
낯이 익은기라
그래서 돌아서 "야!"하고 불렀더니만
스쳐지나간 사람들이 죄 돌아보는기라
거기 이름 모를 것들이 한꺼번에
날 쳐다보는데
뜨악한 얼굴

화난 얼굴
슬픈 얼굴
그냥 무표정한 얼굴—

부끄럽기보담 모처럼
사람 얼굴이 죄 보이는기라
살아 있는 사람 얼굴들이
단순하게 '야'하고 이름 붙인 것들이

참말로 세상은 이래서 한 번 환하고
— 박해석 「이름 모를 것들」 전문

"야"하고 불렀는데, 거기에 있던 사람들이 한꺼번에 날 쳐다봤던 일입니다. 그런데 그 일이 마음에 환한 등을 켭니다. 뿔뿔이 저 갈 길을, 제 길만을 보고 가던 사람들이 한꺼번에 돌아보았던 그 체험이 한순간, 참말로 아름다운 세상으로 느껴집니다. 그래서 있었던 일에 자기 소감을 덧붙여 들려주는 것입니다. 속된 말로 그냥 쪽팔렸다고만 생각했으면 이와 같은 이야기는 그저 웃자고 떠드는 수다에 불과했을 것입니다. 그러나 그 체험 안에는 오늘날처럼 파편화 개별화 고립화되어 가는 세상을 반성케 하는 '순간, 생의 화창(和唱)' 같은 것이 있었던 것이지요.

이처럼 있었던 일을 시로 쓸 때는 그 '있었던 일'이 생의 한 국면으로서의 깨달음을 갖고 있는 것이어야 합니다. 한마디로 감흥 있는 사건이어야 합니다.

이상을 통해 <있었던 일을 시로 쓰기>의 과정을 요약하면 다음과 같습니다.
1) 내가 겪은 어떤 일

2) 그 일이 왠지 찌릿찌릿한 느낌을 주다가 생의 한 국면에 해당하는 의미 감정을 불러일으킨다. 마치 그 체험이 어떤 말을 하는 것처럼 느껴진다.

3) 감동스러운 감흥이 만들어진다.

4) 감흥의 의미가 드러나게, 의미를 중심으로, 있었던 일(사건)이라는 객관적 재료를 활용하여 사상 감정을 표현한다. ●

시 창작 초기에 나타나는 고쳐야할 표현들

도 종 환

I. 피상적 인식에서 벗어나야 한다

아이들이 그림 그리는 모습을 살펴보면 재미있는 현상을 발견할 때가 있다. 화폭에 산, 나무, 들, 꽃, 하늘, 사람의 밑그림을 연필로 그려놓고 나무는 고동색, 나뭇잎은 초록색, 하늘은 푸른색 이런 식으로 화폭에만 시선을 고정시킨 채 색칠을 해나간다. 아이들 머릿속에는 이미 선험적으로 얼굴은 살색, 머리는 까만색, 땅은 황토색으로 칠하면 된다는 생각이 들어 있는 경우가 있다.

앞에 있는 나뭇잎 색깔이나 하늘의 변화하는 빛깔을 잘 관찰하면서 그리는 아이는 별로 없다. 그렇게 그려놓은 그림들은 그래서 늘 그게 그것 같고 새롭지 않다. 나무둥치에 고동색을 가득 칠해 놓은 아이에게 고동색 크레용을 들고 가 나무에 직접 대보게 하며 "어때 색깔이 같니?"하고 가르치는 선생님을 본 적이 있다.

사물의 모습을 직접 보고 자세히 관찰하며 피상적인 인식에서 벗어나게 하는 일 이것은 아마 예술 창작에 있어 가장 기본적인 것인지도 모른다.

　추억을 실은 버스가 나의 마지막 종착역에 서자 보이지 않는
사람들의 환호소리가 귓전에 들렸다. 서쪽하늘 가까이에서 실려
오는 바다 내음 맡으며 황금벌판 풍요로움에 흩죽한 고향길을 말
없이 걷는다. 어린 시절이 벌판에서 바다를 바라보며 속삭였던
숱한 언약들이 다시 귓전에 들려온다. 살아오면서 버려진 덧없는
것들이었지만 그때처럼 가슴 설레이여 눈망울 적시었고 마음은
이미 바다와 들판 작은 마을 소박한 집들에 백지장처럼 깔려버렸
다.
　하얗게 깔린 백지장 위로 그리운 사연들이 써져 내려가고 낯
설지 않은 이름들이 내 마음 호수에 돌을 던질 때마다 잔잔한 갈
등을 일으킨다……
　세월이 어느덧 흘러 밉던 얼굴마저 그리워져 모질게 내쫓았던
당신에게 다시 돌아온 것은 이곳이 나의 비둘기가 둥지를 틀고
파랑새가 날갯짓하던 곳이었기 때문이다.
　　―'애착'

　이 시는 고향에 다시 돌아오면서 느낀 생각들을 쓴 시이다.
그런데 고향에 대한 그의 인식은 어떠한가. '황금벌판 풍요로
움~' 그는 고향벌판을 바라보며 황금벌판이라고 말한다. 대단히
피상적이다. 오늘날 농촌의 실제 모습이 어떤가 하는 구체적 인
식이 결여되어 있고 농촌의 모습을 이야기할 때면 으레 묘사하
던 상투적인 관용어구를 그대로 따라 쓰고 있다. 이런 대상에
대한 피상적 인식의 흔적은 이 작품 여러 곳에서 발견된다. '작
은 마을 소박한 집들~' 이런 표현도 마찬가지이고 고향을 '비둘
기가 둥지를 틀고 파랑새가 날갯짓 하던 곳'이라고 묘사한 부분
도 마찬가지이다.

Ⅱ. 상투성에서 벗어나야 한다

위의 시 '애착'에서 보는 것처럼 삶, 또는 대상에 대한 피상적 인식은 자연히 상투적인 표현으로 이어지게 된다. '내 마음호수에 돌을 던질 때마다~' 이런 구절 역시 그렇다. 마음을 호수에 비유하는 표현, 그 호수에 돌을 던진다는 표현 등은 너무 흔하게 쓰여 온 표현이며 전혀 새로운 느낌을 주지 못한다.

> 눈부신 밤거리
> 달빛 한 가닥 들어설 틈도 없다
>
> 휘황한 불빛 속엔
> 검은 하늘 향해 벌린 하얀 살뿐이다
>
> 아무 것이든 빨아들이는 불가사리 식욕
>
> 붉은 웃음은 잿빛 거리를 휘돌아 하늘에 퍼지고
> 현란히 부서지는 물결 속에
> 검은 세계는 찬란히 부상한다
>
> 달이 떨어져 나무에 걸려 있다
>   ―'밤거리'

이 시에 나오는 '붉은 웃음' '잿빛 거리' '검은 세계' '하얀 살' 등의 표현은 각각의 색깔이 갖고 있는 고정적인 이미지를 상투적으로 답습하면서 쓰고 있다. 밤거리의 풍경을 그리고 있지만 어딘가 답답하다. 답답한 풍경을 통해 무엇인가를 이야기하려고 하는데 그것이 무엇인지 잘 잡히지 않는다.

키스를 하고 돌아서자 밤이 깊었다
지구 위의 모든 입술들은 잠이 들었다
적막한 나의 키스는 이제 어디로 가야 할 것인가

정호승 시인의 '키스에 대한 책임'이라는 시이다. 입맞춤을 하고 돌아서는 깊은 밤, 너는 눈물을 흘리는데 나의 키스 나의 사랑은 이제 어디로 가야할 것인가를 생각하며 적막해지는 심정을 '적막해지는 나의 키스'라고 표현했다. 신선하지 않는가.

첫 키스의 느낌을 각자 한 번 시로 표현해 보자. 어떻게 표현할까. 첫 키스의 느낌을 수식하는 말을 만들어 보자고 하면 '황홀한' '달콤한' '갑작스런' '아련한' '부끄러운' '잊지 못할' '지워버리고 싶은' '감미로운' '떨리던' 등등의 말이 쏟아져 나온다. 이런 표현들 중에 참신한 표현은 무엇일까. 잘 찾아지지 않을 것이다.

그러나 한용운 시인은 어떻게 표현했는가. '날카로운 첫 키스의 추억'이라고 표현하지 않았는가. 지금부터 70여 년 전 그런 참신한 말로 표현했다. 날카로운이란 형용사는 키스라는 말이 주는 느낌과는 잘 어울릴 것 같지 않은 말이다. 광물질적인 속성, 금속성 이런 이미지를 주는 말이다. 그러나 전혀 어울릴 것 같지 않은 이 말이 결합하면서 '갑작스런' '충격적인' '강하게 다가온' '찌르듯이 내게 온' 이 모든 느낌이 함께 들어 있는 다양한 의미 공간을 열어 놓은 것이다. 이런 신선한 언어의 만남을 러시아 형식주의자들은 '낯설게 하기'라고 한다.

다음의 시를 보자

세상에 모든 아내들은
한 꽃에 꽃잎 같은 가족을 둘러 앉혀 놓고
지글지글 고깃근이라도 구울 때

소위 오르가즘이란 걸 느낀다는데
노릇노릇 구워지는 삼겹살
그것은 마치 중생대의 지층처럼
슬픔과 기쁨의 갖가지 화석을 층층이 켜켜로 머금고
낯뜨거운 오르가즘에 몸부림친다
그 환상적인 미각을 한 점 뜨겁게 음미할 새도 없이
식구들은 배불리 식사를 끝내고
삼겹살을 구워 먹은 뒤 폐허 같은 밥상은
……………
헐거운 행주질 한 번으로도 절대 깨끗해지질 않는다
하얀 손등에 사막의 수맥 같은 파란 심줄을 세우고
힘주어 밥상을 닦는 아내의 마음속엔
수레국화 꽃다발 사방으로 흩어지고
　―'돼지' 중에서

　식탁에 둘러앉은 가족의 모습을 무어라고 표현하고 있는가.
'한 꽃에 꽃잎 같은 가족' 그렇게 표현했다. 비유가 신선하다. 돼
지고기의 삼겹살을 보며 떠올린 '중생대의 지층' 그리고 '층층이
켜켜로 머금은 슬픔과 기쁨의 갖가지 화석' 이런 비유들은 이
시를 쓴 사람만이 본 독특하고 새로운 시적 발견이다. 지글지글
구워지는 돼지고기와 오르가즘을 연상시킨 비유에 이르기까지
이 시는 전혀 상투적인 데를 찾을 수 없다. 그래서 시가 새로운
느낌을 준다.

Ⅲ. 하고자 하는 이야기가 제대로 드러나 보여야 한다

　사람들은 돌아오고 흐느끼는 소리는 없었다

아무도 앓는 소리 듣지 못하고
나도 어딘가로부터 돌아왔다

피는 물 위를 기름처럼 흐르고
사람들은 원심분리기 속에서
제 무게만큼의 속도로 흩어져 간다
새록새록 피어오르는 유방들이
다가올 봄을 대비해
욕망을 충족시키고
수많은 옷가지들이 거리를 휩쓸고
지나가면 어느새 나는
벌거벗은 병정이 되어
거리를 간다
속이지 말라고 사람들은 외치고
그래도 나는 속인다
나는 속이는 행위
그 이상도 그 이하도 아니었으므로
내가 죄를 벗어나는 길은
죄를 잊는 길밖에 없다
나의 원죄는 이토록 망각 앞에 무력하다
또한 그것은 종이 위에서 다소간의
위안을 찾기도 하지만
여전히 노란색 가로등에 뿌리는
외로운 빗줄기 옆에 있다
하염없이 달리는 차창가에
정면으로 달려오는 운명 앞에 있다
　—'갑자기 그러나 천천히'

이 시 속의 시적 화자는 지금 죄 때문에 괴로워한다. 죄를 짓
고도 그것을 솔직하게 털어놓지 못하고 속이고 있어야 하는 괴
로움에 마치 벌거벗은 병정이 되어 거리를 가고 있는 듯한 부

끄러움에 싸여 있다.

시적 화자가 그토록 괴로워하는 것의 실체가 무엇인지를 우리는 물론 알 수 없다. 그러나 문제는 이 시를 쓴 사람이 이 시를 통해서 결국 무엇을 말하려 하고 있는지가 불명확한 데 있다.

1연 3행 '나도 어딘가로부터 돌아 왔다'는 것은 어디일까. 끝까지 읽어보아도 그곳이 어디인지는 나와 있지 않다. 2연에 와서 죄 때문에 그토록 괴로워한다는 이야기가 길게 전개된다. 그런데 18~19행 '그것은 종이 위에서 다소간의/위안을 찾기도' 한다고 말한다. 무슨 위안을 찾는다는 것일까. 그리고 21행 '외로운 빗줄기 옆에 있다'와 23행 '정면으로 달려오는 운명 앞에 있다'고 했는데 무엇이 그 앞에 있다는 것인지 알 수 없다. 죄에 관한 이야기가 마무리되는 끝 구절이기도한 18행부터 23행까지는 역시 모호한 채로 던져져 있다. 2연 1행부터 7행까지는 이 시 속의 시적 자아가 서 있는 공간적 배경을 나타내는 것들인데 죄의식을 느끼게 된 원인과 어떤 연관이 있다든가 아니면 상징적인 구실을 한다든가 하지 못하고 산만하게 나열되어 있을 뿐이다. 전체적으로 주제를 향한 응집력도 부족할뿐더러 '유방' '병정' '종이' '운명' 등의 시어들이 이해되지 않는 채 자꾸만 걸린다. 거기다 제목 '갑자기 그러나 천천히'는 시 전체 내용과 어떤 연관을 갖는 것인지 역시 알 수 없다. 또 다음과 같은 시를 한 편 더 보자.

이름보다 먼저 그대 귀를 찾았을

죽도록 사랑한다는 말이

더한 부름으로 버거웠던지

유령처럼 스르르

가버렸다
　—'겨 드 랑 이 에 각 개 표 로 손 을 끼 워 넣 는 건 그 어 느 한
쪽 의 필 요 만 은 아 니 다 '

이 시의 시적 자아는 죽도록 사랑한다는 말이 버거워 사랑하
는 사람이 떠나 버린 빈 공간에 서 있다. 이 시의 제목대로 '겨
드랑이에 각개표로 손을 끼워 넣는 것은' 어느 한 쪽의 필요에
서가 아니듯 서로 따뜻한 온기가 필요해 사랑했을 텐데 그냥
황망히 떠나 버린 것을 못내 받아들이기 어려워하는 심정이 나
타나 있다. 그런데 제목으로 표현하고 있는 것도 내용의 한 부
분으로 들어가야 할 것 같고 거기에다 원래 하고 싶었던 이야
기를 더 해서 한 편의 시로 자기 감정을 제대로 형상화하려는
노력이 더 있어야 할 것 같다. '겨드랑이~'로 시작되는 긴 제목
이 새롭다는 느낌을 주기보다는 제목도 내용도 다 미완성으로
끝나고 있는 듯한 느낌을 준다.
　우리는 시를 쓰면서 내가 지금 이 시를 통해 무슨 이야기를
표현하려고 하고 있는가 하고 되물어 보아야 한다. 다음 시는
어떤가 함께 읽어보자.

　돌담은……,
　아닙니다.
　어릴 땐 가지런한 층층에 끄덕머리 하다가, 흔들고 다시, 여물
게 손가락질 하나 둘 헤다가, 마침내 올라서서 이쪽과 저쪽 세상
가운데를 걸으며 조심스레 팔저울도 했지요.

하지만 이젠 아닙니다. 저는 이미 많이 자라서 한여름 놀던 그 그늘, 한 겨울 고인 볕뉘와 속살거림, 모두 까닭 없었어요. 때로 생각이야 나지요. 가을이었어요. 누군가 싸리비 하나 꺾어들고선 저 산 너머로 가라며 저를 자꾸 내쫓았어요. 가라면 간다며 그 길로 돌담 등지는데, 때깔 곱게 물든 단풍 숲 사이 바알간 노을이 깃들더니 이내 두 눈 가뭇가뭇 멀게 했어요.

그 후론 여기 이 바깥 세상에 쭉 살았지요. 어떤 날은 취해 밤낮을 바꾸고 또 어떤 날엔 싸우다 승리, 패배, 승리 패배 패배했어요, 삭신 다 닳은 세월 속절없지만 아파서 제겐 더 살뜰한 기억이지요.

다만 잊을 수 없는 건

그 낮은 돌담. 웃자란 키로 들여다봅니다.

안팎으로 그늘과 속살거림 거느린 것이며, 자라지 못하는 속엣것들 고즈넉이 품은 모양이며, 누군가 또 싸리비 꺾어 괜찮다고, 가라고, 사는 건 그렇게 등지는 거라며 저를 쫓아내는 것까지도 두고 올 적 그대로지만, 삶이란, 예전에 그랬듯, 홱 떠나는 것은 아니더군요.

……안됐거든요.

저물 무렵

그 모든 게 노을 함께 지면

참 안돼 보이거든요.

이제 와서 저는

슬퍼할밖에요.

　—'돌담'

많은 쉼표와 현실에서 과거로 과거에서 현실로 들락거리는 구성은 자칫 혼란스럽게 비쳐질 수도 있지만 그렇지 않다. 그 속에도 정연한 내적 질서가 있다. 돌담이라는 소재를 통해서 유년기와 성장기, 세월의 이쪽과 저쪽을 넘나들면서 아름답고 아프던 어린 시절을 추억한다. 떠나기 싫던 우리들 근원적 삶의 터전과 그 터전을 떠나와 끊임없는 싸움을 되풀이하며 성장해야 하는 현실의 경계에 돌담이 있다. '괜찮다고, 가라고, 사는 건 그렇게 등지는' 것이라고 말하는 주제를 내포한 구절도 자연스럽게 시 속에 녹아 있고 우리 모두가 체험한 통과의례의 상징으로 '돌담'이 제 구실을 한다. 그러면서도 자꾸 되돌아 보이는 유년시절에 대한 그리움을 담은 '성장시'로 손색이 없다. 전통적인 기법으로 표현하든 새로운 기법으로 그려내든 문제는 한 편의 시를 통해 하고자 하는 이야기가 제대로 나타나 있느냐 그렇지 못하냐에 있는 것이다.

IV. 관념성 불필요한 난해성에서 벗어나야 한다

나는 간다
무한한 공간 속으로
닫혀 있는 창을 열고
雨의 장막을 넘어

나는 간다
영원한 침묵 속으로
저잣거리의 소음을 뒤로 하고
검은 숲 오솔길을 걸어

나는 간다
절대의 고독 속으로
닫혀 있는 창 너머로
누구와도 아닌 홀로서
순수 이전으로 돌아간다

―'순수 이전으로'

a--a′--a″ 형식으로 쓰인 이 시는 '나는 간다, 어디 어디로'
의 기본 골격을 갖고 있다. 그리고 시적 화자인 내가 가는 곳은
'무한한 공간' '영원한 침묵' '절대의 고독' 속이다. 그곳을 작자
는 순수 이전의 곳이라고 한다. 순수 이전의 곳 그러니까 지금
순수한 곳보다 훨씬 더 깨끗하고 때 묻지 않은 그 어떤 곳으로
간다는 의미를 담고 있다. 그러나 그 순수 이전의 곳이라는 무
한한 공간, 영원한 침묵, 절대의 고독 등은 대단히 관념적이다.
雨의 장막도 마찬가지다. '닫혀 있는 창을 열고' '저잣거리의 소
음을 뒤로하고' '누구와도 아닌 홀로서' 가는 길이라면 죽음의
세계가 아닌가 싶다. 그렇다면 죽음의 세계는 절대 순수의 세계
일까. 문제는 이 시의 시어들이 육화되지 않은 관념성에 빠져
있다는 데 있다.

> 미지에의 두려움에 망설이며
> 되돌아 갈 수 있는 줄 알았던 이 길이
> 그러나
> 길은 앞으로만 뚫려 있고
> 등 뒤엔 이미 수렁
> 나의 사색은 병약했으며
> 암흑에 가두었고
> 고통일 뿐이던 젊음
> 삶과의 치열한 투쟁
> 그러나 자신의 밀실을 벗어나지 못한 채
> 묶여 있던 감각 굳어 있는 뼈마디
> 나는 그것이 어둠인 줄도 몰랐었다
> ―'봄'중에서

나약하던 자기의 밀실을 깨치고 나오는 어느 봄날의 기억에 대해 쓴 시이다. 이런 자각과 깨달음을 통해 역사를 알게 되었고 쓰러짐을 두려워하지 않게 되었다는 이야기도 이 시의 뒷부분에 이어진다. 그러나 어딘지 미덥지 못한 데가 있다. 바로 지금 이 시에서 보는 것과 같은 육화되지 않은 언어들 때문이다. '사색' '병약' '암흑' '투쟁' '밀실' '감각' 등의 관념적인 시어들은 삶으로 한 덩어리가 되어 있다는 느낌보다는 삶과 언어가 따로따로 겉돌고 있다는 느낌이 들게 한다.

V. 나약한 감상으로 떨어지지 않아야 한다

시를 쓰는 데 가장 중요하게 작용하는 요소로 정서를 빼놓을 수 없다. 정서란 어떤 사물을 대하면서 일어나는 감정의 변화를 말한다.

러스킨은 사랑, 존경, 찬탄, 기쁨의 4가지와 미움, 분노, 공포, 슬픔의 4가지를 합쳐 8대 정서라 했다. 사람의 감정 중에 희, 로, 애, 락, 애, 오, 욕이 모두 시가 될 수 있고 근본적으로는 지, 정, 의(知. 情. 意)가 모두 시심의 밑바탕이 된다. 그 중에서 '정'이 정서가 되겠는데 문제는 이런 감정 중 사랑 또는 이별 슬픔 외로움 등의 감정만이 시의 중요한 정서인 것처럼 편협하게 생각하는 태도이다.

> 문득 헤어져야 할 때를 생각해 보면
> 오늘의 이 기쁨이
> 영원할 것 같지만은 않다
> 헤어짐을 전제로 하지 않은 만남이란 없고

만남 자체도
헤어짐이 있음으로써 의미 있는 것이 아닐까
너의 그림자가 사라져 가는
버스 뒤꽁지의 창문을 쳐다보면
또다시 쓸쓸해지는 어깨를 움찔하며
내일의 만남을 기약해 간다
어쩌다 이대로 헤어진다고 해도
다시 만날 것을 믿으며
어색하지만 반가운 너의 얼굴을
원 없이 쳐다볼 수는 있겠지
　　—'사랑 그리고 그만큼의 아픔' 중에서

오늘은 갑자기
내가 너를 그리워한다는 사실 자체가
우울한 슬픔으로 다가온다
서글픔은 고동색 절망으로 흐르고
나란 존재는 정말 무엇일까 하는 생각만
그곳에 가득하다

네게 사랑한다고 말한 적은 없다
그리고 좋아한다고 고백한 적도 없다
그저 내 곁에만 있어 주면 좋았는데
오늘은
네가 곁에 있어도 허전하기만 하다
　　—'서정시가 흐르는 화폭'

　위의 시 '사랑 그리고~'는 만남의 기쁨과 헤어짐에 대한 불안
함 그리고 사랑하는 사람의 얼굴을 원 없이 쳐다보고픈 마음을
담은 시다. 두 번째 시 '서정시가~'는 그리워하는 마음의 복잡
함. 그 심리적 고통에 대해 쓰고 있다. 그런데 그리움을 우울한

슬픔으로 표현한 곳이라든지 서글픔을 고동색 절망이라고 표현한 부분 등은 앞에서 이야기한 삶 또는 사랑에 대한 피상적 인식의 결과가 아닌가 하는 생각이 든다. 고동색 절망은 도대체 어떤 것일까. 그것은 고동색과 관련이 있는 주관적 경험의 표현일 뿐 객관적인 공감을 얻지 못한다. 이렇게 되니까 5행의 '나란 존재는 정말 무엇일까'하는 철학적 질문도 전혀 철학적으로 들리지 않는다. 감상적인 자문으로 들릴 뿐이다.

게다가 '오늘은/네가 곁에 있어도 허전하기만 하다'라든가 '헤어짐을 전제로 하지 않은 만남이란 없고' '다시 만날 것을 믿으며' 등은 류시화, 서정윤, 한용운의 시에서 많이 접했던 구절 같은 느낌이 든다.

그러나 무엇보다도 문제는 서정 또는 정서에 대한 심적 반응이 나약한 감상으로 떨어지지 않을까 하는 우려이다.

윈체스터는 문학의 정서적 효과에 대한 영원한 가치 평가의 항목으로 다음 다섯 가지를 들고 있다. 첫째, 정서의 공정 혹은 타당, 둘째, 정서의 활기 혹은 힘, 셋째, 정서의 계속 혹은 안정, 넷째, 정서의 범위 혹은 변화, 다섯째, 정서의 등급 혹은 성질이 그것이다.[2] 쉽게 말하면 그럴만한 이유가 느껴지느냐, 생생한 생동감으로 살아 있느냐, 믿을만한 힘이 느껴지느냐, 얼마만한 변화를 줄 수 있는 정서이냐, 정서다운 고상함이 있느냐 하는 기준으로 평가한다는 것이다.

> 그대 휘어지게 선 겨울 언 땅 서릿발로 동동거립니다
> 손을 내밀면 차가운 대기 속에서도 따스하게 전해오는 당신의 맥박
> 늘 푸른 서향나무로 차 오릅니다
> 가늘게 실눈을 뜬 겨울햇살로 당신을 보면 당신은 언제나 쓸

---

2) 김상선, 『문학이야기』 (선진문화사, 1973), 47~48쪽.

쓸한 쪽으로
　　눈을 주며 내게로 가만히 건너오십니다
　　가슴속 그윽한 강물들 거느리고
　　강물 위에 드리운 산그늘로 내 온몸을 담고 계신 당신
　　눈동자 속 엷게 비치는 눈물로 흔들립니다
　　그대가 담고 있는 당신은 어느 적 당신의 사람이었기에
　　오늘은 이토록 당신의 말들을 잃게 합니까
　　당신의 그대에게 건너가야 할 처녀의 말들 저 눈발로 떠돌고
있는 산천
　　당신 금이 간 서릿발로 서러웁습니다
　　　―'갈대 3'

　　작품 후반부의 그대와 당신의 혼용으로 인한 약간의 혼란스
러움은 있지만 자아 속의 초자아 또는 사랑하는 대상의 내부에
자리하고 있는 그가 사랑하는 또 다른 사랑의 모습이 얼마든지
존재할 수 있다는 점을 감안한다면 대체로 이 시의 정서는 잔
잔하면서도 믿을만하게 느껴진다. 쓸쓸함과 서러움의 정조를 과
장하거나 엄살 떨지 않고 담담하게 그려가고 있는 잔잔한 서정
의 울림이 있다.

VI. 추상적인 표현에 머물러서는 안 된다

　　이런 놈끼리
　　저런 놈끼리
　　요런 놈끼리
　　끼리끼리 모여 사는 세상

작은 괄호로 묶고
큰 괄호로 묶고
묶고 묶다 보면 결국은 하나

하나라는 것을
이런 놈도
저런 놈도
요런 놈도
알고 있을까?
　―'하나로 살기'

　　시는 내가 느끼고 생각한 것을 있는 그대로 재현하는데 그치
지 않고 구체적으로 형상화할 때 더 생동감이 있다. 이른바 객
관적 상관물을 빌어 생생하게 그려갈 때 느낌이 더 살아난다.
이 시는 끼리끼리 집단 이기주의로 모여 살지 말고 하나되어
살아야 한다는 심정을 표현하려 한 시다.만약에 다음과 같이 고
친다면 어떤 느낌이 들까 비교해 보자

모래알은 모래알끼리
조약돌은 조약돌끼리
버려진 돌들은 버려진 돌끼리
끼리끼리 모여 사는 세상
개울가에서 만나고
여울로 가다가 만나고
골짝을 넘는 구비구비에서 만나는
결국은 하나라는 것을
모래알도
조약돌도
버려진 돌들도
알고 있을까

조금은 더 생동감이 있을 것이다. 막연하거나 추상적이지 않고 구체적인 내용을 가질 때 시는 더 살아 있는 느낌이 든다. '들에는 이름 없는 숱한 꽃들이 피어 있고 이름을 알 수 없는 나무들이 빽빽이 숲을 이루었다'라는 식의 표현보다는 꽃 이름 나무 이름 새 이름이 적재적소에 살아 있도록 표현한다면 시의 내용은 그만큼 더 풍부해질 것이다. 다만 진부한 느낌이 들거나 설명적이지 않도록 하는 세심한 주의도 있어야 한다. 자칫하면 상상력의 공간이 그만큼 줄어 들 수도 있고 시의 중요한 장점 중의 하나인 다의적 해석의 공간이 그만큼 좁아 질 수도 있기 때문이다.

Ⅶ. 사실에 맞게 표현해야 한다

시를 쓰다 보면 욕심이 나게 마련이다. 더 잘 표현하고 싶고 더 적절한 비유를 만들어 보고 싶고 새롭고 신선한 느낌이 들도록 하기 위해서 많은 생각을 하게 된다. 그리고 많은 부분을 상상에 의존하게 된다. 그런데 그렇게 새로운 것을 찾아가다 자기도 모르는 사이에 전혀 사실과 다르게 표현해 놓는 경우가 있다.

성장이라는 단어의 배를 갈라 내장을 뒤져볼까
그 속 어딘가엔 분명 숱한 만남과 헤어짐을 주선하는
장기라도 있을까
만남 우혈관과 헤어짐의 좌혈관의 혈액이 감미로운
리듬에 따라 춤을 추다가 혹

장애라도 일으켜 좌충우돌로 뒤범벅되진 않을까
 — '자라기 위한 수술 준비'

이 시는 우리가 성장하면서 겪는 고통의 원인이 우리 내부에 있는 것은 아닐까 하는 데서 착안하여 성장과정과 관련한 정신적인 개념들을 육체의 일부분과 결합해보는 기발한 착상으로 전개되고 있다. 그런데 우리 몸에 좌심방 우심실 이런 이름은 있어도 좌혈관 우혈관은 없다. 상상력의 자유로운 전개는 얼마든지 좋지만 부정확하거나 논리적 모순에 빠지는 일이 없도록 주의할 필요가 있다 왜냐하면 그런 한 부분의 오류가 시 전체의 결정적인 결함이 될 수 있기 때문이다.

앞에서 살펴 본 시 중에 이런 부분도 마찬가지다

피는 물 위를 기름처럼 흐르고
사람들은 원심분리기 속에서
제 무게만큼의 속도로 흩어져 간다

피는 물 위를 정말 기름처럼 흐를까 물과 기름은 서로 겉돌지만 피와 물은 그렇지 않다. 얼마든지 자유롭게 표현할 수 있는 것이 시지만 사실에 맞지 않게 표현해서는 안 될 것이다.[3] ●

---

3) 여기 예로 든 시를 쓴 사람의 이름은 밝히지 않는다. 아직 시를 공부하고 있는 사람들의 작품이기 때문이다. ―저자 주

즐거운 시 쓰기

한국글쓰기연구회

I. 우리가 알고 있는 교과서의 시는 어떤 것인가?

글을 쓰고자 해도 쉽게 동의할 수 없는데 더군다나 시를 써보자고 하면 여러분 중 대부분은 고개를 가로저을 것입니다. 그러면 왜 나만이 아닌 대부분의 학생들이 그런 생각을 하게 되었는지 생각해봅시다.

여러 가지 이유가 있을 것입니다. 시는 하늘에서 뚝 떨어진 시인만이 쓰는 것이라든가, 시는 좀 감수성도 예민하고 가냘픈 사람들이 쓰는 것이라든가, 얼굴이 창백하고 뭔가 늘 고민하는 여자 같은 사람만이 쓰는 것이라든가, 또는 시는 어렵기 때문에 많이 배운 사람들이나 공부 잘 하는 사람들이 쓰는 것이라든가, 시는 재미없는 것이라든가……

그렇습니다. 이렇게 생각하는 것도 어떻게 보면 당연한 것입니다. 하지만 여러분이 그런 생각을 하게 되는 것은 우연한 일이 아니고 여러분들이 학교에서 국어공부를 하는 동안 특히 문학 교육을 받아오는 동안 여러분들도 모르는 사이에 그런 생각을 갖게 된 것입니다. 그러면 지금부터 왜 그런 생각을 가지게 되었는지에 대해서 가만가만 생각해봅시다.

중학교 국어 1학년 2학기 교과서를 보면 이런 시가 나옵니다.

소년을 위한 목가

소년아
인제 너는 백마를 타도 좋다
백마를 타고 그 황막한 우리 목장을 내달려도 좋다

한때
우리 양들을 노리던 승냥이 떼도 가고
시방 우리 목장과 산과 하늘은
태고보다 곱고 조용하구나

소년아 너는 백마를 타고
너는 구름같이 흰 양떼를 더불고
이 언덕길에 서서 웃으며 이야기하며 이야기하며 웃으며
황막한 그 우리 목장을 찾아 다시 오는 봄을 기다리자
　　─(신석정)

우리는 이런 시를 대개의 경우 이렇게 배웠을 겁니다. 시인 신석정은 1907~1974년까지 살았고, 1930년에 『시문학』을 통해 문단 활동을 시작했으며, 이 시는 1940년대 이전에 쓴 작품입니다. '소년아' 이 말은 새로운 세대를 뜻하며 표현법상으로는 돈호법이며, '백마'는 꿈, 희망을 나타내며, '우리 목장'은 우리 국토를 나타내는데 은유법이다. 또한 '한때'는 일제 식민지 시대를 뜻하고 '양'은 우리 민족이고 '승냥이떼'는 일본 침략자를 뜻한다. 승냥이떼가 갔고, 우리 목장을 다시 찾아오는 봄을 기다리자는 말은 광복을 뜻한다. 따라서 이 시에서 나타내려고 했던 지은이의 중심 생각 즉, 주제는 광복을 맞이할 자세와 노력이다.
등등

선생님이 이렇게 가르쳐주면 우리는 책이나 공책에 빽빽이 적고 그냥 외기에 바쁩니다. 시를 읽으면서 생각할 겨를이 하나도 없습니다. 시험 문제에 어떤 것이 잘 나느냐 하는 것만 신경이 쓰일 뿐입니다. 또한 선생님이 이렇게 설명해주셨는데 달리 질문도 할 수가 없습니다. 내 생각에는 주제가 광복을 맞이할 자세와 노력이라는데 이 시를 아무리 읽어도 광복이라는 말은 한 군데도 없어서 왜 주제가 그렇게 결정되었는지 알 수가 없습니다. 일제 식민지 시대 이전에 쓰인 작품이라고 해서 그렇게 결정해야 하는지 잘 이해가 안 갑니다. 하지만 질문을 하려고 해도 친구들이 무식하다고 할까 봐, 선생님이 이상한 눈으로 볼까 봐 질문하기도 겁이 납니다. 또한 우리 주변에서 보는 목장에 가 보면 책의 내용과는 달리 대개는 좁은 우리에 가두어두고 사료를 먹이고 있고, 소들이 눈 똥냄새가 많이 나는데 이 시에서는 어려웠던 일제 식민지 시대 이전에 쓰여졌다고 했는데 그렇다면 지금보다 더 어려웠을 것인데, 이런 목장이 있을까? 시니까 이래도 되는 건가? 시니까 똥냄새 나는 목장이라고 쓰면 안 되고 예쁘게 써야 되는 걸까? 이런 저런 생각을 하고나서도 도무지 질문할 용기가 나지 않습니다. 그래서 아무 말도 못하고 그냥 선생님 말대로 믿고 시험공부나 합니다. 이렇게 공부하다보면 자연히 시는 거짓말을 해도 되는 거구나, 없는 것도 있는 것처럼 적당히 꾸며서 예쁘게 쓰면 되는구나 하는 생각을 저절로 갖게 되는 겁니다.

2학년 1학기 국어책을 보면 이런 시가 나오는데 함께 읽어봅시다.

꽃

손을 대도 데지 않는다
그 불은,
이슬이 떨어지면 더욱 놀라는
그 불은
태고적 이야기에 향기 입힌다
그 불은,
태양도 꺼뜨리지 못한
이슬의
그 불은
별빛의 씨 땅 위에서 눈을 떴다
그 불은
꽃
— (김요섭)

이 시는 아무리 읽어도 무슨 소리인지 잘 알 수가 없습니다. 이 시를 읽은 느낌을 써 보라고 하니까 아이들은 대부분 참고서에 나오는 감상을 베껴왔습니다. 왜냐하면 이 시는 아무리 읽어도 그 뜻을 이해하기 어렵게 써놓은 시이기 때문입니다. 그런데 한 아이는 이렇게 썼습니다.

"나는 이 시를 이해할 수 없다. 꽃에 대해서 쓴 것 같은데 무슨 꽃에 대하여 쓴 것인지 알 수도 없고, 그리고 태곳적 이야기에 향기 입힌다는 말은 더욱 알 수 없는 말이다. 아무튼 이 시는 재미도 없고 감동도 전혀 주지 않는 작품이다. 나는 이런 시가 싫다."

작품 감상을 발표하는데 한 아이가 이렇게 발표하자 다른 친구들도 "맞아." 하면서 자기 자신이 참고서를 베껴온 것을 부끄러워했습니다. 그렇습니다. 이렇게 솔직한 것이 공부를 하는 데도 도움이 됩니다. 위의 시는 어른들도 잘 이해할 수 없는 작품입니다. 시인이 책상에서 머리로 상상하고 멋대로 꾸미고 예쁜 말을 골라 썼기 때문에 잘 알 수가 없는 것은 어떻게 보면 당연한 것입니다. 시인 혼자만이 생각하고 느낀 것은 많은 사람들을 감동시킬 수가 없습니다. 이런 시를 읽고서 잘 이해가 가질 않는다고 해서 기죽을 필요는 없습니다. 이 시는 원래 어렵게 썼고 재미도 감동도 없는 작품이기 때문입니다. 교과서에 실려 있으니까 훌륭한 작품이겠지 하는 생각은 버려야합니다. 읽어서 감동이 없는 작품은 좋은 작품이 아닙니다.

여러분들은 대개 이런 시들을 주로 공부해왔을 겁니다. 초등학교 때부터 이런 시들을 주로 배웠기 때문에 자기 자신도 모르는 사이에 시는 재미도 없고 어려운 것이며 아무나 쓰는 것이 아니라 재주가 있는 사람들만이 쓰는 것이라고 생각하게 되는 것입니다. 이런 생각들은 여러분들이 공부를 하면서 스스로 깨달은 생각이 아니라 위의 시 같은 것만 공부해왔기 때문에 갖게 된 생각입니다. 하지만 시는 재미있고 누구든지 쓸 수 있는 것입니다. 그럼 어떤 것이 정말 시인지 알아봅시다.

II. 어떤 것이 정말 시일까?

1. 시란 무엇인가

　　㉠오늘도 보리베기
　　　아버지가 안 계시는 보리베기
　　　명년 삼월에는 졸업하게 되겠지
　　　그러면 실컷 일해보자
　　　아버지가 안 계시어
　　　남들처럼 안 된다
　　　땀이 죽죽 흐르는데
　　　낫을 들고
　　　발밑에 흙을 바라본다

　　㉡집에 있는데 하두 지겨워 연을 갖고 현영이네 갔다
　　　그리고 연을 날리자고 하였다
　　　연을 날리는데 상기가 나와 같이 연을 날렸다
　　　한참 있는데 김주현이란 주눙이도 나와서 연을 날렸다
　　　연을 날리고 집으로 오다가 연을 전깃줄에 올렸다
　　　그런데 내 동생이 불러서 갔다
　　　집에 가니 엄마가 매를 가지고 있었다
　　　나는 혼이 났지만 연은 현영이가 가지고 있었다

　　㉢나는 숙직실 청소를 하면 매일 과자 봉지가 쌓여 있다. 정
　　　말 기분이 나쁘다. 선생님들도 과자를 사 막으면서도 우
　　　리가 사 먹으면 이름을 적으시는 것이다. 집에 갈 때도
　　　선생님들은 아이스크림을 사 잡수신다.

　　앞에 예로 든 보기 글 ㉠, ㉡, ㉢ 중에서 어느 것이 시냐고 학
생들에게 물어보면 대다수의 학생들이 ㉠과 ㉡이라고 대답합니

다. 그것은 이제까지 학교에서 '사람의 생각이나 느낌을 운율이 직접 느껴지는 말로 압축시켜 나타낸 글'이 시라고 배웠을 테니까 말입니다. 정확히 말해서 시라고 할 수 있는 것은 보기 글 중에서 ㉠입니다. ㉡은 시의 꼴을 갖추었지만 산문입니다. 한 글월마다 줄을 바꿔 놓았다고 해서 곧바로 시가 되는 것은 아닙니다. 따라서 ㉡과 같은 경우에 한 글월마다 글을 바꾸지 않고 죽 이어 쓰더라도 별다른 차이가 없습니다.

시와 산문을 구분하는 데 중요한 것은 어떤 글이 형식에 관계없이 글의 내용을 압축시켜 표현해 왔는가 아니면 자세하게 풀어 늘어 놨는가 하는 점입니다. ㉢은 누구나 알고 있듯이 자세하게 풀어 늘어놓았습니다. ㉡은 도막도막의 사실들을 늘어놓았을 뿐 말하고자 하는 알맹이가 없습니다. 그러나 ㉠에는 많은 삶의 이야기들이 숨어 있습니다. 아버지가 안 계시는 어려운 가정환경, 가장으로서 학교에 다니면서 집안일을 해야 하는 상황, 일(보리베기)을 하는 과정의 어려움, 거기에서 느껴지는 심정과 각오 등등의 많은 이야기들이 불과 9줄의 짧은 글 속에 다 나와 있는 것입니다. 만약 이 내용을 가지고 산문으로 쓴다면 많은 분량을 쓸 수도 있을 것입니다. 여기에 비하면 ㉡에는 숨어 있는 이야기들이 그리 많지 않습니다. 이것만 봐가지고는 가정환경도 구체적으로 다가오지 않고, 연 날리는 과정의 이야기들도 별로 실감이 나지 않습니다.

결국 시와 산문을 구별하는 기준은 '많은 이야기들을 압축시켜 표현해 놨는가' 아니면 '자세하게 풀어 설명해 놨는가' 하는 것입니다. 다음의 보기 글을 보면 좀 더 이해하기가 쉬울 것입니다.

ⓡ우리 어머니는
　날마다 시장에 가십니다
　오늘도 새벽에 나갔습니다
　우리 어머니는 쇳덩어리입니다

ⓜ눈은 악마다
　겉은 하얀 천사지만
　그 흰 눈이 사람을
　죽인다

　눈 때문에
　차 사고가 많이 난다
　눈 때문에
　고생하는 사람이
　많다

　겉은 천사
　속은 악마
　그것이 눈뿐이 아니다
　우리 인간들도 있다

　눈은 왜 하얗게 만들었을까

　보기 글 ⓡ과 ⓜ을 서로 비교하면, ⓡ은 압축시켜 표현했고 ⓜ
은 풀어 설명했습니다. ⓡ에서 1, 2, 3행은 어머니의 구체적인
생활을 나타냈습니다. 이어 4행에서 "우리 어머니는 쇳덩어리입
니다."라고 표현했습니다. 이렇게 표현된 말 속에는 많은 얘기들
이 숨어 있는 것입니다. 어머니의 고달픈 삶, 어머니에 대한 글
쓴이의 안쓰러움과 대견함과 자랑스러운 심정, 어머니에 대한
깊은 신뢰와 사랑 등등의 말들이 여기에 다 들어 있는 것이지

요.

㉣은 눈을 대하면서 머릿속에서 기계적으로 꾸며 썼습니다. 직접 겪은 일에서 느낀 감정을 쓴 것이 아니라, '눈 때문에 차 사고도 많이 나고 고생하는 사람도 많으니 눈의 색깔이 하얘서 겉으로는 천사 같지만 속으로는 나쁜 것으로 생각돼 악마다. 그 것을 따져보면 우리 인간들도 그렇다……' 이런 식으로 마치 공 식을 적용해서 수학 문제를 풀듯이 기계적으로 설명해 놓았기 때문에 시가 생생하게 살지 못하고 죽었습니다.

결국 시란 자기에게 절실하게 다가오는 것을 잡아 온몸으로 토해내듯이 쓰는 글이라고 할 수 있겠습니다. 그런 의미에서 다 음의 시는 '시란 무엇인가' 하는 문제를 그대로 말해 주고 있는 좋은 예가 될 것입니다.

세상에서 가장 절실한 시

혼자였었던 하굣길
그러나 나는 절실한 정말로 절실한 한 편의 시를 보았다

들어가면 부엌인 어느 집
그 앞 좁다란 길을 걷고 있었다
한 명의 여자애가
물 담긴 세숫대야와 걸레를 들고 나왔다
그리고선 벽에 쓰여져 있는 글을 지우려고 했다
문득결에 그 벽을 보았다
백묵으로 아무렇게나 쓰여진 글이 눈에 들어왔다
그 글에서 눈을 뗄 수 없었다
"젠장할 오늘도 일자리 하나 못 구했다
머 하나 되는 기 없다
썽이 나서 못 참겠다

쏘주 한 병을 통째로 마셔 버렸다"
아무렇게나 휘갈겨진 짤막한 글
그러나
그 글에는 글을 쓴 사람의
안타깝고 절실한 마음이 그대로
드러나 있지 않은가!
온종일 일자리를 구하러 다녔지만
결국은 그날도 허탕치고
화난 마음에
술집에 들어가
단번에 술 한 병을 마시는
그 사람의 모습이 선했다

나도 시를 많이 써 보았다
그러나 유감스럽게도
그 사람의 글처럼
절실한 마음이 그대로 나타나는 시는 한 번도 단 한 번도 써
보지 못했다

문득 생각나는 말이 있다
시라는 것은
자신의 생활을 그대로 나타낼 때
절실한 감동이 나타나게 된다
국어 선생님께서 늘 하시던 말씀이다
시라는 것은
진실한 생활에서 소재를 찾고
진실한 생활과 함께 해야 한다는 것
그것을 새삼스레 느꼈다

혼자였었던 하굣길
그러나 나는 절실한 정말로 절실한 한 편의 시를 보았다

"젠장 오늘도 일짜리 하나 못 구했다
머 하나 되는 기 없다
썽이 나서 못 참겠다
쏘주 한 병을 통째로 마셔 버렸다"
　── 김진열(중2)

　이제까지 시란 무엇인가에 대해 살펴보았습니다. 여기에서 분명히 해둘 것이 있습니다. 그것은 여러분들이 쓰는 시는 어른들(시인들)이 쓰는 시하고 분명히 다르다는 것입니다. 기성 시인들은 주제를 보다 효과적으로 전달하기 위해 여러 가지 기교를 부려가며 쓰기도 하고 자기가 직접 겪은 일이 아니라도 상상력을 동원해서 쓰기도 하지만, 여러분들이 쓰는 학생 시는 그러한 기교가 중요한 것이 아닙니다. 여러분들의 일상 체험을 바탕으로 솔직하게 쓰면 되는 것입니다. 따라서 학생 시는 상상력보다 삶의 직접 경험들이 중요시될 수밖에 없으며, 그 목표는 좋은 시를 쓰는 것이 아니라 건강한 삶을 사는 것입니다. 이 점을 혼동하지 말아야합니다. 그래서 시 쓰기는 재능 있는 소수 학생들이 하는 것이 아니라 모든 학생들이 다 할 수 있습니다. 학생 시에서는 거칠고 투박하더라도 삶의 진실이 스며있으면 좋은 시라고 여깁니다. 시 쓰기의 목표가 문학에 있는 것이 아니라 삶에 있기 때문이지요. 백일장에 뽑히는 시처럼 아무리 매끄럽고 그럴듯하게 썼더라도 삶의 진실이 빠져 있으면 좋지 않은 시라고 평가합니다. 여러분들은 바로 이 점을 우선 분명히 해둬야 합니다.

2. 좋은 시와 좋지 않은 시

여러분들이 시를 쓰는 데 있어서 좋은 시와 좋지 않은 시를 정확히 구별할 수 있다면 시 쓰기는 반 이상 이뤄진 것이라고 할 수 있습니다. 좋은 시와 좋지 않은 시를 가르는 궁극적인 기준은 감동입니다. 즉 어떤 시를 읽었을 때 사람살이의 냄새가 나느냐 하는 것과 그 삶에서 우러나는 진지한 감동이 오느냐 하는 것이 그 기준이라고 할 것입니다. 그러면 구체적으로 보기 글들을 보면서 살펴봅시다.

아버지

헤어진 샤쓰를 입으신 아버지
헤어진 사이로 등이 나와 보이고
저녁 바람이 차갑다.
저녁 햇빛에 비쳐 서 있는 소
소의 두 눈도 지친 듯 흐릿하게 빛난다.
오늘은 얼마나 밭을 갈았는가?
소의 등을 쓰다듬으시는 아버지의 손에
오그라진 털이 빠져 묻었다.

봄의 소리

봄의 소리
새롭다

꽃잎이
열리는 소리

나비의 날개 젓는 소리

봄의 소리
들으면
가슴이 열리고
마음은 훠얼훨
하늘을 난다

위의 보기 글 '아버지'와 '봄의 소리' 중에서 어느 것이 좋은 시라고 생각합니까? 여러분들의 대답은 제각각일 것이지만 내가 보기에는 '아버지'입니다. 왜 그럴까요? 우선 '아버지'에는 사람살이의 냄새가 나는데 비해 '봄의 소리'에는 사람살이의 냄새가 빠져 있습니다. 그리고 '아버지'라는 시에는 누구나 일반적으로 겪은 일이 아닌 '자기만이 겪은 일(자기의 삶, 자기의 경험)'을 가지고 썼고, 누구나 머릿속으로 생각할 수 있는 것이 아닌 자기 삶의 경험에서 우러난 '자기 생각'이 들어가 있으며, 사물 (아버지, 소)에 대한 따스한 애정이 넘쳐 있습니다. 특히 3행에서 '저녁 바람이 차갑다'고 압축시켜 써놓았는데 1, 2행을 읽은 독자들은 이것이 무슨 말인지 잘 압니다. 그것은 아버지를 염려하고 사랑하는 마음씨입니다. '나는 우리 아버지를 사랑한다'는 식의 막연함이나 감상에 빠지지 않으면서 그것보다 더 깊은 애정을 우리는 엿볼 수 있는 것입니다. 이것이 바로 시의 묘미입니다. 또한 마지막 행의 '오그라진 털이 빠져 묻었다'는 표현에서는 아버지와 소와 지은이가 서로 애정을 가지고 든든한 신뢰 속에 살아가는 분위기를 맛볼 수 있습니다. 따라서 우리에게 삶의 진지한 감동을 주게 됩니다. '봄의 소리'라는 시는 흔히 사춘기 때 감상적으로 느끼는 막연한 기분을 쓴 것으로 보입니다.

이 시에는 봄과 연관된 삶의 경험들이 나타나지 않으며, 일반적으로 누구나 느끼는 진부한 생각들이 펼쳐져 있습니다. 내용도 구체적이지 못하고 막연합니다. 이런 식으로 쓰는 시는 다른 사람들에게 깊은 감동을 주지 못합니다.

청소

낙엽이 많이 떨어지는 가을
청소하기에 바쁘다
몇십 분 동안 땀 흘리면서
청소를 한다
주번 선생님은 청소 못 했다고
매일 야단친다
하수도 청소 못 했어
아침 청소를 안 했어
우리를 야단친다
청소가 끝나고
우리는 모여 이야기를 한다
청소를 열심히 해도 매일 혼나고
저기 조금 못 했다고 야단칠 게 뭐야
서로 이야기를 한다

시냇물

풀숲 사이로 몰래몰래
시냇물이 졸졸졸
숨어서 흐른다고
누가 모르나
개구리 땀방땀방

헤엄을 친다네

풀숲 사이로 몰래몰래
시냇물이 졸졸졸
숨어서 흐른다고
누가 모르나
물쨍이 또릿또릿
거울을 본다네

풀숲 사이로 몰래몰래
시냇물이 졸졸졸
숨어서 흐른다고
누가 모르나
꾀꼴새 꾀꼴꾀꼴
노래하며 온다네

　위의 보기 글 '청소'와 '시냇물' 중에서 어느 것이 좋은 시라고 생각합니까? 언뜻 보면 '시냇물'처럼 보입니다. 이제까지 우리는 이런 식으로 쓴 것을 잘 썼다고 배웠으니까요. 그러나 그것은 잘못된 생각입니다. 좋은 시와 좋지 않은 시를 가르는 기준은 서툴더라도 자기 이야기를 솔직히 썼느냐 아니면 어른들의 시를 모방해서 아름다운 말로 매끄럽게 꾸며 썼느냐 하는 것에서 찾아야 합니다. '시냇물'은 자기 이야기가 없습니다. 삶의 냄새도 나지 않습니다. 어른들의 동시를 모방하여 곱고 예쁜 말들을 머릿속에서 짜내는 기술만이 있을 뿐입니다. 따라서 읽기에는 재미있게 느껴질지 모르나 자기 삶에서 우러나는 진지한 감동이 안 느껴집니다.
　그러나 '청소'라는 시는 우리들이 학교에서 겪는 일들을 가지고 썼습니다. 솔직하게 쓴 점이 마음에 듭니다. 주번 선생님의 말씀을 그대로 옮겨놓은 것이 이 시를 더욱 생동감 있게 만들고 있습니다.

내 짝(㉠)	내 짝(㉡)
내 짝은 단발머리의 깜찍한 소녀	남자라서 그런지 무지무지 땀 냄새가 난다
언제나 밝은 웃음을 띠고 있지요 꾀꼬리처럼 맑은 목소리로 노래 부르면	내가 툭툭 건드려도 대꾸도 안 한다 아이들이 미륵곰이라고 별명을 지었지
가슴속의 나쁜 마음 씻은 듯이 없어지고	미륵곰 미륵곰 불러도 왜 하고 대답하는 내 짝 나는 미륵곰이라는 내 짝 별명이 듣기 싫다
고운 마음 예쁜 마음 생겨나지요	

이번에는 똑같은 글감(소재)을 가지고 쓴 두 글을 놓고 좋은 시와 좋지 않은 시를 가려봅시다. 일반적으로 문예반 학생들에게 가려보라고 하면 다수가 ㉠의 글을 잘 쓴 시라고 대답합니다. 어째서 그런가 물으면 ㉠은 뭔가 시 같은데 ㉡은 시 같지 않다는 것입니다. 다시 왜 시 같지 않냐고 물으면, 시는 아름답

고 그럴듯하게 써야 하는데 ⓛ은 그런 게 없다는 것입니다. 참 어처구니없는 애깁니다. 대개 우리는 이런 식의 교육을 받고 자랐으며, 그 결과로 인간의 삶과는 동떨어진 고상한(?) 꽃이라든가 구름이라든가 새라든가 하는 것들을 아름다움이라고 생각합니다. 그러니까 거름이라든가 개똥이라든가 하는 것들은 시에 쓸 수 없는 말로 알고 천사라든가 신선, 이슬 등등의 뜬구름 잡는 추상적인 것들을 쓰는 것이 시라고 생각하는 것입니다. 이 모든 것들은 일종의 양반 의식에서 나온다고 생각됩니다. 인간의 노동을 천시하는 것이지요. 노동은 하인과 같은 상놈들이 하는 것이고 양반은 고상하게(?) 글이나 읽으며 풍류나 즐기는 것으로 아는 엄청난 착각, 바로 여기에서 우리의 시에 대한 잘못된 생각은 근본적으로 비롯된다고 봅니다.

ⓐ은 아주 막연합니다. 그래서 이 시를 읽고도 내 짝이 어떤 사람인지 떠오르지 않습니다. 그것은 내 짝의 특징을 잡아내지 못했기 때문입니다. 요컨대 ⓐ을 읽고 나면 장식용 그림 속의 인물을 보는 느낌이 들지 생생하게 살아 움직이는 현실 속의 인물을 보는 느낌이 안 든다는 것입니다. 이럴 때 시는 죽어버립니다. '꾀꼬리처럼 맑은 목소리로 노래 부르면'과 같은 구절은 상투적으로 흔히 쓰이는 말이기에 신선한 느낌이 안 듭니다.

ⓛ을 읽고 나면 내 짝을 마치 옆에서 보는 것처럼 환하게 떠오릅니다. 그것은 내 짝의 특징을 구체적으로 잘 잡아냈기 때문입니다. 그러면서도 마지막 연에서 엿볼 수 있는 것처럼 짝에 대한 진실한 정을 알 수 있습니다. 시는 바로 이렇게 써야 하는 것입니다.

연못

바다만큼 깊은 산속에
물빛 미소 머금은
동그라미 하나

그 속에
파란 산
파란 들
파란 5월의 싱그러움이 잠기고

그 속에
하얀 바람의 소리
하얀 나무의 웃음
하얀 아이들의 속삭임이
담겼다

안개처럼 희미한
꿈의 공간으로
나는 보았다.
그 속에서
한 점 흔들림 없이
걸려 있는 하늘 조각을

생강 꺼내기

생강은 겨우내 굴속에 있다가
봄에 나오게 된다
내가 굴속에 들어가
생강을 통에 담으면
굴 위에서는

엄마와 형이 줄을 잡아 당긴다.
굴속에서 일할 때에는
언제 이 굴이 무너질지 모른다는 생각이
자꾸만 난다
생강을 다 꺼내고 굴을 나오면
휴우 하고 한숨만 나온다

대개 백일장 같은 데서 흔히 뽑히는 시들은 '연못'과 같은 시입니다. 그러나 백일장에 뽑히는 시가 정말로 좋은 시일까요? 반드시 그렇다고는 볼 수 없습니다. 오히려 안 좋은 시들이 더 많이 있는 것을 확인하곤 합니다. 여기에 대해 검토해봅시다.

'연못'은 어른들이 쓰는 시의 흉내를 많이 내어 그럴듯하게 썼는데 뭘 썼나 잘 알 수가 없습니다. 앞에서 지적된 좋지 않은 시들처럼 '연못'도 삶의 냄새가 없습니다. 시에서 삶의 냄새가 나지 않는 시는 가짜입니다.

'생강 꺼내기'는 자기의 체험, 자기의 생각과 느낌을 구체적으로 솔직하게 쓰고 있습니다. 이 시를 쓴 학생은 농촌 아이들이 그렇듯이 집안일을 합니다. 집안 형편이 어렵기 때문에 겨우내 저장해둔 생강을 팔아야 합니다. 생강을 저장해 두는 굴은 대개 허술하기 때문에 봄이 돼 얼었던 땅이 풀리면 언제 무너질지 모릅니다. 형은 다쳤기 때문에 위에서 일을 거듭니다. 때로는 굴이 무너져 다치거나 죽기도 합니다. 불안합니다. 그래도 안 할 수가 없습니다. 그래서 작업을 마치고 무사히 굴을 나오면 '살았구나'하고 한숨이 나오는 것입니다. 이 시에는 건강한 노동이 있고 거기에 따른 진실한 삶과 건전한 의식이 있습니다. 이런 진지한 삶의 자세가 우리들에게 깊은 감동을 주는 것입니다. 이것이 바로 '연못'이란 시와의 차이입니다.

Ⅲ. 무엇이 시를 쓰는 데 부담스럽게 하는가?

학생들에게 시를 쓰라고 하면 즐거워하는 학생은 거의 없습니다. 시 쓰기는 어려운 것이고 부담스러운 것이라는 생각, 시는 어른들이 쓰는 것처럼 이러이러하게 써야 한다는 생각, 시는 뭔가 고상하고 그럴듯하게 써야 한다는 생각, 시는 소질이나 재능을 타고나야 잘 쓴다는 생각, 그렇기 때문에 머릿속에서 잘 꾸며내야 한다는 생각 등등의 허깨비가 우리들의 머릿속에 들어가 있기 때문에 그런 것입니다. 국어 교과서는 우리도 모르는 사이에 그런 허깨비들을 키워내는 구실을 합니다. 또한 학교에서 배우는 문학 교육이 그것을 더욱 부채질합니다.

시를 쓰려면 바로 이러한 우리 머릿속의 허깨비들을 몰아내야 합니다. 시는 여러분들이 이제까지 생각해온 것처럼 거창하고 지겨운 괴물이 아닙니다. 그야말로 숨을 쉬듯이 자연스럽고 별것 아닌 것이 시입니다.

파리

엄마, 엄마
내가 파릴 잡을라 항깨[4]
파리가 자꾸 빌고 있어

고기

고기가

---

4) 잡을라항깨 : 잡으려고 하니까

헤엄을 치고 논다
　　나는 헤엄을 못 친다
　　고기는 헤엄을 잘 친다
　　나는 암만해도 못 친다

　'파리'는 초등학교 1학년이 쓴 시입니다. 방바닥에 있는 파리의 모습을 관찰하면서 본인이 생각한 대로 썼습니다. 초등학교 1학년다운 천진난만함이 그대로 나타나 읽는 독자들을 미소짓게 합니다.
　'고기'는 아마 집에 가다가 냇물에서 물고기들이 헤엄치는 모습을 보고 자신과 비교해서 쓴 듯합니다. 그야말로 시를 쓴다는 일이 어려운 것이 아니다는 좋은 예가 될 것입니다. 시는 이처럼 학교 오가면서 또는 학교에서 생활하면서 혹은 집에서 살면서 보고 느낀 것들을 붙잡아서 자기 생각을 실어 쓰면 되는 것입니다.

운동회

　　운동회 날은 즐거웠다
　　나는 달리기를 하였다
　　그런데 가다가 넘어질 뻔하였다
　　나는 갑자기 간이 덜컹했다
　　언니의 말이 떠올랐다
　　"땅만 보고 달리면 1등을 한다"
　　그래서 나는 땅만 보고 뛰었는데 4등을 했다

내복 장사 굶어 죽겠네

　　우리 아버지 구두쇠 구두쇠

내복을 거의 6년째 입지요
이 세상의 사람들이
우리 아버지 같으면
내복 장사 굶어 죽겠네

'운동회'는 운동회 날 직접 겪었던 사실을 썼습니다. '나는 갑자기 간이 덜컹했다'는 부분은 달리다가 넘어질 뻔했을 때의 기분이나 느낌이 실감나게 표현돼 있습니다. 언니와 주고받은 말도 재미있습니다.

'내복 장사 굶어 죽겠네'는 평소 아버지와 같이 살면서 느낀 아버지의 성격을 잘 잡아내어 썼습니다. 시는 길다고 좋은 것이 아닙니다. 단 몇 줄이라도 특징을 얼마나 선명하게 잡아냈느냐가 중요합니다.

시 쓰기

나는 시 쓰는 솜씨가 없다
시를 지으려고 해도
무엇을 써야 할까?
어떻게 써야 할까?
그냥 막연하게 써야 할까?
망설이기만 한다
나는 시 쓰기가 싫다
선생님께선 시 쓰기는
내지 않았으면 좋겠다

책상

나의 책상에는

나이키, 프로스펙스가 새겨져 있다
누가 그런지는 모르지만
책상이 참 불쌍하다

'시 쓰기'는 시 쓰기에 대한 부담감을 솔직하게 썼습니다. 이렇게 썼을 때 혹시 선생님이나 부모님한테 꾸중 듣는 것은 아닌가 하는 생각이 시 쓰기를 부담스럽게 하는 또 다른 원인이 됩니다. 그리하여 선생님이나 부모님에게 착한 학생으로 보이게 하려고 억지로 꾸며낸 글들을 많이 보게 되는데, 이런 글들은 아무 가치도 없습니다.

'책상'은 글쓴이의 책상에 누군가가 칼로 운동화의 상표를 새긴 것을 보고 마음이 안되어서 쓴 시입니다. 시는 바로 이런 식으로 평소에 주위의 사물(사람까지 포함된)을 관찰하며 거기에서 우러나는 자기 생각을 쓰는 것입니다. 우리는 위와 똑같은 책상 앞에 앉고 나서도 '책상'과 같은 시를 쓰는 학생도 있고, 시를 쓰지 않는 학생도 있다는 것을 잘 알고 있습니다. 그러한 차이는 무얼까요? 이것은 예컨대 글을 쓰라고 하면 쓸 것이 생각나지 않아 멍하니 앉아 있는 것과 같은 이치라 하겠습니다. 사실, 글감이야 주위에 무수하게 널려 있지요. 아침에 눈 뜨면서부터 등교하기까지의 과정 중에 일어났던 일도 있겠고, 조회나 종례시간, 수업 중에 일어났던 일들, 점심시간에, 청소시간에, 집에 오면서, 집에 와서 잠이 들기 전까지 무수히 많은 일들을 겪게 되는 것입니다. 그런데 막상 글을 쓰라고 하면 그 많은 경험들이 어디로 다 사라져 버리고 머릿속이 텅 빈 것처럼 되는 현상들……

그래서 글을 잘 쓰려면 글감수첩을 마련하면 좋습니다. 그것을 늘 가지고 다니면서 일어나는 일을 메모해 두면, 나중에 글을 쓸 때 그때 일을 쉽게 떠올려서 글쓰기에 어렵지 않게 할 수 있는 것입니다.

결국 시 쓰기는 앞에서 살펴본 것처럼 어려운 것이 아닙니다. 이제부터 잘못 교육받은 머릿속의 허깨비들을 몰아내는 것이 시 쓰기의 출발입니다. 시는 어떻게 써야 된다는 것이 없습니다. 자기의 생활에서 절박한 것을 하나 붙들어 자기가 느낀 바대로 쓰면 되는 것입니다.

Ⅳ. 작품 감상

여러분은 지금까지 교과서의 시는 어떤 것인가 하는 것과 좋은 시와 나쁜 시를 가리는 법, 시를 쓰는 데 우리를 부담스럽게 하는 것들에 대해서 알아봤습니다. 우리가 시를 쓰기 위해서는 많은 작품을 감상해 보는 것이 필요합니다. 다음에 소개하는 시는 여러분 또래의 학생들이 쓴 작품이거나 초등학교 학생들의 작품입니다. 자 함께 감상해봅시다.

1. 보고 느낀 것을 쓴 시

소나무와 백로

돌산 기슭에 외로이 서있는
소나무 하나
그 위에 백로 한 마리
그들은 어느새
친구가 됐나 봅니다

이 시를 쓴 학생은 친구가 별로 없는 듯합니다. 그래서 친구들이 많아 그들과 어울려 지내면 참 좋겠다고 생각합니다. 그러나 잘 되지가 않습니다. 그래서 학교에 오갈 때도 혼자 다닙니다. 그것이 외롭습니다. 친구가 많은 아이들이 부럽습니다. 그렇게 지내다가 어느 날 학교 끝나고 집에 가는 길에 홀로 서있는 소나무를 보았습니다. 저 소나무도 나처럼 외롭게 홀로 서 있구나 하고 생각합니다. 그걸 보며 있노라니 어디선가 백로 한 마리가 날아와 소나무 위에 앉았습니다. 그 백로도 친구들이 없는 외톨박이처럼 보입니다. 그래서 그들은 서로 친구가 되어 노는 것처럼 보입니다. 그걸 바라보고 있는 글쓴이도 어느새 마음속으로 같이 친구가 되고 있습니다.

'소나무와 백로'라는 시는 살아가면서 보고 느낀 것을 자기 심정과 결부시켜 썼습니다. 이 시를 씀으로써 이 학생은 비관하지 않고 외로움을 스스로 극복하려 하고 있습니다. 다른 시 한 편을 더 읽어봅시다.

아주머니

새로 이사 온 아줌마는
참 멋쟁이
그런데 하루는 아주머니가
"광산촌은 옷이 잘 껌어."
하며 옷을 털었다
왠지 정이 뚝 떨어졌다

새로 이사 온 아줌마는 아마 도시에서 온 듯합니다. 그래서 탄광촌의 사정에 걸맞지 않게 깔끔하게 겉모양을 가꾸고 다녔던 모양입니다. 그것이 주위의 사람들에게서 느낄 수 없는 기대감과 신선함을 줬기 때문에 글쓴이도 관심을 가지고 그 아줌마를 관찰했던 것이지요. 그런데 어느 날 그 아줌마의 언행에서 실망하게 됩니다. 마지막 행의 '왠지 정이 뚝 떨어졌다'는 구절은 글쓴이의 건강한 의식을 보여주고 있습니다. 즉, 촌사람 특유의 자존심이 살아있다는 말입니다. 그러면서 우리 아버지와 어머니와 같은 촌사람들이야말로 외모는 수수하지만 인간적인 푸근한 정과 신뢰감을 느낄 수 있다는 사실을 다시 한번 확인하게 되는 것입니다. 이러한 태도야말로 글쓰기의 목표인 주체적인 삶을 살아가게 하는 원동력입니다.

2. 겪은 일을 쓴 시

빚

우리 집에는 무슨 일인지
빚을 졌다
논 몇 마지기 팔고도
빚을 다 못 갚아서
재판장한테 가서
재판을 받았다
그런데 아버지께서
울면서 오셨다
아버지께서
"형삼아, 너들 잘 살아라"
하며 울었다
나도 울었다

이 시를 읽으면서 우리는 마음이 아픕니다. 이 시를 쓴 학생은 집안이 가난합니다. 아버지가 빚 때문에 재판을 받았는데 패소했습니다. 그래서 아버지는 아들을 붙잡고 울면서 너희들 때에는 이런 가난 걱정 없이 잘 살으라고 합니다. 그 말이 아버지의 복잡한 심정을 압축시켜 말해 줍니다. 이 시를 읽으면 우리도 눈물이 나옵니다. 이 시를 지은이는 절박한 집안일을 가지고 숨기지 않고 사실 그대로 썼습니다. 이것이 우리에게 커다란 감동을 줍니다.

버스

오늘은 장날이다
아침에 버스를 탄다
버스를 타고 가다 보면
아주 많은 사람이 타서
움직일 수 없게 된다

그리고 고개를 넘게 되면
올라갈 적엔 뒤로 확 밀리게 되고
내려갈 적엔 앞으로 확 밀린다
그러면서 학교에 와서 또 서면
앞으로 뒤로 밀린다

그리고 내리면
꼭 죽었다 살아난
기분이 든다

시골에서 학교에 다니는 학생이 장날 버스를 타고 오면서 겪은 일을 쓴 시입니다. 시골에는 차가 많지 않기 때문에 버스를 타는 일이 참으로 어렵습니다. 한 시간에 한 대 다니면 많이 다니는 것이지요. 많지도 않은 버스인데다가 오늘은 장날입니다. 장날이면 사람들이 장에다 내다 팔 물건을 싣고 많은 사람이

타기 때문에 버스는 매우 복잡합니다. 이리 밀리고 저리 밀리고 정신이 하나도 없습니다. 마지막 연에 '꼭 죽었다 살아난 기분이 든다'는 말은 버스에서 어떤 일이 일어났는지에 대해서 아주 압축적으로 잘 나타내 줍니다. 이런 것은 아마 여러분도 경험했을 겁니다. 바로 이런 것처럼 자신이 겪은 일이지만 다른 사람들도 경험해 본 것을 글감으로 삼아 글을 쓰면 다른 사람들이 쉽게 이해할 수 있어서 좋습니다. 한 편만 더 보겠습니다.

참깨

“아이고 허리야”
엄마가 일어선다
나도 덩달아 “아이고 허리야”하고 일어선다
참깨를 심은 고랑은 네 고랑밖에 안 되는데
더 심어야할 고랑은 아직 많이 남아있다
여기는 참깨밭
저번에 비닐 씌운 고랑에
나란히 참깨를 심고 있다

“엄마…
배고프다 밥 먹고 하자”
그렇지만 엄마는 아직 멀었다는 듯 암말5) 안 한다
오늘 따라 이 고랑이 왜 이리 길게 보이는지……

이마에 송송 맺힌 땀방울
쪼그린 다리는 쑤셔오고
병 속에 있는 참깨는 줄어드는 것 같지 않고
해는 벌써 중천에 떠 있는데

---

5) 암말 : 아무 말의 줄임말

엄마는 암말 안 한다

이 시를 읽으면 밭일을 하는 어려움을 느낄 수 있습니다. 밭
일을 해보지 않은 사람들도 밭일의 어려움을 알 수 있을 겁니
다. 이렇듯 자신이 겪은 일을 솔직하게 썼기 때문에 밭일을 해
보지 않은 사람들도 밭일하는 어려움을 이해하게 되는 것입니
다. 허리는 아프고 다리는 쑤셔오고 배는 자꾸만 고파옵니다.
밥 먹고 하자는데도 엄마는 아무 말씀도 하지 않습니다. 참깨를
심어야 할 고랑은 4고랑도 넘습니다. 무척 힘이 듭니다. 이런
여러 생각들이 집약적으로 표현된 곳은 '오늘 따라 이 고랑이
왜 이리 길게 보이는지'라는 부분입니다. 너무나도 힘이 들기
때문에 밭고랑이 길게 보이는 겁니다. 이런 표현은 자기 자신이
겪어보지 않고서는 표현하기가 어렵습니다.

시란 바로 이런 것입니다. 자신이 겪어본 것을 솔직하게 그대
로 쓸 때 커다란 감동을 주게 되는 것입니다. 책상 앞에서 그냥
꾸며서 쓰는 것이 아니라 자신이 직접 겪은 일을 쓰게 되면 많
은 사람들에게 감동을 주게 됩니다.

3. 생각한 것 쓰기

죽어버리면 좋겠다

우리 어머니는 나를 보고
죽으라고 한다
그러면 나는
죽어버리고 싶다
우리 아버지는 죽도록
약도 사 먹이지 말고
놔두라고 한다
그리고 우리 아버지는
약도 사 미6)봐야
병도 잦지 안 하는 것
약도 사 미지 말고
그냥 죽도록
놓아두라고 한다

　　이 글을 쓴 학생은 어디가 아픈 것 같습니다. 그 병은 약을
먹어도 쉽게 낫지 않는 고질병인 모양입니다. 그래서 아버지,
어머니가 계속 돌봐 왔는데도 낫지를 않으니 짜증이 나신 것
같습니다. 가정 형편이 어려워서 병원에 입원시키지도 못합니다.
이러한 여러 가지가 가슴에 맺혀 이 학생의 부모님은 약도 사
먹이지 말고 그냥 죽도록 놔두라고 '마음에 없는 소리'를 하는
듯합니다. 한편 이 학생의 입장에서는 부모의 그런 말들을 들을
때마다 절망감이 듭니다. 그래서 차라리 죽어버리면 좋겠다고
생각하는 것입니다.

---

6)미 : 먹여,　미지 : 먹이지

시는 이처럼 평소 가슴속에 쌓이고 맺혀있는 것들을 토해내듯이 쓸 때 읽는 사람들에게 쌓인 것들을 풀어냄으로써 절망감과 좌절감을 이기고 건강한 의식으로 살아갈 수 있는 것입니다.

우리들의 선생님께

억지로 보충 수업을 시키시는
선생님을 저주하며
우리 속에 갇혀 사는
자유를 잃은 아이들을 생각하며
하루하루
한 시간 한 시간
한숨 속에 살아가는 우리들을
생각해 보신 적이 있으신지요

뜨거운 땡볕 아래서
밭을 매다 쓰러지고
독한 농약 냄새에
현기증을 느끼며
밀린 숙제 애태우다
지쳐 잠이 든 우리 아이들을
생각해본 적이 있으신지요

돈 꾸러 다니시는 우리 어머니를
논물에 발이 불어 어렵게 신을 신는 아버지를
땀으로 흠뻑 젖어 쓰러질 듯
학교에서 돌아오는 우리들을
한번쯤은 생각해주세요

뭐하러 학교 다니냐는 말 무서워요

학교가 무서워요

시골의 학생들은 열심히 일을 합니다. 일손이 너무나도 딸리기 때문이지요. 집에서도 할 수 없이 일을 시키게 됩니다. 아이들도 집안의 사정을 뻔히 알고 있기 때문에 일을 합니다. 일을 하면서도 숙제 때문에 걱정이 많습니다. 이런 생각은 '밀린 숙제 애태우다/ 지쳐 잠이 든 우리 아이들'이란 말에 잘 나타나 있습니다.

도시에서 자란 선생님은 농촌 아이들의 사정으로 잘 모르는 듯합니다. 그러나 학교에서는 이런 사정도 잘 알아주지도 않고 그저 공부공부 합니다. 억지로 보충수업 시키는 학교, 숙제 안 해왔다고, 예습 안 해왔다고 "뭐하러 학교 다니냐"고 혼내키는 학교가 무섭습니다.

이 시는 이러한 자신의 생활 속에서 느낀 것들을 곰곰이 생각해서 쓴 것입니다. 시란 바로 이런 것입니다. 자신의 생각이나 느낌을 솔직하게 쓰면 되는 것입니다. 솔직하게 쓰려면 용기 있는 삶의 태도가 필요합니다. 선생님께 이런 말을 해서 미움을 받게 되면 어떻게 하나 하는 생각을 버리고 자기 자신의 생각이나 느낌을 용기 있게 말하는 태도가 중요합니다.

나 나 나

나는
내가 누구인지 모르겠습니다
난 다람쥐인가 봅니다
날마다 집에서 학교로
학교에서 집으로
시험이란 굴레와

수험생이란 이름으로
다람쥐 쳇바퀴 돌리듯이
똑같은 하루하루를 지내니까요

아니,
나는 노예인가 봅니다
집에선 식구들에게
학교에선 선생님들께
늘 명령을 받고
그 명령을 지키지 않을 땐
채찍으로 얻어맞는
그런 노예인가 봅니다

하지만 나는 결코
다람쥐거나 노예이길 원치 않습니다
아, 어른들이여!
나에게 당신들의 생각을
강요하지 마세요
난 나의 생각을 갖고 싶어요
난 자유이길 원합니다
명령은 싫어요
나에겐 너무나 큰 짐이 되는
그 명령은 정말 싫어요
나는 밥만 주면 주인을 따르는
강아지가 아닙니다

난 지쳐있습니다
난 누구일까요
어둠 속에 웅크리고 앉아
나를 생각합니다
나, 나, 나

이 시는 어른들과 학교의 선생님들이 자기 자신을 자꾸만 간섭하고 이것저것 시키는 것이 괴롭다고 생각한 것을 쓴 시입니다. 명령을 받고 그 명령에 따라야 하는 자신의 신세가 정말이지 마음에 들지 않습니다. 자유이길 원하는 자신의 생각을 잘 나타냈습니다. 이 학생은 좀 더 자유롭게 성장하기 위해 여러 가지로 생각을 많이 하는 것 같습니다.

이처럼 자기 자신의 생활 속에서 일어나는 일을 조용히 돌이켜보며 생각하는 것을 쓰면 좋은 시가 되고 또한 시가 자기 자신을 성숙시켜주기도 합니다.

V. 실제로 시를 써 봅시다

1. 행과 연

우리가 시라고 부르는 글의 모양을 보면 산문하고는 다르다는 것을 알 수 있습니다. 산문은 죽 이어 쓰다가 단락이 달라지는 곳에서 다시 시작하는데, 시는 행과 연의 형태로 짜여 있습니다. 그렇다고 해서 여러분들이 시를 쓸 때 이러한 형식에 너무 얽매일 필요는 없습니다. 너무 어색하지만 않으면 됩니다.

행이란 자기 호흡의 단위입니다. 시를 읽을 때 우리는 동시에 마음속으로 따라 읽고 있는 것입니다. 그때 행마다 딱딱 맞아떨어지는 것을 느끼는데, 그것은 시에 보이지 않는 리듬이 들어있기 때문입니다. 그 보이지 않는 리듬을 '내재율'이라고 부릅니다. 결국 행이란 우리가 시를 마음속으로 따라 읽을 때 자기도 모르게 끊어 읽는 호흡의 단위를 가리킵니다. 그렇기 때문에 이 호흡의 단위는 사람마다 다를 수가 있습니다. 그 예를 봅시다.

㉠홀로 논둑에 앉아　　　　　㉡홀로 논둑에 앉아
　자라나는 벼를 보며　　　　　자라나는 벼를 보며
　땀이 나는 이마에 손을 대시는　땀이 나는 이마에
　할아버지를 보았다　　　　　　손을 대시는
　　　　　　　　　　　　　　　　할아버지를 보았다

㉢홀로　　　　　　　　　　　㉣홀로 논둑에
　논둑에 앉아　　　　　　　　　앉아 자라나는
　자라나는 벼를 보며　　　　　　벼를 보며 땀이
　이마에 손을 대시는　　　　　　나는 이마에 손을
　할아버지를 보았다　　　　　　대시는 할아버지를 보았다

　위의 보기 글 ㉠㉡㉢㉣을 놓고 볼 때 ㉣만 제외하고 행 처리는 아무 것이나 괜찮습니다. ㉠과 ㉡은 일반적으로 흔히 사용하는 호흡이고 ㉢은 1행을 '홀로'라는 한 단어로 처리했는데, 이것은 무리는 없습니다. 이렇게 처리함으로써 혼자 있다거나 외롭다는 느낌을 더 강하게 줄 수도 있습니다. 그러나 ㉣은 아무리 봐도 어색합니다. 내용도 몇 번씩 읽어봐야 머릿속에 들어올 정도입니다. 마음속으로 따라 읽을 때도 탁탁 걸립니다.

　결국 시 쓰기에 있어서 행 처리는 어색하지만 않게 하면 됩니다. 어디에서 끊고 다음 행으로 넘어갈 것인가는 시 쓰는 사람의 호흡 단위에서 결정되는 것입니다.

　연이란 시에서 1줄 띄어 쓰는 단위를 말합니다. 그 기준은 대개 내용이 바뀔 때 띄는데, 요즘은 연을 구분해서 쓰지 않고 그냥 붙여 쓰는 것이 일반적입니다. 여러분이 쓰는 시도 반드시 연을 구분해서 쓸 필요는 없습니다. 대체로 행 구분만 하면 될 것입니다.

거듭 강조하지만 여러분이 쓰는 시는 행과 연 같은 형식적인 요소들은 그리 큰 문제가 되지 않습니다. 오히려 행과 연에 얽매여서 보다 중요한 생생한 부분을 놓쳐버릴 수도 있다는 것을 새겨 둡시다.

2. 시와 언어

우리는 국어시간에 시어에 대해서 배웠습니다. 시에 쓰이는 말이 시어입니다. 그러면 시에 쓰이는 말은 따로 있을까요? 결론부터 말한다면 없다고 할 수 있습니다. 여러분이 평소 생활하면서 사용하는 말을 쓰면 되는 것이지 시에만 따로 쓰는 말은 없습니다.

그런데 시를 쓸 때는 구체적인 말로 써야 시가 생생하게 살아납니다. 여기에서 구체적으로 쓰라는 말은 무슨 뜻일까요? 다음의 보기 글을 봅시다.

> ㉠ "오늘은 초속 10m의 바람이 불겠습니다."
> ㉡ "오늘은 손가락 굵기의 나뭇가지가 뚝뚝 부러질 정도의 바람이 불겠습니다."

보기 글 ㉠과 ㉡ 중에서 어느 것이 머릿속에 잘 들어옵니까? 물론 ㉡일 것입니다. 초속 10m의 바람이란 어느 정도인지 잘 알 수가 없기 때문입니다. 이러한 구체적인 말은 인디언과 백인의 달력을 비교해보면 쉽게 알 수 있습니다. 백인의 달력은 오월을 May라고 쓰는데 비해 인디언의 달력은 '옥수수 김 매주는 달'이라고 씁니다. 이 둘을 놓고 볼 때 어느 것이 머릿속에 쏙 들어

올까요? 백인의 달력은 추상적입니다. 그래서 머릿속의 관념으로만 파악될 뿐입니다. 그러나 인디언의 달력 표시는 그것만 가지고도 5월의 성격을 대번에 알 수 있습니다. 우리가 시를 쓸 때는 이처럼 구체적으로 써야 다른 사람들에게 감동을 줍니다.

시 쓰기 시간에 가끔 "선생님 시 쓸 때 사투리를 써도 돼요?" 하는 질문을 받습니다. 사투리는 그 지역에 사는 사람들의 살아가는 냄새가 강하게 배어 있습니다. 따라서 사투리로 쓴 곳을 표준말로 바꿔버리면 시가 죽는 경우를 자주 봅니다. 다음의 보기 글을 봅시다.

어머니

저녁때
경화하고 꼴을 비는데
어머니가 부릅니다
춘자야,
빨리 와서 얼라7)를 봐라
나는 어머니가 때리면 어쩌꼬
생각하면서
얼른 꼴을 지고
내려왔습니다

오요강아지8)

동생하고 먹었다

---

7) 얼라 : 아기
8) 오요강아지 : 본래는 강아지풀의 경상도 방언인데 이 시에서는 '오디'라는 뜻으로 사용한 것 같다. −편저자 주

맛이 있다
쪼매 쓰다
동생이
빨간 거 먹으면 문디 된다 한다
나는 오요강아지를 자꾸 땄다
따 가지고 기지매 였다[9]
꽁[10]이 꽁꽁 하고 날아갔다

'어머니'란 시에서 사투리가 들어감으로 해서 현실감이 강하게 느껴집니다. '오요강아지'도 사투리가 들어감으로써 살아있는 시가 되었습니다. 우리가 싸우는 장면을 글로 쓸 때 주고받는 욕설이 들어감으로써 생생하게 살아나듯이 시에서도 사투리가 들어감으로써 글이 실감나게 됩니다.

3. 어떤 식으로 쓰는가

담배 엮기

어깨가 아프고 손가락이 아프다
하지만 안 할 수 없는 담배 엮기
날씨는 무척 더웁다
역정이 난다
하지만 다른 집과는 달리
아버지가 일을 못하시니까
한발이라도 더 엮어
엄마를 도와 드려야지

---

9) 기지매 였다 : 호주머니에 넣었다
10) 꽁 : 꿩

우선 시를 쓸 때에는 먼저 무엇에 대해 쓸 것인가(글감)를 정해야 합니다. 이때 여러 가지 글감 중에서 절실하게 겪은 일이라든가 하고 싶은 것으로 정하면 됩니다.

다음에는 정해진 글감을 놓고 거기에 얽힌 경험이나 상황을 떠올려 봅니다. 거기에서 떠오르는 대로 종이에 낙서하듯 적어보는 것입니다. 이때 주고받은 얘기들도 그대로 함께 적어놓습니다.

이렇게 적어놓은 글들을 보면서 정신을 집중시킵니다. 그러면서 동시에 마음속으로 뼈대를 잡습니다.

다음에는 그야말로 '토해내듯이' 써 나갑니다. 쓰다가 막히는 부분은 건너뛰고 씁니다. 떠오른 생각을 놓치지 않고 붙잡아야 하니까요.

마지막으로 써놓은 글을 보면서 보충하거나 고칩니다. 주변의 친구들하고도 돌려 읽고 표현이 분명하지 않은 곳을 고칩니다. 이렇게 해서 시 쓰기는 끝납니다. 이제는 완성된 것을 원고지에 옮기면 됩니다.

물론 사람마다 쓰는 방식이 다 같을 수는 없지만 대개 그러한 차례대로 시를 씁니다. 앞에서 예로 들은 「담배 엮기」라는 시를 보면, 우선 글감을 집에서 담배 엮는 작업을 하는 것으로 정했고, 거기에 얽힌 경험이나 상황을 떠올려서 4행까지 썼고 5, 6행은 담배 엮기 작업을 왜 글쓴이가 짜증나지만 할 수밖에 없는가를 썼던 것입니다. 시는 여러분의 주변에서 경험하는 것 중에서 글감을 잡아서 이런 식으로 구체적으로 쓰면 됩니다. 짧고 길고가 필요 없습니다. 우선 솔직하게 쓰는 것에서부터 출발합시다. 잘 쓰려고 욕심부리지 맙시다. ●

3부

시의 길, 시인의 길

하얀 까마귀

조 재 도

안녕하세요?

여러분을 만나게 돼 정말 반갑습니다. 글로 쓰는 원고인데 마치 강의하는 것처럼 시작했네요. 하지만 뭐 괜찮죠. 말이나 글이나 자기 생각을 잘 나타낼 수만 있으면 되니까요. 욕심 같아서는 서로 얼굴을 마주하고 이야기를 나누었으면 좋겠는데, 그럴 수 없어 안타깝군요.

사실 이 글을 쓰기 전 고민 많이 했습니다. 써야 할 내용이 '시 창작 강의 노트'라는 편집자의 말을 듣고서, 어떻게 써야 할지 윤곽은 떠오르는데 어디까지 말해야 할지 난감했습니다. 생각은 풍선처럼 부풀어오르기도 하고 바람 빠진 튜브처럼 쪼그라들기도 했습니다. 이렇게 써야겠다 싶어 메모할라치면 홀연 공중에 흩어져 막막하기만 하였어요. 하여 그 까닭을 곰곰이 생각해 보았지요. 시 창작에 관한 내용만 쓴다면 이야기가 너무 간소할 것 같고, 그렇다고 내 이야기를 좀 섞자니 자칫 본말이 전도될 것 같았어요. 하여 필요한 대로 말을 하되 간략함을 미덕으로 최소한 독자 여러분의 이해를 돕는 범위 내에서 쓰도록 하겠습니다.

1. 습작시절

▶ 사람에게는 누구나 원체험이라는 게 있습니다. 원체험이란 자신이 겪은 체험 가운데 잊혀지지 않는 체험, 체험 중의 체험, 엑기스라 할 수 있죠. 여러분이 처음 시를 쓰게 된 동기는 무엇인가요? 내 경우엔 형 때문이었어요. 내게는 말 못 하고 몸이 불편한 형이 한 분 계십니다. 어려서 경기(驚氣)를 했는데 그때 침을 잘 못 맞아 그리됐다고 하더군요.

나는 어려서 형을 보며, '왜 형은 말을 못할까? 아마도 형은 자기 의사를 표현하는 방식이 따로 있을 거야.', 이런 의문에 사로잡혔습니다. 그러면서 식구들이 잠든 밤이면 형에게 말을 가르쳤죠.

달밤

등잔불 깜뭇 눈을 감았다
아버지와 어머니와 여섯 남매가 가로세로 누워 자는 밤
폭 좁은 무명이불 속에서
나는 오래도록 눈을 뜨고 있었다
왜 형은 말을 못할까
도롬도롬 생각하며
마음을 떨며

발등이 보오얀 달이 마루턱을 오르고 있었다

그 후 자라서 나는 형이 하지 못하는 말을 내가 대신해야 한다는 강박관념에 사로잡혔고, 그래서 시작한 게 문학이었습니다.

▶ 나는 고2 때 처음 시를 썼어요. 그야말로 어느 날 불쑥 쓰게 되었지요. 나는 그때 서울에 있는 서라벌고등학교에 다녔는데, 봄이었어요. 해마다 봄이 되면 교내 시화전이 열렸는데, 전시된 아이들 시를 보고 나도 한 번 써보고 싶다는 충동이 일더군요. 그래서 쓴 시가 「사온(四蘊)」이라는 거였어요. '사온'이란 제목은 반야심경에 나오는 '오온개공(五蘊皆空)'에서 따온 말입니다. 오온이란 인간의 다섯 가지 감각기관을 가리키는데, 형은 입이 고장나 말을 하지 못한다는 생각에서 제목을 「사온」이라고 했던 거죠. 내용도 벙어리 벙어리하고 누가 놀릴 때면 형이 화를 낸다는 그런 거였습니다.

그리고 그뿐이었죠. 다시 나는 시라는 것을 거들떠보지도 않았어요. 특별히 문학적 소양이 풍부했던 것도 아니고, 또 시를 쓸 기회도 없었으니까요. 늘 사고치고 말썽이나 피우는 학생이었으니, 솔직히 시가 다 뭐겠습니까?

▶ 그러다 본격적으로 시를 쓰기 시작한 게 대학 2학년 때, 문학 서클에 들어가서였습니다. 그땐 오로지 술과 시, 그리고 책 읽기였어요. 한 마디로 읽고 쓰는 데 미쳐 있던 때였죠. 그러던 중 3학년 때 박정희가 죽었고, 4학년 때 광주민중항쟁이 일어났습니다. 그 후 어렵게 졸업을 하고 교직에 첫발을 내딛은 게 1981년 3월입니다.

사회에 나와보니, 비로소 학교 다니며 시 쓰던 때가 천국이었음을 실감했습니다. 주위에 시에 대해 이야기할 사람이 아무도 없었으니까요. 시간이 갈수록 시가 뭔지, 내가 쓰는 시가 과연 시이기나 한지 도무지 종잡을 수 없더라고요. 그래도 어쨌든 쓰고 또 썼죠. 그땐 정말 3일 동안 시를 쓰지 않으면 그걸 되찾는

데 석 달이 걸릴 거라는 생각에 쓰고 또 썼어요. 오죽했으면 시를 쓰기 위해 학교 발령 받고서도 버스로 한 시간 남짓 걸리는 시골에 방을 얻어 출퇴근했겠으며, 군부대에서 방위 받을 때에도 집에서 다니지 않고 부대 앞에 농가를 얻어 자취했겠어요.

전 솔직히 그때 시가 나를 버리고 홀연히 증발해버릴 것 같아 얼마나 노심초사했는지 모릅니다. 책을 읽거나 밥을 먹을 때 혹은 차를 타고 어딘가 가고 있을 때에도 시가 마구 쏟아져 나옵니다. 심지어는 밤에 잠을 자는 동안 어떤 동자(詩童)가 꿈에 나타나 시를 막 불러줍니다. 그러면 나는 자다말고 벌떡 일어나 머리맡에 놓아둔 종이에 정신없이 받아 적습니다. 다음 날 다시 보면 알아보지도 못할 것들이 거기 적혀 있어요. 완전히 미친 상태였죠.

지금 생각해보면 그때 그렇게 미치지 않았더라면 그 후 내가 시를 썼을까 하는 의문이 듭니다. 한마디로 시에 대한 열정 하나로 견뎠던 거죠. 나는 지금도 그렇게 생각합니다. 시를 쓰는 데 가장 중요한 게 열정이라고. 시에 대한 애정 열정이 없으면 계속해서 시 쓰기가 어렵습니다. 돈이 되는 것도 아니요, 남이 알아주는 것도 아닌 그런 상태에서 그래도 시를 놓지 않고 쓰려면 시에 대한 열정 없이는 불가능합니다.

▶ 그렇게 한 7년을 시에 미쳐 있었어요. 내가 대학에 들어가 시를 쓰기 시작한 게 1978년이고 이제부터 얘기하려는 시 '너희들에게'를 쓴 것이 1984년이니까 거의 7년인 셈이죠. 그동안 나는 혼자 자작시집을 두 권 묶기도 했고, 인간에게 불을 가져다준 프로메테우스를 소재로 하여 한 권 분량의 장시를 쓰기도 했습니다.

그런 어느 날, 나의 시 쓰기에 큰 변화가 일어났습니다. 당시 나는 방위 복무를 마치고 공주농고에 발령 받아 근무하고 있었어요. 그곳에서 농업과 담임을 하며 학급문집을 내고 있었는데, 어느 날 쉬는 시간이었어요. 이상하게 시가 한 편 써질 것 같더라고요. 하여 교무실 자리에 앉아 죽 써 내려갔는데, 어찌나 막히지 않고 한꺼번에 썼던지 마치 머릿속에 외우고 있던 걸 받아 적는 느낌이었어요.

너희들에게

싹수있는 놈은 아닐지라도
공부 잘하고 말 잘 듣는 모범생은 아닐지라도
나는 너희들에게 희망을 갖는다
오토바이 훔치다 들켰다는 녀석
오락실 변소에서 담배 피우다 걸렸다는 녀석
술집에서 싸움박질하다 끌려왔다는 녀석
모두 모두 다 더 없는 밀알이다
공부 잘해 대학 가고 졸업하면 펜대 굴려
이 나라 이 강산 좀먹어 가는
관료 후보생보다
농사꾼이 될지 운전수가 될지
모르는 너희들에게 희망을 갖는다
이 시대를 지탱해 가는 모든 힘들이
버려진 사람들, 그 굵은 팔뚝에서 나오는 것이기에
나는 너희들을 믿는다
공무원 관리는 되지 못해도
어버이의 기대엔 미치지 못해도
동강난 강산 하나로 이을 힘이 바로 너희들
두 다리 가슴마다 들어 있기에
나는 믿는다, 통일의 알갱이로 우뚝우뚝 커 가는

건강하고 옹골찬 너희 어깨를

시끌시끌한 교무실에서 정말 십 분도 채 걸리지 않고 쓴 시였어요. 헌데 이상하지 뭡니까? 시를 쓰고 나서 두 가지 느낌이 확고하게 들었어요. 하나는 그동안 내가 시를 쓰면서 씨름해왔던 문제, 이를테면 시어를 선택하고 표현을 세련되게 하려고 의도적으로 노력했던 문제 등, 이런 잡다한 문제들이 한꺼번에 싹 해결된 듯한 느낌이 드는 거예요. 그동안 나를 감싸고 있던 시의 막(幕)이 툭 터져 버렸다고나 할까? 태아를 감싸고 있던 막이 툭 터지면서 비로소 아기가 숨을 쉬고 생명을 얻어 울음을 터뜨리는 것과 같았다고 할 수 있습니다.

또 하나는 이 시를 쓰고 나서 그동안 그토록 나를 괴롭히던 시에 대한 조급증이 사라졌다는 겁니다. 그 전에는 이 사람 말을 들으면 이게 옳은 것 같고, 저 사람 말을 들으면 저게 옳은 것 같았어요. 이 시를 읽으면 이것이 좋아 보이고 저 시를 읽으면 저것에 현혹되었죠. 또 누가 내 시를 두고 형편없다고 하면 낙심천만하여 전전긍긍하였고, 좋다고 하면 겉으론 겸손한 척하면서도 속으로는 세상을 다 얻은 듯 기고만장하였습니다.

헌데 이런 증상이 말끔히 가신 겁니다. 이제 더이상 조급해할 필요가 없었습니다. 내가 가만히 있어도 시가 나를 버리고 홀연 떠나지 않으리라는 확신이 들었지요. 다른 사람 말과 시에 내가 휩쓸리지 않게 된 것도 그때부터였습니다. 그래요. 7년여의 악전고투 끝에 찾아든 평온함. 이제야 비로소 나는 나일 수 있었습니다.

2. 등단 전후

▶ 여기서 잠시 등단과 관련된 얘기 하나 해야겠네요. 앞서 말한 대로 시 '너희들에게'를 쓸 당시 나는 공주농고에 있으면서 학급문집을 만들었어요. 매달마다 일일이 손으로 써서 만들었는데, 같이 문집을 내던 친구들과 함께 겨울방학에 학생 연합 수련회를 조직하기로 했어요. 헌데 그 모임에 쓸 자료집과 주제 토의 자료집을 만들다가 그만 문제가 발생했어요. 결국 그 일이 사건화되어 (「이웃끼리」 문집 사건, 1984) 나는 안면도로 좌천됐지요.

헌데 좌천되기 전 겨울방학 때 공주에서 시인 김진경 선생을 만났어요. 나중에 알고 보니 교육현장의 문제점을 지적한 「민중교육」이라는 책을 기획하고 원고를 모으러 대전에 온 차에 공주에 들러 나를 만났던 겁니다. 그때 나는 무심히 그동안 썼던 시 다섯 편을 넘겨주었고, 그리고 그 일은 까마득히 잊고 있었습니다.

그러다가 해가 바뀌어 1985년 8월 여름방학에 공주 약국엘 들렀는데, 그때 KBS 아홉 시 뉴스를 하고 있었어요. '민중교육, 당신의 자녀를 노린다'라는 타이틀로 뉴스가 진행되고 있었는데 보니까, 내 시에 붉은 밑줄이 좍좍 그어져 텔레비전 화면에 비쳐지고 있는 거예요. 그러면서 하는 말이 '좌경 용공에 감정적으로 호소한다' 어쩌구 하는 거였어요.

난 깜짝 놀랐지요. 안면도로 좌천된 후 세상물정 모르고 지내다 갑자기 일이 터졌으니 하늘이 노랄 수밖에요. 그게 바로 세상을 떠들썩하게 한 「민중교육」지 사건이었습니다. 등단부터 필화를 당한 거죠. 결국 나는 그 일로 인해 학교에서 쫓겨났고 이

후 교육운동에 전념하게 되는데, 아마 텔레비전을 통해 문단에 나온 사람은 지금까지 나밖에 없을 겁니다(하하).

▶ 운동 하면서도 시는 계속 썼어요. 그 즈음 나는 시를 이렇게 인식하고 있었지요. "억압적 상황에서 시는 인간 본성의 건강함을 회복시키는 무기"라고요. 첫 시집인 「교사일기」(실천문학사, 1988) 후기에 이렇게 적었으니, 그 당시 시를 통한 현실인식이 어땠는지 짐작할 수 있겠습니다.

80년대만 해도 신춘문예를 통해 등단하고자 하는 열기는 별로 없었어요. 아마도 사회변혁에 시가 무기로 작용해야 한다는 생각이 널리 퍼져 있었고, 또 그때만 해도 시의 전성시대라 할 만큼 각종 문예지나 무크지 활동이 활발하던 때였으니까요. 오히려 신춘문예에 응모했다 하면 주위 사람들로부터 눈총을 받기도 했습니다.

나는 단 한 번 신춘문예에 응모한 적이 있습니다. 「민중교육」지 사건 나고 첫 시집 발간 전이니까 아마 86~87년 그 즈음일 것입니다. 해직 상태라 돈도 궁하고 또 당선되면 좋을 것 같아 모 일간지에 응모했는데 떨어졌어요. 최종심까지 올라갔는데 떨어졌더라고요. 심사위원들의 심사평이 신문에 나오고, 거기 내 이름도 섞여 있으니 나를 아는 사람들이 그걸 봤겠죠. 몇몇 사람들이 그러더군요. 내가 신춘문예에 응모할 줄은 정말 꿈에도 생각지 못했다고. 그때 사람들 반응이 그랬습니다.

3. 반성과 성찰

▶ 앞서 시막(詩幕)에 대한 이야기를 했는데, 두 번째 나의 시 쓰기에 큰 변화가 온 것이 1994년입니다. 그때 나는 전교조 결성과 관련하여 두 번째 해직 상태로 있다가 복직했습니다. 9년 여 동안 학교를 떠나 있다 복직하였으니 누구보다 기뻐한 건 가족들이었죠. 헌데 호사다마(好事多魔)라고나 할까? 집안에 변고가 생긴 겁니다. 그 이야기는 지금도 생각하면 괴로워 말하지 않겠습니다. 어쨌든 그 일을 겪으면서 나는 '일상성'이란 것에 주목하게 되었지요.

"일상성은 지역과 계층을 떠나 현대인들이 가장 지겨워하면서도 동시에 그것을 놓칠까봐 전전긍긍하는 이상한 물건이다. 매일매일 다람쥐 쳇바퀴 돌 듯하는 출근과 퇴근. 지루한 업무와 늘 대하는 지긋지긋한 얼굴들. 권태와 피로와 따분함과 재미없음으로 점철되는 일상에서 현대인은 탈출하고 싶은 욕구를 강하게 갖지만, 그에 못지않게 정작 그 일상으로부터 내침을 당할까봐 전전긍긍한다.(산문집, 「내 안의 작은 길」에서)"

사회주의권 붕괴와 80년대 변혁운동에 대한 비판적 성찰들이 쏟아져 나오는 속에서 나는 일상성과 부닥치게 되었던 것입니다. 그리고 이 같은 현실에 대한 나의 시적 인식은 아마도 90년 대라는 시대적 특성과도 무관하지 않았던 것 같습니다. 아무튼 나는 일상을 살면서 일상성을 발견하게 되었고 그러면서 나이 도 사십 고개를 넘었습니다.

아름다운 사람

공기 같은 사람이 있다

편안히 숨쉴 땐 있음을 알지 못하다가
숨막혀 질식할 때 절실한 사람이 있다

나무그늘 같은 사람이 있다
그 그늘 아래 쉬고 있을 땐 모르다가
그가 떠난 후
그늘의 서늘함을 느끼게 하는 이가 있다
이런 이는 얼마 되지 않는다
매일같이 만나고 부딪는 게 사람이지만
위안을 주고 편안함을 주는
아름다운 사람은 몇 안 된다

세상은 이들에 의해 맑아진다
메마른 민둥산이
돌 틈을 흐르는 물에 의해 윤택해지듯
잿빛 수평선이
띠처럼 걸린 노을에 아름다워지듯

이들이 세상을 무서워하기에
사람들은 세상을 덜 무서워한다

시집 「사십 세」(내일을 여는 책, 1995)에 들어 있는 작품입니다. 80
년대 같았으면 아름다운 사람이 자기 결단에 의해 변혁운동에
뛰어드는 사람이었을 텐데, 이제 '위안을 주고 편안함을 주는'
그런 사람으로 바뀌어져 있음을 볼 수 있습니다.

▶ 지금 생각해 보면 지난 90년대는 나에게 다음 몇 가지 문
제를 던져주었던 것 같습니다.
하나는 생활의 발견입니다. 1994년 복직 이후 정말 생활이 무
엇인지를 알 수 있었습니다. 왕복 180킬로나 되는 거리를 출퇴

근하느라 매일같이 왔다갔다해야 했고, 주말이면 서울에 올라가야 했습니다. 우리는 딸애 하나가 있는데, 서울 처가에서 태어나 지금까지 그곳에서 자라고 있습니다. 가족의 대소사에도 참여해야 했고, 월급을 받아 적금이라는 것도 처음 들어봤습니다.

또 하나는 그동안 내가 쓴 글에 대한 반성이었습니다. 나는 시뿐만 아니라 산문 소설 등 다른 글도 썼는데, 어느 날 예전에 쓴 글을 보는 순간 숨이 컥 막혔습니다. 내 글에서 어떤 독기(毒氣)가 뿜어져 나오는 것 같았어요. 그래서 생각했습니다. 이게 대체 뭔가? 야, 이거 문제가 심각하구나. 그동안 운동은 열심히 했지만 글 쓰기엔 실패했구나. 그러면서 자연스레 내 글의 생명력이 어느 정도일까 하는 의문이 들었습니다. 내가 볼 때 잘 해야 한 십 년 정도? 이래서는 정말 안 되겠다는 생각이 들더군요.

그 후 나의 시적 관심은 일상성에 대한 천착에서 유년기적 정서로 옮아갔습니다. 그러니까 「사십 세」 발간 이후 한동안 헤매다 '이거다' 싶게 떠오른 게 나의 어릴 적 세계를 시로 담아내는 일이었습니다. 그렇게 해서 나온 시집이 「그 나라」(세계사, 1999)입니다.

그 방

낮은 천장엔 얼룩얼룩한 쥐 오줌 자국이 있었다
빛 바랜 벽지엔 댓이파리 같은 빈대의 핏자국도 있었다
아침이면 밥 짓는 고신내가 문틈으로 기어올라 스며들던 곳
살뜰한 볕이 숭늉빛 문창호질 간질이기도 하던 곳
그곳에서 어머니는 내가 갓난쟁이였을 때 오줌 싸고 구들장이
싸아하니 식어 응애응애 울면
나를 배 위에 올려놓고, 그렇게 길렀다고 쓸쓸하게 웃으신다

4. 변즉생(變則生)

▶「그 나라」이후 몇 편 쓰다 얼마 전까지 시하고 딱 단절했어요. 그러니까 한 3년 남짓 거의 절필한 셈입니다. 지금까지 시를 써오면서 시하고 단절하기는 이번이 처음입니다. 정말 완전히 단절했었어요. 전혀 읽지도 쓰지도 않았으니까. 동기는 뭐니뭐니해도 시 쓰는 나 자신에 대한 회의였습니다. "정말 시를 꼭 써야 하는 거야? 안 써도 될 것 같으면 쓰지 않는 게 좋잖아?" 이런 소리가 내면에서 울려오고, 정말 진지하게 쓰지 말자는 쪽으로 기울었습니다. 쓰지 않고도 견딜 수 있다면 시 같은 것에 매이지 말고 편히 살자, 이런 식이었죠. 괜히 시 쓴다고 해롱거릴 바에야 맨정신에 제대로 사는 게 훨씬 낫다 싶었습니다.

다른 이들의 시집 발간 광고나 신문에 실린 서평 등을 접하다 보면 처음엔 가슴이 철렁했습니다. 부지런히 써도 부족할 판에 자꾸 떠밀리는 느낌이 들었지요. 허나 그것도 얼마 안 가 무덤덤해지더군요. 그런대로 견딜만하더라고요.

그런데도 시에 대한 생각이 간간이 떠올랐습니다. 마치 깊은 땅 속 수맥을 따라 물이 흐르듯 읽지도 쓰지도 않았지만, 시에 대한 생각의 맥은 이어졌습니다. 그러면서 앞으로 시를 쓴다면 무언가 바뀌지 않고서는 안 되겠다는 결론에 이르더군요. 변즉생(變則生)! 바로 그것이었습니다.

▶그래, 이제부터 좀 바뀌자. 우선 그동안 내 시의 주된 관심사였던 농촌생활 정서에서 벗어나자. 그리고 시의 형식을 좀 달리 해 보자. 왜 이런 생각을 하게 됐느냐 하면, 그동안 써온 시

의 내용이 나와 가족의 범주에서 벗어나질 못했던 거예요. 다시 말해 시 편편마다 내 삶의 일상사가 묻어 있어 다큐적(기록적) 성격이 강하다는 거였어요. 그러니까 그동안 나는 현실세계를 충실히 반영해내는데 주력했고, 그러다 보니 상상력이 발휘된 시, 보다 객관적 세계로 다가가는 시 등은 쓰지 못했던 거죠. 파블로 네루다의 말, "리얼리스트가 아닌 시인은 죽어간다. 그러나 단지 리얼리즘적이기만한 시인 역시 죽어간다." 이 말이 새롭게 떠오르더군요. 그러니까 그동안 나는 '단지 리얼리즘적이기만한' 시를 썼던 겁니다.

▶ 지난날을 십 년 단위로 돌이켜볼 때, 나의 시 쓰기와 관련하여 이런 생각이 듭니다. 80년대 변혁운동적 입장에서의 시 쓰기가 90년대를 거치면서 자기반성에 이르고, 급기야 3년여에 걸친 회의와 절망, 그리고 이제 다시 시를 쓰려고 하는 과정은 그동안 변화한 외부 상황에 대해 나 나름대로 대응하기 위한 몸부림이었다고. 실제로 그렇습니다. 시를 통한 외부 세계로의 에너지 분출이 80년 대에 이루어졌다면, 그 에너지의 마이너스적 내적 수렴(반성과 성찰)이 90년대에 이루어졌고, 그 막바지 지점을 거쳐 지금은 다시 플러스와 마이너스의 중간지대, 즉 제로지점에 와 있지 않나 생각합니다. 그러니까 이제부터 어느 한쪽으로 치우치지 않은 중간지대에서 새롭게 시를 쓸 수 있겠다는 예감이 드는 거죠.

▶ 이 글의 제목을 「하얀 까마귀」라고 한 것도 요즘 나의 변화된 인식을 보여줍니다. 처음 이 글을 쓸 때 나는 제목을 '작은 매듭을 고리 삼아 꿈꾸는 자유' 쯤으로 하려고 했습니다. 이 말

이 시 쓰는 과정을 잘 나타내주고 있다는 생각에서였습니다. 그러다 결국 「하얀 까마귀」로 바꿨는데, 그 이유는 앞의 제목이 산문적이고 선명하지 못해서였습니다. 이미지의 대비를 통해 선명한 인상을 주고, 고정관념을 깨뜨릴 수 있으면서도 이 글의 취지에 잘 어울리는 제목, 그게 뭘까 고심하다 어느 순간 이 제목이 떠올랐던 거죠.

5. 창작의 실제

▶ 그럼 먼저 한 편의 시가 어떤 과정을 거쳐 나오는지에 대해 살펴보겠습니다.

① 착상 : 어느 순간 어떤 계기에 의해 '시의 싹'이라 할 수 있는 작은 매듭이 마음속에 탁 맺어집니다. 앞서 말한 대로 나는 시 쓰기를 '작은 매듭을 고리 삼아 꿈꾸는 자유'라고 생각합니다. 시의 핵이 마치 라이터에서 불티가 튀어오르듯 탁 튀어나와 작은 매듭을 짓습니다. 단어나 구절 혹은 쓰고 싶은 시의 전체적인 상(像)이 그렇게 떠오릅니다.

주로 주위가 고요할 때, 주변 환경이 바뀌어 어떤 사물과 새롭게 만날 때, 책을 읽을 때, 영화를 보거나 음악을 들을 때 등등 그 순간은 무한합니다. 아마도 그 순간이 바로 나(시인)와 외부 세계(사물)가 동일한 차원에서 승화되어 만나는 순간이 아닐까 싶습니다. 공중에 떠돌던 물방울이 허공을 가로지른 전선에 닿는 순간 하얀 서리로 얼어붙어 버리듯, 어느 순간 '시의 씨앗'이 그렇게 내 속에 엉겨 붙습니다. 작은 돌에 기대어 개울물이 얼기 시작하듯 말입니다.

② 맛보기 : 그렇게 튀어나온 시의 씨앗을 나는 마음속으로 '이것이 과연 시가 될 수 있을까, 어떨까?' 가늠하며 맛을 봅니다. 시로 쓰면 좋을 게 있고, 그렇지 않은 게 있으니까요. 다른 문학 장르와는 달리 시만이 갖는 독특한 양식이 있고, 그것에 맞아야 시가 될 수 있죠. 그러니까 순간적으로 나에게 날아온 싹이 단순한 아이디어에 불과한가, 혹은 다른 글로 써야 할 것인가, 아니면 시로 발전시켜가야 할 것인가를 이 맛보기 단계에서 결정하게 됩니다.

③ 어루만지기 : 맛보기 단계에서 시로 써야겠다고 결정이 되면 먼저 그 씨앗을 습작노트에 기록해둡니다. 그런 후 간간이 그 씨앗을 마음속에서 어루만집니다. 이리 굴리고 저리 굴리는 사이 한두 행 시 구절이 만들어지기도 하고, 어느 땐 한 연이 만들어지기도 합니다. 그럼 그걸 역시 습작노트에 적어둡니다.

④ 쓰기 : 그러다 어느 순간, 오늘은 시가 써질 것 같다 싶은 순간이 옵니다. 주위가 조용할 때, 약간의 여유가 있을 때, 무언가 강렬히 쓰고 싶을 때, 그런 때가 있습니다. 그런 때가 올 때까지, 혹은 그런 때를 확보하기 위해 일상을 견디고 기다립니다. 나는 휴일 오후나 새벽에 주로 많이 씁니다.

여기서 한 가지, 나는 한번 쓰기로 마음먹은 것은 어떤 식으로든 그 자리에서 끝을 봅니다. 나중에 시가 좋지 않아 버리는 한이 있더라도 중도에 포기하는 일은 없습니다. 그런 버릇이 좋은지 나쁜지 알 수 없지만 어쨌든 나는 그러고 있습니다. 잘 되면 한 30분이면 초고가 나옵니다. 안 될 땐 하루 저녁 그 다음 날까지 가는 경우도 있습니다. 처음 예감했던 대로 잘 써지는 경우도 있고, 전혀 다른 길로 가 엉뚱한 놈으로 나오는 경우도 있습니다.

이렇게 초고가 나오면 보통 일이 주일 정도 묵힙니다. 그러면서 속으로 계속 어루만지죠. 여러 번 그렇게 되뇌다 보면 부자연스런 부분(단어, 행갈이, 표현, 전체 흐름 등)이 걸러져 나옵니다. 그러면 습작노트를 꺼내 수정하지요. 그런 다음 컴퓨터에 입력합니다. 헌데 이상한 것은 컴퓨터에 입력하면서 시의 90% 이상이 완성됩니다. 그러니까 대부분 초고의 큰 틀이 이때 완성되는데, 아마도 노트에 볼펜으로 쓰는 것과 모니터에 활자로 입력하는 것이 달라서 그렇지 않은가 생각합니다.

⑤ 다듬기 : 나는 시를 쓰기 전 그동안 써두었던 시들을 앞에서부터 죽 읽어보는 버릇이 있습니다. 그 세계의 정조(情調)에 빠져들기 위해서죠. 그러다 보면 어느새 집중력도 생기고, 주위가 고즈넉이 가라앉아 시 쓸 분위기가 잡힙니다. 그런 다음 비로소 쓰게 되는데, 그때마다 다듬기를 합니다. 다듬기는 시어의 선택, 행과 연의 가름에서부터 구체적 묘사 자연스런 흐름(리듬) 제목 등에 걸쳐 광범위하게 이루어집니다. 한번 시가 쓰여진 후 그것이 활자화되기까지 보통 7~10차례 고칩니다.

▶ 자, 그럼 이제부터 「비의 맛」이라는 시를 가지고 실제 창작 과정을 말씀드려보겠습니다. 이 시는 제목부터 쓰여졌습니다. 지난 해 학교 도서실에서 책을 샀습니다. 주문한 책이 들어와 책상 위에 죽 늘어놓고 확인하는데, 「유마록」이란 책이 눈에 띄더군요. 선 채로 손에 들고 후루루 넘겨보는데, 문득 '비의 맛'이라는 단어가 눈에 확 들어오지 뭡니까? 그 단어가 순식간 내게 날아든 거죠. 그래 '바로 이거다.' 싶은 생각이 들었고, 나는 그 말을 거의 일 년여 동안 마음속에 품고 다녔어요. 그러다 올 여름 쉬는 시간에 도서실에 있는데 비가 많이 왔어요. 바람에 빗

방울이 창문을 마구 두드리고 있었죠. 그때 문득 다음과 같은 구절이 툭 튀어나왔어요.

　　<u>창을 두드리며 비가 온다</u>
　　그 빗소리 외면한 채 책을 읽는다는 건 여간 고역이 아니다

　내가 처해 있던 상황을 가감 없이 드러낸 것입니다. 그런데 이렇게 쓰고 보니 맨숭맨숭하더군요. 하여 곧바로 비를 의인화하여 밑줄 부분을 '조그만 손으로 후두둑 창문을 두드리며 비가 온다'로 고쳤습니다. 그런 다음 잠시 망설였습니다. 이 시를 앞으로 어떻게 전개해 가야 하나 하고 말입니다. 그래, 사실의 재현보다는 상상을 통해 내가 드러내고자 하는 의미의 세계에 다가가도록 하자. 그러면서 곧바로 3~ 4행이 이어졌습니다.

　　창을 여니 비의 차가운 혀들이 내 얼굴을 핥아댄다
　　입가에 흘러든 몇 놈을 나도 핥아먹는다

　실제로 내가 창문을 연 것은 아닙니다. 상상 속에서 뿌리쳐 들어오는 빗방울을 맞는다고 쓴 겁니다. 빗방울이 얼굴에 떨어지는 것을 밑줄과 같이 표현했고, 나와 사물과의 하나됨을 "입가에 흘러든 몇 놈을 나도 핥아먹는다"라고 썼습니다. 시어 '몇 놈' '핥아먹는다' 등은 시의 맛을 호쾌하고 즐겁게 하기 위해 선택한 것입니다. 그러나 다음에서 곧 막혔습니다.

　　비, 비의 맛은 ○○하다
　　순한 손이 순하게 빚어 만든 그런 맛이다
　비의 맛을 뭐라고 표현해야 할지 알맞은 단어가 떠오르질 않았어요. 한참을 고심하다 그냥 빈칸으로 놓아두었습니다. 거기

에만 너무 매달리면 전체적인 시 쓰기에 차질이 생기니까요. 그 다음 행도 좀 고민이 된 부분입니다. 비의 맛이야말로 순연무구한 것으로 조물주가 빚어 만든 그런 맛이어야 하는데, 그걸 표현하기가 쉽지 않았어요. '순한 손이 순하게 빚어 만든'과 같은 표현은 여러 번 고치고 다듬어 얻은 것입니다. 그리고 그 다음 몇 행은 손쉽게 썼습니다. 비의 천연한 맛과 대비되는 인공의 물맛을 표현했으니까요.

정수기로 걸러 낸 수돗물 맛이 아니다
불에 끓여 따로 식힌 증류의 맛이 아니다

그런 다음 다시 한번 비의 맛을 반복했습니다. 시의 전체적 흐름을 살리기 위해, 그리고 앞으로 전개될 의미를 환기하면서 강조하기 위해서였죠.

비의 맛은 비의 맛
비는 죽으며 무수한 고리를 땅에 만든다

여기서도 '비는 떨어져 → 비는 죽으며', 그리고 '은반을 땅에 그린다 → 고리를 땅에 만든다'라고 고쳤습니다. '떨어져'나 '은반을 땅에 그린다'의 표현은 민밋한 산문적 진술이지 낙차 큰 시적 표현은 아니라는 생각에서였습니다.

녹음을 흔들며 한 떼의 바람 훅 몰아치자
은빛 술렁임, 하나의 고리에서 다른 고리로 순식간에 이어진다
비는 이렇게 땅에 스미어
비가 땅 속으로 스며드는 과정을 표현한 것입니다. 지하 깊숙이 스며드는 모습을 '뿌리와 뿌리 사이 머나먼 여정에 오르리라'

라고 했습니다. 그러면서 다시 한 템포 호흡을 조율합니다. 시의 맛을 느끼도록 '산이 제 이마를 푸르게 닦는다'고 수사적 멋도 부리면서, 이 시의 주제라 할 수 있는 비의 이미지, 곧 모든 생명의 근원이면서 쓰임에 따라 그 모습을 천태만상으로 바꾸는 비의 이미지를 '낮은 길을 더듬어 가는 순례자'로 표현했습니다.

> 강물이 하늘에 올라 구름을 짓는 동안
> 산이 제 이마를 푸르게 닦는 동안
> 비는 또 얼마나 낮은 길을 더듬어 가는 순례자가 될까

자, 이제 시의 막바지에 이르렀습니다. 다시 말해 앞에서 짜온 여러 갈래의 가닥을 이제 매듭지어 하나의 형(形)과 태(態)를 갖춘 시로 완성해야 합니다. 물론 이 지점에서 처음 이 시를 통해 드러내고자 하던 의미가 잘 드러나야 합니다. 비는 땅에 스미어 때가 되면 제 몸(자기만의 특성)을 버리고 맛도 달라집니다. 소아(小我)를 버리고 대승의 차원으로 거듭나는 겁니다. 사실 이 시에서 표현하고 싶었던 주된 의미가 그것이었어요. 온갖 가지 현상 뒤에 변하지 않는 사물의 어떤 본질. 그걸 다시 한 번 강조하면서 운율을 살리는 차원에서 '계절 속에 비는 제 몸을 터 천(千)의 맛을 내지만' 이란 행을 끝부분에 놓았습니다.

> 우레가 울던 하늘보다 더 멀리
> 골짜기 강둑 하상(河床)을 지나
> 비는 이제 제 몸을 버리어 맛도 달라지리라
> 포도밭에선 포도 맛
> 사과밭에선 사과 맛
> 계절 속에 비는 제 몸을 터 천(千)의 맛을 내지만

그래도 다시, 비의 맛은 비의 맛!

마지막 행의 '그래도 다시'는 처음에는 '불현듯 다시'였습니다. 그러나 아무리 되뇌어보아도 시의 의미상 '불현듯 다시'라는 표현이 걸렸습니다. 하여 이렇게 고쳤고, 이렇게 다듬기를 거듭하여 초고가 완성되었습니다.

헌데 아직도 해결되지 않은 문제가 있었어요. 앞서 말한 대로 비의 맛을 뭐라고 표현할까 하는 문제였습니다. 곰곰이 그 부분에 마음을 두고 집중했어요. 그러다 불쑥 '밍밍하다'는 말이 떠올랐어요. 우리 어머니께서 곧잘 음식이 싱겁거나 조미료가 많이 들어가면 밍밍하다는 말씀을 하셨는데, 그 말이 떠오른 거지요. 그러고 보니 내가 표현하고자 하던 비의 맛과 거의 가깝다는 느낌이 들었어요.

비, 비의 맛은 밍밍하다

그러나 뭔가 부족한 것 같았어요. 하여 입안에서 여러 번 굴리길 반복하다가, 어느 순간 '밍밋하다'란 말이 떠올랐습니다. 사전에 없는, 결국 비의 맛을 표현하기 위해 나는 시어를 재창조한 셈이죠. 이렇게 하여 초고가 써졌고 그 후 손질에 손질을 거듭한 결과 다음과 같은 시가 탄생한 것입니다.

비의 맛

조그만 손으로 후두둑 창문을 두드리며 비가 온다
그 빗소리 외면한 채 책을 본다는 건 여간 고역이 아니다
창을 여니 비의 차가운 혀들이 내 얼굴을 핥아댄다
입가에 흘러든 몇 놈을 나도 핥아먹는다

비, 비의 맛은 밍밍하다
순한 손이 순하게 빚어 만든 그런 맛이다
정수기로 걸러 낸 수돗물 맛이 아니다
불에 끓여 따로 식힌 증류의 맛이 아니다
비의 맛은 비의 맛
비는 죽으며 무수한 고리를 땅에 만든다
녹음을 흔들며 한 떼의 바람 훅 몰아치자
은빛 술렁임, 하나의 고리에서 다른 고리로 순식간에 이어진다
비는 이렇게 땅에 스미어
뿌리와 뿌리 사이 머나먼 여정에 오르리라
강물이 하늘에 올라 구름을 짓는 동안
산이 제 이마를 푸르게 닦는 동안
비는 또 얼마나 낮은 길을 더듬어 가는 순례자가 될까
우레가 울던 하늘보다 더 멀리
골짜기 강둑 하상(河床)을 지나
비는 이제 제 몸을 버리어 맛도 달라지리라
포도밭에선 포도 맛
사과밭에선 사과 맛
계절 속에 비는 제 몸을 터 천(千)의 맛을 내지만
그래도 다시, 비의 맛은 비의 맛!

6. 몇 마디 더

▶ 시에 대한 견해를 말하자면 여러 차원에서 많을 말을 할
수 있을 것 같습니다. 그러나 여기서 그런 부분에 대한 말을 다
하는 것은 이 글의 취지와 맞지 않다고 봅니다. 하여 요즘 들어
생각하고 있는 몇 가지에 대해서만 간략히 말해보겠습니다.
    먼저 시에는 감동을 주는 시와 발견의 재미를 주는 시가 있

습니다. 여러분은 어느 쪽입니까? 감동을 주는 시는 가슴으로 쓰여진 시이고, 재미를 주는 시는 머리로 쓰여진 시라고도 할 수 있겠습니다. 꼭 그런 것은 아니지만 또 이렇게도 말할 수 있 겠어요. 감동을 주는 시는 서사를 중심으로 하는 시이고 재미를 주는 시는 묘사를 중심으로 하는 시라고요. 요즘 시들은 대체로 감동보다는 재미에 치중하는 것 같습니다. 다시 말해 가슴으로 쓰지 않고 머리로 쓴 시들이 더 많다는 것입니다.

예를 들어볼까요? 김소월 같은 이의 시는 재미보다는 감동을 줍니다. 시적 장치나 세련된 묘사 현대적 감각 등은 없어도 읽 고 나면 가슴 깊은 곳에서 어떤 뭉클함, 시큰함이 솟아오릅니다. 반면 정지용 같은 이의 시는 그렇지 않아요. '바다는 뿔뿔이/ 닫 아나려고 했다.// 푸른 도마뱀떼같이/ 재재발랐다./꼬리가 이루/ 잡히지 않았다.//(바다·9) 바다에 대한 참신한 묘사를 통해 마 치 바다가 눈앞에 펼쳐져 있는 것처럼 감각적으로 표현하고 있 습니다. 그리고 독자는 이 시를 읽으면서 바다와 푸른 도마뱀이 란 이미지 결합을 통해 생동하는 바다를 발견할 수 있죠.

감정의 분출보다는 한 단계 두 단계 걸러내면서 시와 시인 그리고 독자와의 거리를 냉정히 인식하며 쓰는 시. 그런 면에서 발견의 재미를 주는 시가 현대적이라고 할 수도 있겠습니다. 그 러나 그렇다고 하여 그런 시가 상등(上等)에 있다고는 할 수 없 어요. 재(才)가 없어도 마음을 움직이는 게 있고, 재는 넘치나 혐오스러운 게 있으니까요.

▶ 또 시에는 '쪽시'와 '통시'가 있습니다. 쪽시는 쪼가리 시이 고 통시는 통째로 된 시입니다. 이 말은 내가 만들어 쓰는 말인 데, 우리 주변의 대부분 시가 쪼가리 시들입니다. 시인은 자신

의 상처에서부터 시를 쓰기 시작합니다. 시의 출발점이 거기지요. 앞서 말한 원체험이 바로 그것입니다. 그러나 자신의 상처에만 머문다면 그 사람은 쪽시밖에 못 씁니다. 쪽시는 자기 얼굴이나 비출 뿐입니다. 자아도취 자기 위안의 수준에 머물고 마는 거죠. 자신의 상처를 통해 타인(독자)의 상처까지 비추지 못합니다.

통시를 쓰려면 시인의 자아가 분열되어 있지 않아야 합니다. 처음에 분열되었다 하더라도 피나는 노력을 통해 통합해내야 합니다. 분열된 자아를 극복하지 못하고는 좋은 시, 통짜로 된 시를 쓰기 어렵습니다. 통시를 쓴 사람 중에 얼핏 떠오르는 시인이 한용운, 네루다, 타골 같은 이들입니다.

▶ 계속 시를 써야겠다면 조바심을 버리십시오. 누구나 자기 그릇을 빨리 이루고 싶어 합니다. 그러나 그것은 함정입니다. 백 사람이 한 번 읽는 시보다는 한 사람이 백 번 읽을 시를 써야 합니다. 나이들수록 '나'를 알아주는 남들의 시선도 거두어집니다. 보통 사십을 넘기면서 그런 일이 현격히 일어난다고 보는데, 그때부터는 정말 자기와의 싸움입니다. 득실재아 훼예재인 (得失在我 毁譽在人)이란 말이 있습니다. 얻고 잃음(좋은 시를 쓰고 못 씀)은 나에게 달려 있고, 기리고 헐뜯음은 남에게 달려 있다는 말입니다. 웬만한 수양이 없고서는 훼예재인으로부터 자유로울 수 없습니다.

▶ 마지막으로 한 마디 더 하며 끝맺겠습니다. 모든 일을 맨정신으로 맞이하십시오. 술에 취하지 말라는 겁니다. 괴롭고 슬프더라도 취한 김에 잊지 말고 맨정신으로 잊으세요. 그게 내공

을 다지는 길이며, 통시를 쓸 가능성을 높이는 길입니다.

성씨는 같아도 이름은 제 각각이란 말이 있습니다. 개성을 나타내는 말입니다. 쓰는 글자는 다 같아도 작품은 제각각이어야 한다는 것입니다. 그렇다면 개성은 어디서 길러질까요? "말똥구리는 스스로 말똥을 아껴 여룡의 여의주를 부러워하지 않는다(이덕무)"고 합니다. 개성은 결국 한눈팔지 않고 자기의 길을 가는 데서 나오는 게 아닐까요? 묵묵히 자기 길을 가십시오. 獨步苦行! 십 년 이십 년 그렇게 한 길을 가다보면 자기 안에서 올라오는 꽃대 하나쯤 볼 수 있겠지요. ●

문학은 곧 삶이다

김 수 열

1.

　안녕하세요. 이렇게 만나 뵙게 되어 반갑습니다.

　시 쓰기를 시작한 지는 이십 년이 넘었습니다만 내 시 쓰기에 대해 아직도 자신이 없어서 그런지 문학에 뜻을 둔 젊은이들 앞에서 시 창작에 관련된 얘기를 꺼낼 때마다 왠지 낯설고 어색한 기분을 지울 수가 없습니다. 더군다나 시인 또는 작가는 작품을 통해서만 대중 혹은 독자와 만나야 한다는 생각에는 지금도 변함이 없기 때문에 이렇게 직접 얼굴을 맞대면하고 얘기를 나누는 일에는 마치 몸에 맞지 않은 옷을 걸친 것 같은 느낌입니다.

　그리고 저는 시 쓰기에는 특별한 방법론, 다시 말해 시 창작론이라는 게 따로 있다고 생각하지 않습니다. 사실 시 창작론이라는 게 몇몇 시인들, 혹은 그와 관련한 공부를 하는 사람들이 자신의 방법론이나 또는 여러 사람들이 발표한 창작에 관련된 이론들을 한데 묶어 적당히 반죽하고 거기다 제 입맛에 맞는 양념을 곁들여 새롭게 치장해 놓은 것에 불과한 게 아닌가 하는 생각입니다.

주제넘은 얘기가 될지 모르겠습니다만 제가 보건데 진정한 시 창작론은 다름 아닌 시창작자 즉 시인의 삶 그 자체에 있는 것이 아닌가 합니다. 다시 말해 시인의 성장 과정과 그 주변 환경, 그 시인이 지닌 삶의 가치와 철학, 세계관과 역사의식, 자신이 놓여 있는 주변과 그 주변을 둘러싼 세계를 바라보는 시각, 이런 것들이 시인의 정신 속에서 무르익고 이걸 쓰지 않으면 안 되는 어떤 강력한 충동과 욕망에 휩싸여 문자라는 매체를 통해 활자화될 때, 그런 걸 문학이라고 부르는 건 아닌가 하는 생각입니다. 물론 그러한 의식의 용광로에서 흘러넘치는 쇳물덩이를 시로 형상화할 것인지 아니면 소설이나 다른 어떤 문학 장르로 드러낼 것인지에 대한 선택을 위한 학습도 중요하지만 이는 한 편의 시 또는 문학이 창작되는 과정에 있어서 한 부분에 불과한 것이지 전부일 수는 없다는 게 제 생각입니다.

하여 오늘 여러분들에게 하고 싶은 얘기는 무슨 거창한 문학 창작론이 아닙니다. 부끄러움의 연속입니다만 제가 나고 자란 이야기, 그리고 제가 만난 사람 이야기, 제가 좋아하고 싫어하는 것에 대한 이야기를 할까 합니다. 그리고 그런 것들이 저의 작품 속에 어떻게 드러나고 있는지를 얘기해 볼까 합니다.

2.

저는 제주에서 나고 자랐습니다. 다시 말해 학교도 여기서 나왔고 군대 생활도 여기서 했으며 직장 생활도 여기 제주에서 하고 있습니다. 일주일 이상 섬을 비운 일이 거의 없습니다. 비릿한 바닷바람이 나를 키웠고 눈에 진물이 나도록 푸른 바다와 수평선을 바라보았지요. 저의 집이 바닷가 근처에 위치해 있어서 저는 저녁상을 물리면 바닷가로 나가곤 했지요. 그리고 여름철이면 조반을 해치우면 잽싸게 바다로 달려가 사위가 캄캄해질 때까지 바다에서 살았습니다. 초등학교 2학년 무렵이었다고 생각하는데 저는 하늘에 떠 있는 별들의 고향이 바다 저 먼 곳 어디쯤일 거라고 생각했습니다. 왜냐하면 해거름이 질 때면 어김없이 수평선 너머에 별들이 나타나곤 했으니까요. 그 별들이 밤이 깊어지면서 하늘로 올라가는 거라고 생각하면서 말입니다. 그 별들이 고깃배에서 고기를 잡기 위해 켜 놓은 어화(漁火)인 줄은 한참 후에야 알았으니까요.

내 어릴 적

어릴 적 무근성 탑 아래
고추 내놓고 멱을 감았습니다
해거름이 찾아와
파도 소리 잠잠해지면
바다 끝엔 어느새
낮잠에서 깨어난 별들이
여기서도 반짝
저기서도 반짝

바닷가 오두막집에 불이 켜지면
반짝이던 별들
하나씩 둘씩 벗을 찾아
하늘로 올라갑니다
제일 큰 별은 북극성이 되고
일곱 형제는 북두칠성이 되고
견우도 되고 직녀도 되고

하늘로 오르지 못한 별들은
바다 끝에 도란도란 마주앉아
사이좋게 물장구칩니다
탑아래가 탑동으로 변하고
키보다 큰 방파제가
바다를 가로막은 지금
고추 내놓고 멱감는 아이는 여기 없습니다
바다 끝에 떠 있는 별을 보고
별이라 부르는 아이도 이제는 없습니다

　저는 초등학교 때 그림에 관심이 있었던 것 같습니다. 관심이
라기보다는 그 당시 담임선생님의 손에 이끌려 그림대회에 참
가한 것이겠지요. 그 무렵 그림대회라고 해봐야 운동장 한가운
데 불자동차를 세워놓고 소방훈련 시범을 잠깐 보인 다음 '자나
깨나 불조심', '꺼진 불도 다시 보자'로 귀결되는 강연을 들은 다
음 불조심에 관한 그림을 그리게 하곤 했습니다. 또 기억에 남
는 건 무슨 무슨 궐기대회에 참가하여 귀순용사 강연을 듣고는
'무찌르자 공산당 때려잡자 김일성' 구호를 외치다가 반공포스
터 그리기를 하곤 했는데 그때 주로 그렸던 그림은 도화지 절
반 정도에 검은 색 선을 긋고 위에는 군인아저씨의 커다란 군
화를 하나 그리고 아랫부분에는 군인아저씨가 간첩을 잡아 체
포해 가는 모습을 얼추 그리면 봉황 두 마리가 새겨진 상장에
다 '賞'이라는 붉은 도장이 찍힌 공책 두어 권을 받곤 하던 시절
이었지요.
　5학년 때였는데 선생님께서 저를 부르시더니 한라문화제 백
일장에 우리 학교에서 운문부에 참가하는 학생이 별로 없다며
저더러 그림 말고 운문부로 참가하여 시를 써보라는 겁니다. 선
생님의 말씀이라 거절도 못하고 우물쭈물하다 결국 운문부의

일원이 되어 대회장에 갔는데 그때 주어진 제목이 '창(窓)'이었어요. 참 막막했지요. 창가에 앉아 창밖만 우두커니 바라보고 있었는데 문득 '창'이 참 재미있다는 생각을 했지요. 밖을 보고 싶으면 밖이 보이고 비스듬하게 바라보면 창 안쪽이 보이는 거예요. 순간적으로 생각이 들더군요. '창'은 참 좋겠다. 바깥도 볼 수 있고 안쪽도 볼 수 있으니…. 이런 생각을 하면서 난생 처음 시라는 걸 썼는데 "무슨 생각 잠겨있나/비스듬히 바라보면" 이렇게 시작하는 4연으로 구성한 시였어요. 그런데 그 시가 제주도 초등학생 운문부 장원으로 뽑힌 겁니다. 그때 담임선생님께서는 그 시를 가지고 시화를 만들어 제게 선물을 하셨는데 제 책상 앞에 놓인 덕분에 자연스럽게 암기가 되어 있었지요. 중학교 2학년 때라고 기억이 되는데 교내 백일장이 있었습니다. 그때 시제가 우연하게도 또 '창'이었어요. 그래서 치기가 발동한 겁니다. 암기된 그 시를 그대로 썼는데 다시 최우수상을 받은 겁니다. 그때 저는 생각했습니다. 시, 참 시시한 거라고.

저에게 청소년 시절 다시 말해 중학교에서 고등학교로 이어지는 시절은 참 견디기 힘든 어려움이었습니다. 가난 때문이었지요. 저의 어머님은 가족의 생계를 위해 일본으로 밀항을 시도하다가 붙들려 일본 오오무라 형무소에 수감된 상태였고 아버님은 가진 게 없어 그럭저럭 빚을 지면서 살던 시절이었지요. 언제부턴가 저는 말이 적어졌고 학교에서 돌아온 이후 대부분의 시간을 혼자 바닷가에서 보냈지요. 그때 저는 지긋지긋한 가난이 싫어 고등학교만 졸업하면 어떻게든 섬을 벗어나야겠다고 밀려오는 파도에 다짐했고 밀려가는 파도에 재삼 다짐하곤 했습니다.

결국 육지에 있는 전기 대학에 실패를 하고 저는 패잔병처럼 고향에 있는 대학 국어교육과에 원서를 집어넣어 대학생은 되었지만 학교에는 도무지 애정이 가지 않았습니다. 방바닥에 등붙이고 뒹굴면서 이 책 저 책 닥치는 대로 읽다가 밤이 되면 밤고양이처럼 어슬렁어슬렁 나서고 적당히 취하면 비틀대면서 흐느적흐느적 집으로 들어오는 그런 날들의 연속이었지요.

입학한 지 한 달이 지날 즈음이었는데 신입생 환영회가 있으니 참석하라는 연락을 받고 공술이나 얻어먹자는 심사로 나갔지요. 요즘은 어떤지 모르겠습니다만 그 무렵은 대부분의 환영회가 중국집에서 짬뽕국물이나 춘장을 안주삼고 짜장면이나 짬뽕을 먹는 게 고작이었지요. 구석진 데 앉아 잔을 비우고 있는데 같은 과에 다니는 고등학교 선배 한 분이 느닷없이 제게 이런 말을 하는 것이었어요. "네가 이 학교를 다니려면 두 가지를 항상 잊어선 안 된다. 첫째, 대한민국에서 제일 싼 회비를 내고 대학을 다니고 있다는 것. 둘째, 다름 아닌 네가 다니고 있다는 것." 술기운에 들었는데도 이상하게 그 말이 오래도록 잊히질 않았어요. '내가 제일 값싸게 대학을 다니고 있다면 그 나머지 몫을 누가 대고 있는 건 아닐까? 그게 혹시 여기 섬사람들은 아닐까? 그렇다면 나는 섬사람들에 대해 얼마나 알고 있는가?' 뭐 이런 생각이 꼬리를 물었고 결국 아르바이트를 해서 돈이 생길 때마다 무작정 시외버스에 몸을 실어 섬의 구석구석을 찾아 나섰지요. 그때까지만 해도 저는 제가 사는 제주시를 벗어난 적이 별로 없었습니다. 그 무렵 내 눈에 비친 섬 구석구석의 풍경은 참 놀라움 그 자체였습니다. 제주도가 이렇게 크고 넓은지 그때 처음 알았습니다. 마을을 지키는 아름드리 팽나무 아래서 만난 촌로들은 소주 한 병을 사이에 놓고 마을의 역사며 살아가는 이야기며 농촌의 현실을 들려주다가 어느 정도 취기가 오르면 그네들의 애환을 담은 일노래들을 끊임없이 들려주는데 감당하지 못할 정도로 들었습니다. 어떤 날은 요란한 연물[11]소리에 이끌려 가보면 어김없이 굿판이 벌어지고 있었지요. 그러면 그 집에 며칠씩 머물며 심방(무당) 어르신들과 굿을 청한 본주 어른들로부터 많은 얘기를 듣곤 했지요. 바다로 나가면 불턱(해녀들이 몸을 말리며 잠시 쉴 수 있는 공간)에서 만난 해녀 할머니, 아주머니들과 마주 앉아 물질하면서 겪었던 여러 가지 소중한 체험들을 들을 수 있었습니다. 돈을 벌기 위해 출가하여 먼 이국땅 블라디보스토크에까지 가서 물질했다는 얘기, 악독한 선주를 만나 일 년 열두 달 생고생하고는 빈털터리가 되어 고향으로 돌아왔다는 얘기 등등 지금 생각하면 제 문학의 뼈가 되고 살이 되는 소중한 얘기들을 직접 들을 수 있었던 황금 같은 시기였지요.

그런데 유독 어느 지점에 가면 하던 얘기를 뚝 끊고 입을 다물어 버리는 것이었어요. 땅이 꺼질 듯 한숨만 쉬다가 말꼬리를 다른 데로 돌리는 것이었어요. 그게 4·3이었습니다. 섬의 이곳 저곳을 정처 없이 돌아다닐 무렵 저는 제주 땅을 할퀴고 간 4·3에 대해 비교적 소상하게 그리고 구체적으로 들을 수 있는 소중한 기회를 갖게 되었는데요, 중산간 선흘이라는 마을에 위치한 낙선동이라는 조그마한 동네에서 하루를 지내면서였습니다. 마침 그 마을에 제사가 있어서 그 집을 찾아가게 되었는데 그네들이 수군거리는 이야기의 실체를 이해하는 데는 적지 않은 시간이 필요했습니다.

---

11) 연물: 제주도에서만 들을 수 있는 독특한 무악기(巫樂器)

낙선동

낙선동에선
그날의 바람을 되새기지 않는다
그래서 낙선동 사람들은
동네 제삿날 한 자리를 하더라도
비료값 오른 이야기를 주고 받고
농협 융자금 걱정이나 하면서 밤을 지샌다
그러다가 가끔씩
나지막한 목소리로 바깥세상 이야기를 할 뿐
그날의 바람에 대해선 아무 말이 없다

사십 년이 지난 지금
낙선동 성담 위로 비가 뿌리면
밤잠을 못 이루고 뒤척이는 사람이
한둘이 아니다
들창을 열고 어둠에 밀려오는 빗줄기를 보며
초점 잃은 얼굴을 하는 사람
잃어버린 얼굴을 찾아
이 오름 저 오름을 헤가르는 사람이
한둘이 아니다
국민학교 운동장에서
마을 건너 동백동산에서
산에서 들에서 길에서
외마디 소리 비명소리
흐느끼는 소리 자지러지는 소리
아이 우는 소리 초가 타는 소리
통곡소리 미친 웃음소리
하늘 무너지는 소리가 귓가에 쟁쟁인다는
그런 사람이 한둘이 아니다

물론 4·3을 저에게 직접 가르쳐준 건 현기영 선생의「순이삼촌」이었지요. 그 무렵 저는 문학과 예술에 대해서 심한 갈증을 느끼고 있었습니다. 그런 저에게 문학과 예술 그리고 제주라는 섬의 역사와 삶에 대해 큰 가르침을 준 두 분을 알게 되는 계기가 있었는데요, 그 두 분이 바로 소설가 현기영과 황석영 선생입니다. 굳이 구분하자면 한 분은 저에게 제주의 참모습을 일깨워주신 분이고 다른 한 분은 문학과 예술에 대해 눈을 뜨게 한 분입니다. 지금도 저는 그 두 분과의 인연을 매우 소중하게 생각하고 있고 자주 뵙지는 못하지만 그분들의 바람에 어긋나지 않게 살아야겠다는 생각을 가지고 있지요. 그게 문학의 바른 길이고 내가 발 딛고 선 이 땅을 진정으로 사랑하는 길이라는 생각에 변함이 없기 때문입니다.

  황석영 선생은 광주 5·18 직후에 몸을 피해 이곳으로 오셨는데요, 그분은 워낙 민들레 꽃씨 같은 분이라 당신이 가는 곳마다 변혁의 뿌리를 심어놓으시는 분이지요. 제주에서도 그와 뜻을 같이 하는 몇몇 선배들과 함께 놀이패를 꾸려, 외지 자본에 의한 제주도의 토지 투기 실태를 다룬 마당극을 하게 되었는데요, 그때 운 좋게도 저도 함께 하게 되어 저는 그분들로부터 많은 자양분을 얻을 기회를 갖게 된 것이지요. 그때가 1980년이었는데 배우로 참가한 저는 당시의 느낌을 습작으로 남기게 되고 결국 저의 등단작 중의 하나이기도 한 작품을 쓰게 됩니다.

땅풀이
뜨거운 돌밭에
두터운 발바닥 펴고
마당을 다진다
감물빛 고쟁이

억새꽃으로 하늘하늘
굶주린 섬것들 춤추게 하자
땅 팔고 사는 놈
지 에비 애미 팔아먹을 놈
맺힌 맘 풀고 풀어
서룬 맘 풀고 풀어
오방을 만들어
두 발은 문이 되고
두 팔은 울이 되고
산신님아
영주산에 올라 굽어 살피시어
백두산 하늘길 지키시라
영등님아
사면 파도 일으켜 세워
뭍에서 오는
금도깨비들 몽땅 삼키시라
돌하르방님아
사랑으로만 두 주먹 내리시고
인정으로만 고리눈 감으시라

저는 그 무렵 시 쓰기보다는 연희패 활동에 더 매료되어 있었습니다. 지금은 조금 생각이 달라졌습니다만 그때의 생각으로는 문학은 어차피 문자 매체를 통해서 대중과 만나는 것이기 때문에 간접적일 수밖에 없다는 생각이었지요. 그리고 문학이라는 것이 당시 민중 현실을 반영하기엔 너무 고급스럽다는 생각을 가지고 있었습니다. 아침 일찍 밭일 나가고 별을 보고서야 집으로 돌아오는, 아니면 칠성판을 등에 지고 죽음의 문턱을 오가면서 살아야 하는 이 땅의 민중들에게 문학이 도대체 무슨 의미일까 하는 생각이었지요. 반면 마당극은 대중과 직접 맞대

면해서 울고 웃고 놀고 싸우고 맺고 풀고 하면서 어우러지다가 함께 두 주먹 불끈 쥐게끔 하는 양식이어서 직접 그네들의 아픔과 설움 그리고 분노를 체감할 수 있기 때문이었지요.

그래서인지 등단한 이후에도 저는 거의 시를 쓰지 않았습니다. 또 자신도 없었지요. 가끔 시를 쓰는 기회가 주어지곤 했는데 주로 시위 현장 아니면 농성장에서 부탁을 하는 경우였습니다. 그런 경우는 문학성보다는 현장성이 더 중요한 요소가 되겠지요. 농성장에서 한데 어우러져 함께하다가 그 분위기를 가슴으로 느끼고는 단숨에 써내려가는 겁니다.

어머님을 위하여

어머님
오늘도 당신의 딸은 사랑하는 동지들과 함께
거리로 나서려 운동화 끈을 조여맵니다
고향집을 나설 때
골목 어귀까지 나오시며 눈물을 감추려 등을 돌리시던
그날의 가슴 아픈 기억을 보듬은 채 길거리로 나섭니다
지난 겨울은 유난히도 추웠습니다
분노와 서러움에 견딜 수 없어
매서운 눈보라 속을 헤매인 적도 한두 번이 아니었습니다
힘겨움과 두려움에 지쳐 동지들과 가슴 맞대고
울기도 참 많이 울었습니다
가진 자 배부른 자들로부터
'돼먹지 못한 년'이라는 욕설도 들었습니다
'교양머리 없는 년'이라는 치욕도 혀 깨물고 참았습니다
'다 죽여버린다'는 협박에 잠 못 이룬 밤도 많았습니다
고통받는 환자와 아픔을 같이하며
하루하루 부끄럼 없이 살자던 순백의 세월이

저들의 발쿰에 난자당한 채
바람 찬 길바닥에 내동댕이쳐지면서부터
어머님의 딸은
먹장구름 사이로 언뜻 스쳐 가는
당신의 참모습을 보았습니다
참사랑도 알았습니다
참용기도 배웠습니다
누가 허벅지의 살을 함께 나눌 동지이고
누가 어머님의 가슴에 못을 박은 적인지도
깨달을 수 있었습니다
어머님
우리들은 빼앗길 만한 모든 것을 이미 빼앗겼으므로
더이상의 눈물도 남아있지 않습니다
사랑하는 어머님
이제 어머님의 딸은 동지들의 가슴 가슴에 꽂힌
기만과 착취의 칼날을 뽑아
저들의 검은 가슴에 날카롭게 되돌려주렵니다
그때, 하늘가엔 붉은 노을이
당신의 눈웃음처럼 곱게 피어나겠지요
그리하여 우리가 하나되는 날
모든 고난과 아픔을 딛고 일어서는 그날을 위해
어머님의 딸은 모진 겨울을 이겨낸 복수초가 되어
의연하게 다시 서렵니다
무너져야 할 모든 것을 무너버리기 위해
사랑하는 동지들과 어깨 걸머메고 오늘도 거리로 나섭니다

1987년 6월 항쟁은 당시 우리들에게 많은 의미를 남겨주었습니다. 부분적인 유화 국면이 찾아온 것이지요. 제주에서도 마찬가지로 부문별 단체들이 우후죽순 격으로 창립이 되었고 저는 그 무렵 문화운동과 관련된 단체에서 일을 하고 있어서 그 단

체의 창립을 위해 분주히 움직이고 있었습니다. 그리고 84년 교사가 된 이후에 뜻을 같이하는 선생님들과 함께 교사 조직을 건설하는 일에도 뜻을 같이하고 있었지요. 89년 전교조가 건설되면서 전교조에 가입했다는 이유 하나만으로 전국에서 1,600여 선생님들이 쫓겨나는 힘겨운 상황을 맞이하게 되는데 저 또한 그 중의 한 사람으로 해직을 당하게 됩니다. 저를 바라보는 가족과 친척들의 시선이 참 견디기 어려웠습니다. 제일 마음에 걸린 사람은 다름 아닌 어머니였지요. 자식이 교사가 되어 이제 한시름 놓는가 보다 했는데 발령 받은 지 5년 만에 교단에서 쫓겨나게 되었으니까요. 제주에서는 16명의 선생님들이 해직을 당했는데 '하필이면 하고많은 선생들 중에 왜 하필이면 네가 거기 들어야 하는 것이냐' 하는 것이었지요. 해직되고 얼마 안 되어서 저는 시 한 편을 쓰고는 편지 봉투에 담아 어머님께 드렸지요.

나의 어머니

이놈아
이 철딱서니 없는 놈아
돈 없는 부모 만나
대학 마당 구경조차 못했다는 소리는
차마 듣기 싫어서
마음만 너의 가슴에 남겨 두고
보따리 하나 들고 밀항선에 몸을 실어
사흘 밤 사흘 낮
똥줄 빠지고 오장 쓴 물 뒤집어쓰면서
현해탄을 건넜다
고무공장에라도 들어가면

이 악물고 개같이 벌어보겠노라고 맘먹으면서
그 험한 바당을 건넜다
왜놈땅을 코앞에 두고
이젠 됐구나 싶어 가슴 조이는데
어디서 나타났는지 왜놈 순사한테 붙들려
오오무라 수용소로 끌려갈 때쯤엔
아이고 이놈아 하늘이 노랗더라
하도 막막해서 피눈물도 안 나오더라
두 해만에 집에 돌아와
그래도 부모 노릇은 하겠노라고
네놈 대학은 내 손으로 보내겠노라고
팔가죽 벗겨지도록 부로크 찍는 일 하면서도
희망 하나 갖고 살았다
동문시장 입구에 터 잡고 앉아
사과 궤짝 위에 감귤 서너 개 올려놓고
단돈 십 원이라도 더 벌어보려다
거리단속반원에게 쫓겨
길바닥에 나뒹구는 감귤알맹이 주워담으며
이고 지고 도망칠 때도
네놈 하나 희망으로 살았다
그런데 이놈아
어떻게 들어간 대학 마당인데
어떻게 따낸 선생자린데
초년 고생 말년 늦복이라던데
이제야 사는가 보다 했는데
이 철딱서니 없는 놈아
정교조인지 전교조인지 도대체 그게 뭐길래
그게 뭐하는 집구석이길래
네가 학교에서 쫓겨나야 하느냐 이놈아
그러니 내 뭐라고 하더냐
잘난 체 맨 앞줄에도 서지 말고

몰명허게 맨 뒷줄에도 서지 말고
가운데쯤 있다가 힘 센 쪽에 붙으라고
침이 마르도록 말하지 않더냐
그런데 네 꼴이 이게 뭐냐
누구 죽는 꼴 보려고 이러느냐 이 잘난 놈아

그날 밤 어머니는
그래도 내 배 아파 난 자식놈 믿어야지
어느 개아들놈을 믿겠냐며
이 집 저 집 밤늦도록 돌아다녀
전교조 합법화 서명용지를 가득 메우고서야
집으로 돌아왔다

　5년 만에 다시 학교로 돌아왔는데 학교는 별반 달라진 게 없었습니다. 그러나 그 기간 동안 저는 참 소중한 것들을 배울 수 있었습니다. 세상을 보는 눈이 보다 넓어졌다고나 할까요? 깊이를 잃지 않고 넓어져야 하는데 넓어지면서 얕아지지 않으려 노력은 하고 있지만 뜻대로 되지는 않는 것 같습니다. 한 가지 달라진 게 있다면 이전에 비해 문학 특히 시 쓰기에 대해 보다 애정을 갖게 되었다는 점인데요, 학교 밖에 있으면서 이런저런 글들, 그 중에서도 주로 시와 소설을 많이 접할 수 있었습니다. 그러면서 생각한 게 문학도 힘이 될 수 있다는 생각을 새롭게 갖게 되었다는 것입니다. 시대에 뒤떨어지고 감정의 굴곡이 들쑥날쑥이지만 어쨌거나 내가 낳은 새끼임에는 틀림이 없기 때문에 부끄러움을 무릅쓰고 그때까지 여기저기 흩어졌던 시편들을 모아 『어디에 선들 어떠랴』라는 제목의 시집을 하나 묶었고 이를 계기로 마당극보다는 시 쓰기에 좀더 애정을 가져야 되겠다는 생각으로 노력하고 있습니다. 제 두 번째 시집 『신호

등 쓰러진 길 위에서』의 표지글에 현기영 선생님도 지적하셨듯이 마당극이 집단의식의 치열성을 보여주는데 역점을 두고 있다면 시는 그러한 집단의식의 치열성 때문에 어쩔 수 없이 소외되기 마련인 개인의식 그리고 감정의 내면 풍경에 더 시선이 간다는 게 저의 솔직한 심정입니다. 건방진 얘기로 들릴 수도 있겠습니다만 나이가 들면서 세상과 사물을 바라보는 눈도 좀 너그러워지지 않았나 하는 생각을 해봅니다. 요즘은 학교에서 중학생들을 가르치고 있는데 그네들의 웃음소리가 참 살갑게 와닿습니다.

방울토마토

그 계집애 이름은 연봉이
1학년 7반 실장 아이
5교시 국어 시간
'문학이란 무엇인가' 책읽기 시간
24일 24번 책읽기를 시키고는
그 아이 옆을 지나가는데
그 아이 가만 책을 보다가
누가 볼세라
살짝
내 윗도리 호주머니에
손을 넣었다 빼고는
씨익
웃는다

모르는 척 돌아와
호주머니에 손을 넣는데
아,

손끝에 와닿는
그 계집애 여린 볼 같은
상기된 방울토마토 하나

3.

  두서없이 얘기를 하다보니 어느덧 저에게 주어진 시간이 다
되어가는 것 같습니다. 정리를 해서 말씀을 드리자면 저에게 있
어서 창작은 제가 걸어온 삶 그 이상도 이하도 아니라는 것입
니다. 저는 지금껏 나를 낳고 키워준 제주에 대해 무한한 고마
움과 함께 영원한 부채의식을 가지고 살아가고 있고 또 앞으로
도 그렇게 살아가리라 다짐합니다. 한때는 지긋지긋한 가난이
싫어 섬을 비우겠다는 생각에 홀로 바닷가에 앉아 망연자실하
게 바다 끝 수평선을 진물나도록 바라보았지만 결국 저는 섬
안에 남게 되었고 여기서 저 나름의 세계를 찾아 길을 나서게
된 것이지요. 섬의 상처가 곧 나의 상처이고 섬의 슬픔이 곧 나
의 슬픔이며 섬의 노래가 곧 나의 노래여야 한다는 생각으로
글을 쓰고 있습니다. 사람들은 간혹 이런 말을 하곤 하지요. 어
느 시인의 표현인데 "섬, 하면 가고 싶지만 섬에 가면 섬이 보
이지 않는다"는 말이라든가 아니면 섬을 보다 객관적으로 바라
보기 위해 혹은 섬을 보다 더 사랑하기 위해 섬을 비운다는 말
들을 간혹 듣곤 하는데요, 글쎄 저는 꼭 그렇게 생각하진 않아
요. 섬에 있어도 섬이 보이거든요. 문제는 섬과 자신을 어떻게
일체시키는가 하는 점이겠지요. 그리고 섬을 알기 위해서 섬을
사랑하기 위해서 섬을 비운다는 건 납득이 가질 않아요. 어쩔
수 없는 상황 때문에 섬을 비울 수는 있어도 사랑하기 때문에

비운다는 건 제가 보기엔 자기합리화에 불과한 것이지요. 진정으로 사랑을 한다면 어떤 어려움이 있어도 거기 그 자리에 있으면서 아픔과 슬픔과 기쁨을 함께 해야 하는 것 아닌가요? 저는 섬에서 나고 섬에서 살아온 그리고 살아갈 나날에 대해 깊은 감사를 드립니다.

저는 섬이라는 용어 대신에 여러분들에게 '우리 혹은 우리 땅, 또는 우리 민족'으로 대치시켜 다시 한번 생각을 가다듬어 볼 것을 부탁드리고 싶습니다. 우리가 섬에 있기 때문에 섬을 사랑하듯 이 땅에 살기 때문에 '나 그리고 우리, 이웃과 세계 그리고 지금 내 주위의 모든 것, 바람 한 점, 풀꽃 하나'에 대한 사랑을 가져야 한다는 것이죠. 이건 선택의 문제가 아니라고 생각합니다. 창작에 뜻을 둔 작가라면 기본 전제이자 필수 조건인 셈이지요. 그런 진솔한 생각으로 사물을 보고 세상을 바라보자는 것이지요. 그 생각들을 문자로 엮어 내고 다듬고 세상을 향해 드러내는 행위가 창작행위가 아닐까요?

아직도 저는 '시란 무엇인가?' 혹은 '시 창작은 어떻게 하는 것인가?'에 대한 모범답안을 가지고 있지 않습니다. 그 답은 어디에도 없다고 생각합니다. 제가 좋아하는 선배 시인 한 분이 계신데요, 이미 열다섯 권의 시집을 상재하셨고 진갑을 훨씬 넘기셨는데도 꾸준히 아주 열심히 창작에 몰두하시는 분입니다. 언젠가 그분이 들려준 이야긴데 당신은 한 편의 좋은 시를 쓰기 위해 끊임없이 쓴다는 것이었습니다. 그 한 편의 좋은 시는 살아생전 안 나올 수도 있는 겁니다. 문제는 그런 시인의 자세가 아닐까요? 다시 말해 좋은 시, 훌륭한 시를 찾아나선 외롭고 힘겨운 고행, 그 길이야말로 진정한 시 창작의 길이 아니겠습니까?

끝으로 시에 대한 시 한 편을 소개하면서 마치도록 하겠습니다. 끝까지 함께해주셔서 감사합니다.

詩에 대하여

그대를 만나기 위해
깊은 밤
아무도 없는
가시밭길을 걷습니다
바람과 바람이 부딪치면서
우렁우렁 하늘이 울고
둥지 속 새들은
바람과 바람 사이에서 길을 잃고
휴지조각처럼 날리고 있습니다

길을 가는 동안
단 한 사람의 옷자락도 만나지 못했습니다
무너진 사랑 때문에
그대 또한 만날 수 없으리란 걸 압니다
그래도 달리 길이 없어
상처난 짐승처럼 절며절며 그대에게 갑니다
가다가 덫에 걸려 가슴이 뚫리고
썩은 살점은 바람에 쓸리고
마른 사막에 누워 있는 하얀 낙타처럼
나 또한 풍화되고 잊혀지리란 걸 압니다

행여 넋이라도 남을 수 있다면
바람길에 구름길에 떠밀려
그대의 문 앞을 서성일 수 있다면
그대 가까이 서 있다는 이유만으로도
한없는 행복이라 여기렵니다

지상에 머물렀던 한순간
소리내어 그대를 불러보지도 못하고
다만 아련한 그대의 향내에 취해
비틀거리며 그 자리에 선 채
고목처럼 죽어
다시 고목처럼 살아도
지나온 나날들 아름다울 거라 생각합니다　●

홀로 가는 기쁜 길

박 영 희

들어가며

어떤 계기로 시를 쓰게 되었느냐고 물어오면 나는 이렇게 대답합니다.

"처음부터 끝까지 내 손으로 시작해 내 손으로 완성할 수 있어서"라고.

아마 공장생활을 경험해본 사람이라면 알 것입니다. 인형 하나, 가방 하나를 만드는 일에도 자신의 손을 잠시 거쳐 가는 곳(라인)이 있을 뿐 처음부터 끝까지는 아닙니다. 자재를 관리하는 사람이 있는가 하면, 미싱을 타는 사람이 있고, 완성품을 포장만 하는 사람도 따로 있습니다. 그러나 시는 자신이 소재를 찾아 자신이 집필하고 자신이 완성시킵니다.

어떻게 해서 시인이 되었느냐고 물어오면 나는 또 이렇게 대답을 하곤 합니다.

"내 입맛에 맞아서"라고.

아무리 좋은 일이라도 입맛에 당겨야 손을 내뻗게 되고 몸따라 마음도 함께 가는 법이라고 누군가를 사랑하는 일도 이와 같지 않을까 싶습니다. 제삼자의 입장에서 보자면 저 남자한테는 이 여자가 제격일 것 같고, 이 여자한테는 저 남자가 제격일 것 같으나 현실은 어떻습니까. 당사자들은 전혀 다른 곳에서 반려자를 선택하는 것처럼 무슨 일이든 눈길을 끄는 게 있고 입맛을 돋우는 게 있어야 숟가락을 들지 않을까요? 시의 감동도 사랑의 감동도 여기서부터 출발합니다.

그러기 위해선 무슨 일이든 자신감을 가져야 합니다. 설사 그 답이 오답일지라도 자신 있게 말할 줄 아는 사람이 넘어져도 먼저 넘어지고 아픔도 먼저 겪는 법입니다. 문학사를 보더라도 그런 시인들이 더러 있잖습니까. 남 듣기 좋은 말만 가려서 하느라 기회주의적인 인물로 변신하고 마는. 요즘 한참 주가를 올리고 있는 축구를 예로 들어보겠습니다. 축구선수 중에서 나는 망나니 기질을 가진 고종수나 이천수를 좋아합니다. 감독 눈에는 가시 같은 존재일지 모르나 그라운드에 들어선 그들의 발놀림을 한번 눈여겨보십시오. 공을 두려워하거나 상대선수를 두려워하지 않습니다. 돌파를 해야 할 순간이 오면 저돌적입니다. 자신을 내던질 줄 아는 플레이를 펼쳐 보이지요. 아마 여기에 이르기까지는 숱한 시행착오와 귀에 못이 박히도록 잔소리를 들어야 했을 것입니다. 이것을 우리는 자신만이 지닌 칼라라고 말합니다.

그렇습니다. 시인은 조금 독보적인 존재일 필요가 있습니다. 플라톤이 지적한 모방이라는 것이 흉내를 내거나 베껴 쓰는 것만이 전부가 아닌, 시의 장르에서도 지적의 대상이 되는 것처럼 열 명의 시인이 하나같이 서정시만을 쓴다고 가정해 봅시다. 예술의 다양성은 고사하고 몇 날 지나지 않아 시의 생명성마저 존폐위기에 맞닥뜨리게 될 것입니다. 그런 만큼 독보적인 존재가 많을수록 시의 다양성은 충만해진다고 할 수 있습니다. 크레

파스의 색깔을 보더라도 기본인 12색이 있는가하면 24색이 있고, 36색이 있지 않습니까. 자신만의 칼라를 갖는다는 것은 이를 두고 하는 말입니다.

반항이 아니었다 저항이었다

초등학교 시절을 돌아보면 아름다운 기억보다는 울분의 기억들이 더 많습니다. 사흘이 멀다하고 주사(酒邪)를 부리는 아버지가 그 원인이었습니다. 마을 입구 점방에서 술을 마시고 있다는 전갈이 날아오면 어머니는 서둘러 밥부터 짓곤 하셨는데, 아버지가 집에 당도하기 전 자식들에게 밥을 먹여 피난을 보내기 위해서였습니다. 그런 아버지를 둔 덕에 하루는 작은아버지 집에서 깨어나 학교에 가고, 또 하루는 동무 집에서 깨어나 학교에 가고…… 그마저도 걸음이 떼어지지 않는 날이면 볏짚을 쌓아둔 곳이나 담배밭에 숨어들어 동생과 한뎃잠을 자기 일쑤였습니다.

4학년 봄으로 기억됩니다. 학교에 비치된 초록색 표지의 위인전기에 흠뻑 빠져있던 나는 장군들의 용맹스러움에 그만 간뎅이 부은 경험을 한 바 있습니다. 술 취한 아버지가 하나도 겁나지 않았다고 할까요. 물러서면 물러설수록 적의 기세가 하늘 꼭대기에 닿고 만다는 사실 앞에 봉착하게 된 것입니다. 틈을 주고있기에 공격은 일방적일 수밖에 없다는 사실을 그제야 깨달은 것이지요. 그러나 싸움의 상대는 같은 급수가 아니었습니다. 체격은 차치하고라도 아버지 앞에 자식이란 그저 한 발 물러서는 게 도리이고 두 무릎 꿇는 것이 세상의 이치였던 것입니다.

주막을 들러온 아버지가 대문 안으로 들어선 건 아버지를 제외한 온 가족이 자취를 감춘 뒤였습니다. 나는 아버지가 방문고리를 잡아당기도록 똬리를 튼 뱀처럼 윗목에 무릎을 괴고 앉아 꼼짝하지 않았습니다. 순간, 마흔 중반인 아버지의 두 눈에 핏발이 차올랐고 급기야 당신의 손아귀에 초등학교 4학년짜리의 가녀린 멱살이 움켜쥐어졌습니다.

"이런 못된 놈 같으니라고……! 니가 이 애비를 이겨보겠다 이거냐?"

그것은 매질이 아니었습니다. 손찌검도 아니었습니다. 한 시간이 넘도록 계속되는 아버지의 폭력에 하체가 마비되고, 생똥을 쏟아내고…… 위인전기 몇 권 덕에 던진 도전장치고는 참담했습니다. 사흘 내내 피똥을 쏟아야 했고 출석부에 일주일 남짓 붉은 줄을 그어야 했으니까요.

이와 같은 사건을 처리할 때면 사람들은 부모와 자식 간이라는 잣대를 내밀어 반항이라는 단서를 달기 즐겨하나 나의 입장은 다릅니다. 그것은 분명 저항이었습니다. 그것도 폭력 앞에 비폭력으로 맞선. 물론 얻은 것도 많았습니다. 폭군은 원래부터 존재하는 것이 아니라 피하거나 방관함으로 인해 만들어지는 것처럼 그와 같은 생똥참사를 두어 차례 더 겪고 나서였습니다. 칠남매 중 나한테만큼은 아버지의 폭력이 눈에 띄게 사라지고 없었습니다. 나중에야 위인전기에서 읽었던 문구들보다 세세한 문장들을 발견하게 되었지만 그중 "두려워 말라, 그 길이 옳다고 느껴지거든 봄바람이 아닌 겨울바람으로 맞서라."는 메시지는 한 자루 비수였습니다. 초등학교 시절의 꿈이 바뀌지 않은 것도 아마 그런 연유에서 비롯되었을 겁니다.

새로운 담임이 바뀔 때면 약방의 감초처럼 한 시간을 채우는 수업이 있습니다. 그것은 다름 아닌 앞으로 자신이 무엇이 되겠다는 꿈의 발표시간입니다. 장관을 시작으로, 교사, 축구선수, 간호사에 이르기까지 그야말로 꿈같은 직업들이 약속이나 한 듯 빤하게 쏟아져나오지요. 그러나 졸업하도록 내 꿈은 변함이 없었습니다. 호랑나비벌레를 두어 달 관찰한 공로로 도교육감 상을 받았던 4학년 때도 열차승무원이었고, 전교부회장이라는 감투를 쓰고 있을 때도 마찬가지였습니다. 동무들의 빈정거림과 야유 섞인 비웃음에 앞서 나는 어디론가 멀리, 아버지로부터 멀리 떠나는 게 내 꿈이자 소원이었습니다.

나이가 어리면 어린 대로, 많으면 많은 대로 자신의 생애 중에서 못처럼 박힌 시간들이 한두 날은 있으리라고 생각됩니다. 나에게도 그와 같은 페이지가 하나 있습니다. 초등학교 졸업을 앞둔 그 전후가 그랬습니다. 중학교 입학 좌절이 그것이었지요. 여섯 명의 남자동무들 중 유독 나만 그 좌절을 곱씹어야 했는데, 지금도 내 발등을 볼 때면 그날의 상흔이 가슴 저리게 다가서곤 합니다. 중학교 입학 좌절과 함께 낫 끝으로 찍어버린 자해의 흔적 때문입니다. 인가가 나지 않은 삼향재건중학교를 중도에 하차해버린 기억도 씁쓸한 한 페이지라면 한 페이지라고 할 수 있겠습니다.

견디기 힘든 고비가 있으면 솔바람 솔솔 불어오는 고갯마루도 있다고 했던가요. 학교생활에 흥미를 잃어버린 나는 고등학교에 다니고 있는 형을 둘이나 둔 친구네 집을 들락거리기 시작했습니다. 첫사랑이니 순애보니 하는 문고판 때문이었습니다. 문제는 세상에 공짜란 없다는 사실입니다. 그 친구도 형들 몰래 빌려주는 도적질인지라 손바닥만한 책 한 권 빌려 읽는 일도 그만한 대가가 지불되어야 했습니다. 적어도 그 친구한테만큼은 순종과 복종이 뒤따라야 했지요. 가령 소꼴을 베러 가면 꼴망의 반은 내 낫질로 채워져야 했고, 내키지 않더라도 토끼몰이나 싸이나 꿩잡이를 가자고 할 때면 변명의 여지없이 따라나서야 했습니다.

그러나 즐겁고 기쁜 문고판의 시간도 오래가지는 못했습니다. 뭔가 켕기는 게 있어 돌아보면 뒷덜미가 잡혀 있다고, 다 읽은 책을 반납하러 가는 길이었습니다. 친구네 아버지의 성난 목소리는 대문 안으로 들어서려는 내 발목을 오래도록 붙들어놓았습니다. 초저녁 하늘이 노랗게 일렁이더니 온몸에 힘이 쭉 빠져버렸습니다. 친구의 아버지가 바라본 나의 존재란 일반중학교도 안 다니는 천한 것이었고, 그런 나와 놀아난 친구의 형벌 또한 가혹하기 그지없었습니다.

양계장 하던 자리에 공화당 국회의원 강 아무개가 학교를 세워 닭장학교라며 심심풀이 땅콩으로 씹히던 한 재건학생의 수난은 거기에서 그치지 않았습니다. 그러니까 자신이 다니는 학교에서 단체로 영화관람을 한다는 토요일 오후였습니다. 큰여자 작은여자 해서 두 여자를 거느리고 사는 아버지의 가혹한 형벌에도 불구하고 손을 내미는 친구의 우정에 합승버스를 타고 약속장소인 호남극장 앞에 도착해서였습니다. 매표를 하려는 순간 이번에는 굴욕감에 사로잡혀야 했습니다. 반달 모양의 매표소 안으로 학생증과 함께 반액의 할인요금을 밀어넣자 되돌아오는 것이 아닙니까. 이유를 알고 보니, 삼향재건중학교는 인가가 나지 않아 할인이 안 된다는 게 매표를 하고 있는 여직원의 설명이었습니다.

어떻게 그런 일이……! 그것은 무서움이 아니었습니다. 두려움도 아니었습니다. 나를 향한 동년배들의 눈빛은 말 그대로 바늘 끝이었습니다. 모든 것은 거기에서 끝이 났고, 나는 심심풀이 땅콩으로 씹히던 닭장학교를 버려야 했습니다. 더는 버림받고 싶지 않았고 더는 모욕감에 무릎 꿇고 싶지 않았습니다.

팍팍한 서울길

> 왼종일
> 낫으로 마당을 파다
> 손등을 찍어버리고 싶은 날이었다
> 어머니의 고쟁이처럼 지저분한
> 가난, 갈가리 찢어
> 없애버릴 것이라고
> 용산행 열차를 탔던 날이었다
> 지붕섶에 모아둔 머리카락으로
> 열다섯 살 손주에게 엿을 사주고
> 어머니 몰래 마늘을 들고 나가
> 아이스께끼를 사주었던
> 눈물 나는 기억들을 모조리 들고
> 할머니가 밭으로 나간 날이었다
> 소꼴을 베어오라며 쥐어준 낫으로
> 가난한 아버지와
> 가난한 어머니,
> 까만 교복 입은 친구들을
> 소꼴 베듯 싹둑 베어
> 꼴망에 처박아 넣고 싶은 날이었다
>   —「고향 떠나던 날」 전문

두고 가는 것도 없건만 내키지 않는 발길이었습니다, 서울길

은. 그럴 수만 있다면 나도, 그런 기회가 한번만 주어진다면 나
도 친구들처럼 엄마가 해주는 새벽밥 먹고 도시락 싸서 통학열
차 타러 가고 싶었습니다. 집으로 돌아오면 보란듯이 빈 도시락
내밀고 싶었습니다.

우리 아버지 자식이라고 낳아
뼈빠지게 일만 시켰네
포도시 국민학교 졸업시켜준 것
가만 따져보니 공짜공부 아니었네
점방에 가 외상술 받아오고
할메 죽어 부고장 돌린 것쯤이야
서비스로 친다고 하더라도
열 살에 낫 들기 시작해 졸업하도록
그 낫 놓은 적 없네
들에 산에 풀들 돋아나기 시작하면
반공일도 왼공일도 없었네
거기에다 토끼까지 대여섯 마리 얹혀
소꼴 따로 토끼밥 따로였네
그것도 부족해 겨울이면
진절머리 나도록 소죽 쑤었네
어디 그뿐인가
모 심는 날이면 학교는 뒷전
왼종일 모쟁이노릇 해야 했고
마늘 캐면 마늘 캔다고 결석
고구마 캐면 고구마 캔다고 결석
잎담배 하던 몇 해는
입에 쓴내가 나도록 야간작업까지 했네
오죽했으면 내 소원 성들처럼
얼른 중학교에 들어가는 것이었을까
새벽밥 지어먹고 통학열차 타러 가

뉘엿뉘엿 해가 저물어야 돌아오는
성들, 사무치게 부러웠네
허나 그 꿈마저 물거품 되고 말았네
아버지는 밥걱정 없어도
나는 밥 찾아 아버지 집 떠나야 했네
품삯 한푼 제대로 못 받고 쫓겨나
용산역에 내려보니 삼천칠백사십 원뿐이었네
　　ㅡ「산술로 쳐보니」 전문

「고향 떠나던 날」은 1980년대에 쓰여진 시이고, 「산술로 쳐
보니」는 1990년대에 쓰여진 시입니다. 한 편의 시에는 걸러지지
않은 듯한 낮의 분노가 고스란히 살아있고, 다른 한 편의 시는
씁쓸한 유년의 기억들과 함께 세세한 것들이 산술적이고 점층
적으로 제시되어 있습니다. 나는 두 편의 시를 십년 간격으로
쓰면서도 나만의 언어와 나만의 칼라를 먼저 생각했습니다. 누
구나 쓸 수 있는 시라면 얼마나 재미없겠는가, 이런 생각을 한
것이지요.

　여기에서 내가 말하고자 하는 것은 시어(詩語)와 퇴고입니다.
많은 사람들이 시어에 대해 곧잘 말을 하는데 글쎄요, 나의 견
해는 좀 다른 것 같습니다. 결론부터 말하자면, 시어라는 게 따
로 없다는 것이 나의 주장입니다. 시어를 따로 내세우다보면 시
를 쓰는 것이 아니라 그리게 되고, 한 편의 시가 완성도 전에
은유니 비유니 상징이니 하는 것들에게 먹혀들어 미로의 연속
이 되어버린다고 할까요. 아마 정형시라면 가능할지도 모르겠습
니다. 그리고 시의 완성이란 고치고 또 고치는 퇴고에 있음을
부정하진 않습니다. 그러나 이 또한 시의 편편에 따라 다른 양
상을 보이기도 합니다. 제시어는 될 수 있어도 답안지가 될 수
는 없다는 뜻입니다. 울컥 토해져 나오는 구토에도 수정빛 진솔

함이 배어 있기 때문입니다.

열다섯 살 봄부터 시작된 서울살이는 가방 챙기느라 바빴습니다. 신문배달원이 되어 있는가하면 신문팔이로 돌변해 있었고, 공돌이라는 이름표를 달고 있을 때도 여러 차례였습니다. 다섯 해 가까운 시간 동안 무려 열여섯 곳의 직장을 옮겨다녀야 했지요. 물론 적응을 못해서 그런 건 아니었습니다. 어느 곳을 가더라도 운영자들은 내가 순종하길 바라며 남들처럼 시다에서 기술자로 발돋움하길 바랐으나 내 입장은 달랐습니다. 착실하게 기술 배워 돈을 모으는 것이 아니라 공부를 하는 것이었습니다.

그 직업들 중에 신문배달은 나를 새로운 세계로 안내해주었습니다. 신문배달에서 그치지 않고 12면에 담긴 세상을 읽어내리기 시작한 것입니다. 열일곱이라는 나이에 정치와 사회, 경제와 문화를 어렴풋하게나마 습득해나가는 계기를 마련했다고 할까요. 문화면을 통해 알게 된 릴케와 예이츠에 이어 랭보를 알게된 것도 그 무렵이었습니다. 말이 되는 것 같기도 하고 말이 되지 않은 것 같기도 한 아리송한 시편들도 시편들이지만 아쭈(아쭐) 랭보[12]에게 후한 점수를 준 건 그의 치기어린 삶 때문이었습니다. 또 하나는 학력이었습니다. 그 당시만 해도 나는 대학교를 나와야 시인이 되는 줄 알았습니다. 하지만 랭보는 그러한 조건들을 비웃기라도 하듯 검은 것은 A요, 흰 것은 E요, 붉은 것은 I라며 모음들을 불러모아 조롱하는 것이었습니다. 그 어린 나이(?)에 이미 자신의 세계를 구축한 뒤 자신만만해져 있었지요.

시를 쓰다보면 누구라도 몇몇 시인을 만나게 될 것입니다. 그런 다음 한두 시인을 가슴에 품기도 할 것입니다. 나에게 랭보

---

12) 아쭈(아쭐) 랭보 : 아르튀르 랭보 / 편저자 주

가 그랬습니다. 나는 그 어떤 시인보다 랭보가 부러웠습니다. 뭔가를 휘익 갈겨쓴 것도 그렇거니와 세상을 향해 비웃음을 던질 줄 아는 그만의 싸가지 없음이 흉내 내고 싶을 정도로 매력적이기도 했습니다. 순리와 순종을 통해 질서를 낳을 순 있겠으나 피 뜨거운 감동을 낳는 일이란 불가능하지 않을까요? 늘 입버릇처럼 하는 말이지만 비유니 상징이니 하는 것에 너무 목매지 말라는 당부도 그런 뜻에서 내뱉는 것인지 모릅니다. 문학은 교과서가 아닙니다. 누군가 시에 대해 눈을 뜨게 해주면 그 다음부터는 홀로 길을 가야 합니다. 그래야 모방의 그늘에서 벗어나 타성에 젖지 않고 치열함을 가질 수 있습니다. 호랑이 어미는 젖을 뗄 때가 오면 일부러 새끼들을 버린다고 하지 않습니까.

　설사 그 존재가 스승일지라도 버려야 할 때가 오면 버리십시오. 이것은 이렇고, 저것은 저렇다는 식의 제도적 방식에 갇히지도 마십시오. 시는 경계를 넘나드는 지점으로부터 날개를 달 수 있고 새로운 지평을 열어보일 수 있으며 감동을 발산할 수 있기 때문입니다.

　또한 공장에 나가 하는 일이나 시를 쓰는 일이나 별반 다르지 않습니다. 아무리 명석한 두뇌의 소유자라도 처음부터 잘 하는 사람은 없습니다. 견습기를 거치듯 습작기를 거치게 마련이고 숙련공이 되기 위해서는 그만한 시간과 노력, 대가를 치러야 합니다. 문제는 다들 거쳐간 숙련공의 자리가 전부가 아니라는 사실입니다. 만약 그 지점에서 자신의 손놀림이 멈춰버린다면 자신은 평생 누군가 거쳐갔던 봉급쟁이로 남아 있어야 할 것입니다. 백퍼센트의 완성이란 불가능한 일이듯 길은 언제고 열려 있습니다. 자신만의 노하우를 찾아내야 하는 일처럼 창작 또한 거기서부터입니다. 그가 설사 이 바닥에서 내로라하는 숙련공일지라도, 걸작을 써낸 작가라고 할지라도 자신이 비집고 들어갈 틈새는 있는 것입니다. 그것이 바로 창작의 길이요, 시가 살아남을 수 있는 길이요, 저 시인과 내가 칼라를 달리할 수 있는 길입니다.

고입·대입검정고시 합격에 이어 시의 길로 접어든 건 눈먼 사랑에서 비롯되었습니다. 어느 수녀님이 그 주인공이었지요. 시내버스에서 만난 수녀님과 신문배달원의 편지는 사흘이 멀다 하고 동대문과 보문동을 오갔고 읽는 작업에서 쓰는 작업으로 전환되고 있었습니다. 한 해 동안 주고받은 편지를 원고지로 환산한다면 아마 사오천 매는 족히 되었을 겁니다. 한 통의 편지를 주고받을 때마다 대여섯 장의 편지지가 들어 있었으니까요.

내 생의 전부를 바칠 수 있었던 수녀님이 서독으로 떠나기 전날 밤이었습니다. 공중전화 수화기를 통해 들려오는 수녀님의 한마디는 내 인생의 진로를 바꿔놓았습니다.

"그동안 편지를 주고받으면서 느낀 거지만 아오스 딩은 앞으로 시인이 되었으면 좋겠어. 내가 보기에 그쪽으로 소질이 있는 것 같아서……."

시인이 되기 위한 첫발은 엉뚱하게도 그렇게 내딛어졌습니다. 사생아나 다름없는 내 삶에 온기를 불어넣어 주고, 인간으로서의 모습을 저버린 적 없고, 거기에다 신앙까지 안겨준 소중한 이의 당부에 무엇인들 못 할까요. 따뜻한 사람 하나 가슴에 품고 나니 부러울 것이 없었습니다. 내가 가고자하는 길이 어떤 길음을 미리 알아내고 그 길을 안내해주는 이가 있다는 것은 열에서 아홉을 잃어도 콧노래를 부를 있을 것 같았습니다.

그 짧은 시간의 변화

다섯 해만에, 떠났던 고향을 찾아 돌아왔으나 달라진 건 아무 것도 없었습니다. 진실하다는 흙이라는 것이 그랬습니다. 저는 진실할지 모르나 그 농부의 자식들은 종종 한이 맺히기도 했습니다. 저놈의 밭, 저놈의 논이 마치 작은여자한테 남편을 빼앗긴 본처의 탄식처럼 내뱉어지곤 하였지요.

다섯 해만에 찾은 고향의 현실이 그렇다고 하더라도 대학진학을 위해 품은 꿈만큼은 접을 수가 없었습니다. 사나흘을 집에서 보낸 뒤 나는 사설 독서실을 찾아가 보았습니다. 그러나 돌아오는 발길은 허탈했습니다. 하숙비에는 못미쳤으나 먹고 자고 하려면 가진 돈으로는 어림없는 일이었습니다. 그나마 어수선한 시국에 광주의 5월항쟁 뒤끝이라 독서실마저 밤 10까지로 자물쇠가 채워져 있었습니다.

20원짜리 시립도서관을 다니는 일도 순조롭지만은 않았습니다. 기술을 배워야 밥 먹고 산다는 변함없는 아버지의 주사와, 누가 뭐라고 하든 이제 나는 내 길을 갈 수밖에 없다는 아들의 옹고집 분쟁은 하루도 편할 날이 없었습니다. 여러 차례 책상이 부서지는가하면 도서관에서 빌려온 책들이 갈기갈기 찢겨지고…… 8개월간의 분쟁은 6킬로그램의 몸무게를 잡아먹으면서 그 막이 내려지고 있었습니다. 천만다행인 것은, 도서관을 다니던 중 문학의 스승이나 진배없는 임화를 만난 일이었습니다. 월북 시인 몇을 함께 묶은 불온한 선집이었는데 랭보가 내 몸에서 빠져나간 건 이미 예비된 순서였는지도 모릅니다. 이제야 스승이 밀물로 들자 벗은 썰물처럼 빠져나간 것입니다.

현해탄을 안고 부산으로

아무러기로 청년들이
평안이나 행복을 구하여
이 바다 험한 물결 위에 올랐겠는가?

첫번 항로에 담배를 배우고
둘쨋번 항로에 연애를 배우고
그 다음 항로에 돈맛을 익힌 것은
하나도 우리 청년이 아니었다.

청년들은 늘
희망을 안고 건너가
결의를 가지고 돌아왔다.
그들은 느티나무 아래 전설과
그윽한 시골 냇가 자장가 속에
장다리 오르듯 자라났다
   —임화의 시 「현해탄」 중에서

청년! 말만 들어도 가슴 뜨거운 이름이었습니다. 공돌이가 아닌, 임화의 청년을 향한 당부는 눈시울을 붉히고도 남았습니다. 임화는 말하고 있지 않습니까. 자신의 평안이나 행복을 구하기 위하여 아무려면 청년들이 그 험한 현해탄 물결 위에 올랐겠느냐고요. 그랬습니다. 임화의 「현해탄」은 나에게 희망이자 결의였습니다.

아는 이 하나 없는 부산을 찾아 고향을 뒤로할 때 지닌 건 아무것도 없었습니다. 이고 온 쌀을 역전 곡물점에 팔아 건네준 어머니의 팔천오백 원과 임화의 현해탄이 전부였습니다. 하지만 임화의 청년과 어머니의 팔천오백 원은 내게 있어 다보탑으로 거듭났습니다.

> 밤이 지치도록 달려와 용산역에 내리니
> 열다섯 살 초라한 손바닥에 남은 삼천칠백 얼마
>
> 고스란히 밑통 석 달 접어주고 받은
> 첫 봉급 사천육백 얼마
>
> 검정고시 합격과 함께 펼친 면서기 공부마저 접고
> 아는 이 하나 없는 부산으로 또 떠나갈 때
> 목포 역전 앞 곡물점에 쌀 팔아 건네준
> 어머니의 팔천 얼마
>
> 야학선생 자취방이라고 찾아왔다가
> 플라스틱 숟가락통에 몰래 넣고 간
> 현숙이의 삼천 원
>
> 잊히지 않는 액수들입니다
> 십 원짜리 동전에 새겨진
> 나의 구릿빛 다보탑입니다
> ─「나의 다보탑」 전문

시를 쓰는 일이 그렇습니다. 기뻐도 노래가 되고, 슬퍼도 노래가 되고, 아파도 노래가 됩니다. '슬픔'이라는 제목으로 열 편도 쓸 수 있고 스무 편도 쓸 수 있는 게 시입니다. 중요한 건 자신을 숨기지 않는 진솔함입니다.

나는 시를 쓸 때 시와는 멀리 있는 사람들을 먼저 생각하는 버릇이 있습니다. 시라는 것이 너무 고상해서 일찌감치 담을 쌓아버린 사람들이지요. 그래서 가방끈 짧은 그 사람들한테까지

다가설 수 있는 시를 쓰고자 나름의 노력을 합니다. 알아듣기 쉽게 쓰려고 하고 질서정연하지 못한 야생화들을 그대로 피워 놓기도 합니다. 그들의 삶을 무시해버린다면 죄 받을 것 같아서입니다. 문학이 무엇입니까. 시가 무엇입니까. 홀로 가는 길에서 시를 쓴다는 건 공유가 있어야 합니다. 내 노래가 이 사람한테도 스며들고 저 사람한테도 스며들어 모두의 노래가 되는 것입니다.

서독으로 떠난 수녀님의 당부대로 부산에서의 일곱 해는 등단과 첫 시집, 민중과 사상, 대학 도강(盜講)과 야학이라는 새로운 것들이 나와 함께 삶을 꾸려나갔습니다. 물론 하나의 원칙은 있었습니다. 그 어떤 경우라도 시 쓰는 일 외에 가진 직업을 본업이라고 생각한 바 없듯 일용직 일을 하더라도 일주일에 나흘로 못을 박았습니다. 그 정도의 노동값이면 한 달 방세 주고 세 끼 밥 먹고 하는데 부족함이 없을 것 같아서였습니다. 나머지 사흘은 내 삶을 사는 데 투자했습니다. 문학만이 아닌 철학, 인문학, 사회과학에도 관심을 갖기 시작했고 시를 쓴다는 건 곧 세상과 더불어 살기 위함임을 알게 되었습니다. 나아가 시와 사상이 만나는 순간이기도 했습니다.

시에 대한 두려움을 느낀 건 1987년 첫 시집을 발간하고서였습니다. 누구나 쓸 수 있는 시를 반복하듯 썼다는 것이 부끄러웠고, 이 한 권의 시집이 어떤 역할을 할 수 있을까하는 문제에 맞닥뜨리게 되자 빠져나올 통로가 보이지 않았습니다. 누가 알아주든 알아주지 않든 적어도 나만의 역할은 있어야 했던 것입니다.

반년 남짓 고심하던 끝에 나는 세 개의 주사위를 밥상 위에 올려놓았습니다. 하나는 뱃놈이 되는 것이었고, 다른 하나는 막

장을 기는 것이었고, 나머지 하나는 백정의 이야기를 시로 써내
는 것이었습니다. 한국의 시문학사를 점검한 뒤의 일이었습니다.
한결같이 꽃이나 피워내고, 서정성에나 사로잡혀 깐죽거리는 모
양새들이 못마땅했다고 할까요. 일찍이 나는 남의 시에 고개를
길게 늘어뜨린다거나, 유명해지고 싶다거나, 어떤 경쟁에서 고
지를 탈환하고자 하는 것들을 버린 지 오래입니다. 반면 이 땅
의 시문학에 어떤 시가 정말 필요한지, 그걸 먼저 점검하는 쪽
입니다. 그것만이 시인됨의 역할이라고 믿기 때문입니다. 고심
끝에 내가 선택한 주사위는 두 번째 것이었습니다.

가자, 사북으로

열다섯에 찾은 서울이 내키지 않은 곳이었고, 스무 살에 찾은
부산이 고향으로부터 먼 발길이었다면, 사북은 시를 위해 스스
로가 선택한 유일한 곳이었습니다. 지방노동청을 다녀온 나는
일곱 해 동안 나를 먹여주고 재워주고, 사람답게 사는 일이 어
떤 것인가를 가르쳐준 부산에서의 삶들을 말끔히 정리했습니다.
시인의 길을 위해 선택한 곳으로 떠나는 길인 만큼 새 술은 새
부대에 담고 싶었습니다.

어느 곳을 가더라도 선택한 길에서는 아는 이가 없을 수밖에
없듯 팔도의 잡놈들이 모여 산다는 사북의 첫인상은 을씨년스
러움 그것이었습니다. 생사가 맞닿아 있는 만큼 개개인의 이기
주의 근성도 한눈에 들어왔습니다. 탄광촌이라는 곳이 잠시 머
무는 동안 한밑천 잡으면 바람처럼 사라지는 탓인지도 몰랐습
니다. 그래서 나는 광부가 되기 위한 기초교육을 4주간 받은 뒤

광부가 되도록 섣불리 펜을 들 수가 없었습니다. 숙소마저 해발 팔백 고지에 자리잡고 있어서 읍내를 내려가는 일 또한 쉽지가 않았습니다. 밤 12시에 들어가는 병반작업이라도 걸려야 다음날 아침 한숨 붙인 뒤 사북 읍내를 어슬렁거릴 수 있었습니다.

다행히도 첫 수확은 후산부로 막장을 긴 지 두어 달 만에 울음보를 터트렸습니다. 나는 그 수확물을 계간 실천문학(1989년 여름호)에 선보일 수 있었습니다.

문신과 전과와
지난 과거들이 뒤엉킨 합숙소

잠이 덜 깬 밤 11시의 몸뚱이를
차가운 세숫물에 씻어낸 우린
상처가 채 아물지 않은 맨주먹으로
잠든 태백산을 흔들어 깨우며
해발 820미터 숙소를 내려간다

뒤돌아보지 못하고
뒤돌아보지 못하고
선산부 조씨의 뒤를 따라
죽어도 안전제일의 이마등을 켜고 막장으로 향한다
키가 큰 놈들은 받히기도 하면서
경적도 없이 달려드는 광차를 피하기도 하면서
헛생각에 헛발을 내딛기도 하면서
개목숨 살려보려고 막장으로 향한다
돈을 캐러 왔다는 태범이 형도
별이 세 개라던 규만이 형님도
　—「탄광으로 가는 길」전문

오래 전에 쓴 시라 그런지 어딘가 모르게 어색하고 거친 구석들이 눈에 보입니다. 조급한 마음 탓이 아닌가 싶습니다. 그렇습니다. 이러한 시편들이 있기에 자신의 부끄러움을 발견할 수 있고 더 진솔하고 충실한 시를 쓰고자 밤이 깊어 가는 걸 잊기도 할 겁니다. 한 편의 시는 얼마나 명료한 거울입니까. 그리고 얼마나 냉정한 생명체입니까.

나는 시가 더없이 따뜻한 것이기도 하지만 냉정하기 그지없는 것이라고 봅니다. 내가 시의 옷을 벗기기 전에 시가 나의 옷을 발가벗겨버린다고 할까요. 사랑했던 여인은 떠나가는 발길에도 눈물을 떨구지만 자신이 쓴 시는 다릅니다. 워낙 냉정한 것이어서 함께 울어주지도 아파해 주지도 않습니다. 또한 시는 한 순간도 틈새를 주지 않습니다. 완성도를 부르짖으며 가장 이기주의적인 존재로 돌변해버리지요. 그렇기에 노래를 위한 시보다는 자신의 손을 떠나고 품을 떠났을 때 홀로 설 수 있는 시, 그 시가 좋은 시라고 할 수 있겠습니다. 종국에 가서 보면 시란 자신을 살려내기도 하지만 자신을 처참하게 무너뜨리는 존재이기 때문입니다. 뭐랄까요, 집요한 자, 끝까지 자신을 붙들고 놓아주지 않는 자, 몇 날 며칠이고 자신과 뒤엉켜 똬리를 틀 줄 아는 자를 시는 주인으로 섬긴다고나 할까요.

사람이 모여 사는 곳에는 이야기가 있고 역사가 있습니다. 그런 만큼 역사를 절대 크고 거대한 것으로 보지 마십시오. 정치에 맡기지도 말고 전문가들에게 맡기지도 마십시오. 적어도 시인이라면, 시인이 되고자한다면 역사는 자신으로부터 시작된다는 것을 일상에서 터득하고 느껴야 합니다. 가장 못된 형벌은 방관하는 것에서부터 시작된다고 하지 않습니까. 시인은 방관자가 아닙니다. 방관자가 되어서도 안 되고, 방어자가 되려고 해서도 안 됩니다. 시인에겐 끝없는 도전만이 있을 따름입니다. 비록 손바닥만한 한 편의 시이지만 단편에서 그치지 않고 전체성을 갖는다는 것은 이를 두고 하는 말입니다.

우리는 죽는 그날까지 결과가 아닌 과정이라는 그 여정에 머물고 있다고 했습니다. 시를 쓰되 말초신경이나 건드리는 시에 눈을 빼앗겨선 안 되겠습니다. 사물(四物) 중에서도 징은 사람을 모으는 작업을 하고, 북은 먼 곳에 알리는 작업을 하고, 꽹과리와 장구는 흥을 돋우는 역할을 이행하듯 자신의 역할에 대해 먼저 고민해야 합니다. 징의 명징함, 북이 지닌 울림, 장구와 꽹과리가 지닌 소낙비 근성이 우리가 모여 사는 울타리 안에 함께하기 때문입니다. 쇠와 가죽의 조화, 그 안에 민족과 민중의 숨결이 더운 김으로 피어오르는 까닭입니다.

사북은 나에게 많은 것을 보여주었고 가르쳐주었습니다. 더는 갈 곳 없어 버림받은 인생들이나 다름없는 사람들과 함께 숨쉬며 사는 것만으로도 시가 될 수 있었습니다. 이 땅의 역사가 산맥을 뼈대로 거슬러오른다면 광부들의 역사는 고개의 역사라고 할까요. 통리고개를 시작으로 싸리재고개, 화절령에 이르면 한 세기에 가까운 탄광촌의 역사가 밭은기침을 해대곤 했습니다. 특히 식민지시대의 징용에 이어 1980년 사북항쟁은 시를 쓰는 나에게 풀어나가야 할 과제물로 남아 있습니다.

열아홉 나이로
이 고개 못 넘고
검은 땅에서 피 쏟으며 죽었다더니
아, 그것이
니뽄 제국주의 징용병
우리 아버지였네

그 아들
물려받은 가난 앞세우고
아버지 넘었던 이 고개 넘어
살려고, 살려고 발버둥쳤건만
울면서도 못 넘네
기어서도 못 넘네
 ―「통리고개」 전문

　광산들이 문을 닫고 카지노가 들어섰다고 해서 탄광촌이 막을 내린 것일까요? 아닙니다. 문학의 생명, 시의 생명은 끝이 없습니다. 조정래의 『태백산맥』을 한번 보십시오. 나이 쉰줄에 접어들어 시작한 작품이지만 반세기가 지난 동족상잔의 비극을 다루고도 독자들과 함께 있지 않습니까. 신동엽의 『금강』은 한국문학의 서사시로서 그 생명성을 지켜내고 있지 않습니까.
　사람의 목숨은 잠깐이나 예술의 생명은 영원하다고 했습니다. 그런 의미에서 조급할 필요도, 서둘러서도 안 되겠습니다. 시인은 먼 길을 가는 사람입니다.

　어디를 가든 떠난다 생각지 마라 누군가에게 돌아가는 길이라
고 마음먹어라 그러면 어딜 가더라도 밤길 따뜻할 테니

　길은 그렇게 가는 것이다
　먼 길은
　―「청운스님」 전문

나오며

한번쯤 자신에게 물어보십시오. 나는 왜 시를 쓰려고 하고, 시인이 되고자 하는지에 대해서. 자신에게 던지는 질문이야말로 자신의 내면을 튼실하게 키우는 자양분이라고 하지 않습니까. 그럼에도 어느 때부턴가 시의 물길이 자꾸만 좁아지고 있습니다. 강으로 나아가고 바다로 나아가야 할 시들이 평론가들의 책상에나 오르고 조간신문과 석간신문에 무슨 양념처럼 오르고 있습니다. 우리가 눈을 크게 한번 떠야 하는 이유가 여기에 있다고 할 수 있습니다. ●

좋은 시를 쓰기 위한 낙서

오 봉 옥

1

"사랑을 하려거든 목숨 바쳐라
......
술 마시고 싶을 때 한번쯤은
목숨을 내걸고 마셔보아라"

노래를 듣다가 문득 생각한다. 시야말로 목숨을 걸고 써야 한다는 것을. 한편의 시가 죽어가는 이를 살려낸다고 한다. 죽어가는 이를 살려낼 수 있을 정도로 강렬한, 아름다운 시를 쓰기 위해서는 뼈를 깎는 아픔이 없어서는 안 된다. 시는 정말이지 그런 것이어야 한다.

시

초겨울 바람에 부르르 떨고 보니
시 쓰고 싶다
그 옛날 콜레라에 걸린 아이처럼

덕석말이로 마당 한가운데 누워
피가 질질 흐르도록 덕석만 할퀴다가
제 몸 위를 소가 쿵쿵 뛰어다니는 소리에 다시 놀라
까무러치기도 하다가
끝내는 온통 땀에 젖은 작은 몸으로
그 무서운 병을 툴툴 털고 일어나 히히 웃는
마치 그런

2

서정의 특성은 개성적이라는 데에 있다. 하늘에 떠 있는 달을 보고도 그것을 보는 사람마다 느끼는 감정이 다르게 나타난다. 노동자로서 보는 달과 자본가로서 보는 달은 느낌이 다른 법이다. 또한 같은 노동자라 할지라도 내성적 성격을 갖고 있는 사람과 외향적 성격을 갖고 있는 사람의 느낌은 다를 수밖에 없다. 다시 말해 인간의 특성이 개성적인 것만큼 모든 인간이 느끼는 감정도 다르다는 것이다.

통일에 관한 시들을 보면서 생각한다. 어쩌면 통일을 생각하는 느낌이 그렇게나 비슷한지. 진달래가 어떻고 백두와 한라가 어떻고 등등. 자신의 생활 속에서 깊이 있게 통일을 생각하지 못한 탓이다. 서정의 개성을 살리지 못하고 시를 관성적으로 쓰는 탓이다.

3

흔히 시평을 읽으면 '사상성'이라는 개념이 눈에 띈다. 시에서 '사상성'이란 무엇일까? 노동자의 생활을 다루면 사상성이 충실한 것이고 그렇지 않으면 사상성이 불투명한 것인가? 사상이 도대체 무엇이길래.

문제는 생활 속에 담긴 사상에 있다. 다시 말해 생활의 밑바탕에 깔려 있는 사상을 어떻게 하면 올곧게 끄집어내어 정서적으로 잘 표현하는가에 있는 것이다. 그것의 성공 여부가 '사상성' 운운으로 되어야 한다.

4

시에 있어서 상징어는 생동감을 보장하기 위하여, 비유는 말하고 싶은 바를 가장 적절히 표현해내기 위하여, 그리고 반복은 표현하고 싶은 것을 시각·청각적으로 두드러지게 나타내 독자를 시 안으로 끌어들이기 위하여 필요한 것이다. 좋은 시일수록 이러한 시적 장치가 잘 되어 있다는 것을 잊지 말아야겠다.

5

시적 정서란 무엇일까?

시인이 생활 속에서 한 계기를 만났다 치자. 그래서 충동을 느꼈다 치자. 외치고 싶은 충동을, 춤이라도 추고 싶은 충동을 느꼈다 치자. 그럼 그 정서적으로 느낀 충동이 시적 정서일까? 맞는 말이다. 반쯤은 맞는 말이다.

반쯤이라는 표현을 썼다. 그 충동의 삭이는 과정을 생략했기 때문이다. 삭인다는 것은 그 충동을 자기의 것으로 되게 하는 것이며 모두의 것으로 확대하는 것이다. 삭임이 끝난 그 어떤 정서적 표현이어야 비로소 '시적 정서'가 아니겠는가.

6

시에서 생활 반영의 진실성은 어떻게 구현될까. 생활을 있는 그대로 복사하듯이 옮겨놓으면 되는 것인가. 아니다. 생활 속에서 보고 느낀 것을 시인 자신이 내화시켜낼 수 있어야 그것은 가능하다. 내화시킨 뒤의 정서적 토로라야 생활 반영의 진실성을 보장한다.

7

우리가 흔히 현실을 왜곡시켰다고 하는 것은 현실을 잘 못 그렸다는 것만은 아니다. 넓게는 생활과 거리가 먼 이야기를 했다거나 생활의 본질이 아닌 이러저러한 현상만을 나열하는 식으로 그린 것은 물론 현실을 과장되게 묘사하는 것까지를 일컫는다. 그러한 것은 모두 사람의 요구와 지향을 묵살하는 데 공통점이 있다. 우리 현실 속에서 자연주의적 경향은 그러한 것이다.

우리가 현실을 폭로하는 데 있어서도 '대안 없는 폭로'를 우려하는 까닭은 거기에 있다.

8

시의 평가를 어떻게 할 것인가. 일차적으로 형상화의 높이를 보아야 한다. 다음으로는 내용과 형식의 대중적 성격을 보아야 한다. 마지막으로 시의 평가는 사상의 관점이나 주제의 방향이 얼마만큼 서정 속에 적절히 녹아들었는가를 보는 것이다. 물론 이런 것들은 모두 시 속에서 하나로 통일되어 있는 것이지만 말이다.

9

시들을 보면 종종 생각한다. 어떤 시는 절실한 문제를 형상적 비유에 의해 더욱더 선명하고 절실하게 문제를 전해주는 데 반해 또 어떤 시는 절실한 문제를 형상적 비유의 실패로 인해 더욱더 불투명하고 왜곡되게 문제를 전해주고 만다는 점이다. 왜일까?

창작적 사색이 부족해서일 것이다. 사상학습이 부족한 결과로 자신 스스로가 생활과 사상의 연결 끈을 정확히 포착하지 못한 탓일 터이다.

10

담시와 서사시는 어떻게 다를까.

서사시가 이야기 구조를 짜임새 있게 보여준다면 담시는 이야기의 핵심적인 부분만을 잘라내 보여준다는 데 그 차이점이 있다. 또한 서사시보다는 보다 더 서정적 측면을 담시는 가지고 있다. 시인의 정서가 보다 더 직설적으로 관통되는 것이라고나 할까. 뛰어난 담시 하나 보고 싶다.

11

시에서 서정을 느끼는 주체가 독자임은 당연한 사실이겠다. 때문에 독자가 요구하는 정서에 깊이 파고드는가의 문제는 서정시에 있어서 관건이 된다. 독자의 구미를 파고들지 못한 시는 제 아무리 보기 좋은 시라 하더라도 실패작이라는 불명예를 안게 된다. 그럼 독자 즉, 다수 민중의 구미에 맞는 내용이란? 다수 대중의 구미에 맞는 형식이란? 창작자의 고민은 한사코 거기에 있다.

12

시는 생활의 한 단면을 충격적으로 보고 느낄 때 쓰는 것이라고 한다. 정말 그런가?

세상 사는 많은 사람들이 하루에도 몇 번씩은 느낄 그 충동이 시를 쓰게 되는 출발점이 될 수 있을지언정 종착점까지를 보장해 주진 못한다. 문제는 충동을 주는 그 대상의 구체적인 내면세계까지를 정서적으로 충분히 공감했을 때 비로소 감동을 주는 시가 쓰여지는 것이다.

13

노래 같은 시들이 있다. 읽으면서 자연스럽게 흥얼거리고 싶은 시 말이다. 그것은 일정한 흐름을 반복해서 보여주기 때문에 느껴진 것이다. 깊은 뜻을 아우르고 있으면서도 쉽고 간명하게 보여주기 때문일 터이다. 어느 한 시가 박자를 머릿속에 그려지게 만든다면 그 시는 명시가 아닐 수 없다.

14

정서적으로 느끼고 표현한다는 것은 무엇인가.

얼마 전에 가뭄이 극성을 떤 적이 있다. 논바닥이 갈라지고 농부들은 일손을 놓고 한숨만을 내쉬기에 바빴었다. 그런데 비가 왔다. 그때 TV에 비친 농부들은 비를 손바닥에 받으며 "아, 쌀이 옵니다", "이것이 돈입니다. 지금 수천만 원이 내리고 있어요" 하며 눈물을 뚝뚝 흘렸다. 이러한 농부들의 표현이야말로 정서적 표현이 아닐 수 없다.

그런데 그것을 "아, 지금 태양의 복사열을 받아 증발된 수증기가 구름을 이루어 떠돌다가 높은 곳에서 찬 기운을 만나 중력의 가속도로 인하여 물방울이 되어 비로 떨어지고 있습니다." 라고 했다 치자. 물론 농부라면 그럴 리도 없겠지만 말이다. 이때의 표현은 생활정서로부터 벗어난 논리적 느낌·표현이 된다.

정서적으로 느끼고 표현한다는 것은 다름 아닌 그런 것이다. 논리적인 것과는 거리가 먼.

15

음악을 모르고서 시를 안다고 할 수 없다. 시를 모르고서 음악을 안다고도 할 수 없다. 시와 음악은 쌍둥이와 같은 존재이다.

16

시인은 응당 눈물이 많은 사람이다. 고속버스를 타고 갈 때 보게 되는 비디오의 삼류영화를 보고도 울 줄 알아야 하고 저 숱한 뽕짝을 듣다가도 펑펑 울 줄 알아야 한다. 마찬가지로 사소한 것에도 웃음을 풍기는 사람이 시인이다. 가족과 주위의 사람은 물론이거니와 전혀 모르는 사람의 즐거움에도 함께 할 수 있어야 진짜 시인이다. 결국 시인은 감정의 폭이 큰 사람인 것이다.

17

대학을 가보면 가끔씩 벽시가 눈에 띈다. 투쟁에 동참할 것을 호소하는 목적으로, 학생운동에 관심이라도 가져줄 것을 호소하는 목적으로, 당면 투쟁의 의미를 정서적으로 전달하기 위한 목적으로 벽에 붙이는 것이다. 그런 벽시는 대부분의 경우 문예일꾼들이 조직적으로 하는 것처럼 보인다. 꽤나 세련된 시들이 대부분을 차지하니까 말이다.

그러나 나는 못쓴 시라 하더라도 일반 학우들이 써서 붙인 것을 보고 싶다. 자신들이 그것을 즐기면서 이용하는 모습을 보고 싶은 것이다. 문학예술의 주체와 향유자는 결국 민중 일반이니까.

18

왜 서정시는 길이가 짧은가, 여운을 주기 위해서이다. 생활의 작은 세부를 통하여 전체를 보여주어야 하기 때문이다. 하나의 작은 사실로 많은 것을 연상시켜 줄 수 있어야 하기 때문이다. 다시 말해 읽어볼수록 새로운 여운을 느끼게 하는 것이랄까. 그래서 그 감동적 충격을 오래오래 기억되게 만드는 것이랄까. 아무튼 그런 것이다.

그러나 요즘 시들을 보면 너무나도 길기만 함을 느낀다. 산만함이 감동을 죽이고 있는 것이다.

19

우리 시대의 시인들은 '이야기 시'를 많이 쓰고 있다. '이야기 시'란 하나의 사건적인 이야기를 통해 뭔가를 보여주는 것이 아니라 시적 주인공의 정서를 보여주기 위해 이야기를 빌려서 쓰는 것이다. 그래서인가. 이야기 시에 등장한 인물은 시인이 뭔가를 이야기하기 위해 잠시 빌려온 인물일 뿐이다.

20

선동시라는 게 있다. 우리 시대의 문제점들을 낱낱이 밝혀 주면서 사람들을 고무·추동해내는 시 말이다. 그런데 선동시라고 쓰여진 시들을 보면 하나같이 개념이 남발한다는 점이다. 개념이 남발하는 곳에 감동은 없는 법이다. 감동이 없는데 선동이 될 까닭이 없다. 문제는 생활정서를 얼마나 잘 선동적으로 보여주는가에 선동시의 특성이 있다.

21

집회장에서 낭송시를 들으면 흔히 느끼는 일이다. 비교적 형상화가 잘된 시임에도 불구하고 대중에게는 전혀 먹혀들지 않을 때가 있고 시적 형상화에 서툰 그 어떤 시가 오히려 대중의 심장을 흔들어 놓을 때가 많다는 사실이다. 왜 그런 것일까?

우선은 시적 호흡의 문제를 들 수 있다. 정서적으로 다가가는 호흡률을 가져야 대중은 꿈틀하는 것이다. 다음으로는 시적 소리의 문제이다. 대중을 움직일 수 있는 정서적 시어를 가져야 호소력을 얻게 된다.

우리의 시단도 낭송시의 영역을 개척해야 될 때가 온 듯싶다.

22

발표된 시들을 보면 객관적 실재를 묘사하면서 그 속에 시인 자신의 목소리를 집어넣는 경우가 많다. 다시 말해 시인 자신의 정서적 토로와 객관적 실재의 묘사를 결합시켜내는 방식으로 시를 쓴다는 말이다. 이것도 시를 쓰는 한 방법이겠다.

23

분신 현장을 목격했다. 나는 그때 눈물을 흘리기는커녕 쿵쾅거리는 심장의 박동을 어쩌지 못해 안절부절못해야 했다. 호흡은 호흡대로 가빠져 그 자리에 그만 주저앉고 말았다. 손을 심장 위에 올려놓고 길게 숨을 몰아쉬어야 했다.

그때를 생각하며 시를 쓴다면 나는 필시 짧게 끊어 치며 넘어가는 반복적 형식으로 시를 쓸 것이다. 그 상황을 옳게 반영하기 위해서는 그래야만 될 것 같다.

24

생활을 그림처럼 그려내는 시들이 있다. 한 폭의 수채화처럼 선명하게 그려내는 것도 있고 반대로 두루뭉술하게 굵게 그려낸 경우도 있다. 이 경우에는 시적 대상을 생동감 있게 묘사해내는 장점이 있는 듯하다. 그러나 이런 의문이 머리를 스치는 것은 또 무엇인가, 시가 생활의 한 단면을 정서적으로 느껴서 그것을 안으로 삭인 결과로 일반화시켜내며 또 그 결과로 정서적 토로를 하게 되는 것이 서정시의 근본특성이라면 위와 같은 방식은 그것과 어떤 관계가 있는가. 다시 말해 생활은 그림처럼 선명하게 그려내지만, 서정시라는 근본특성은 잘 살려내지 못할 수도 있다는 생각.

그러나 이런 생각도 함께 든다. 그림 같은 시 중에서도 감동을 주는 경우와 그렇지 못하는 경우가 있는데, 전자의 경우는 서정의 특성을 비교적 잘 살렸기 때문이며 후자의 경우는 그렇지 못했기 때문이 아닐까하는.

25

시를 배운다는 것은 무엇인가.

시를 배우기 위해서는 생활 속에서 민중들의 요구와 지향을 내용으로 배우고 민중들의 호흡법·말법을 그 형식으로 배울 수 있어야 한다. 또한 시적인 기교를 연마할 수 있어야 한다.

시적인 기교를 말하고 싶은 바를 가장 적절히 표현해 내기 위한 중요한 수단이 된다. 뿐만 아니라 과거 역사 속에서 우리만의 시적 재부로 내려오고 있는 바를 습득해내야 한다. 시를 배운다는 것은 일종의 그런 것들이다.

26

풍자시는 사람들에게 통쾌함을 주기 위해 만들어진 형태이다. 포악한 자에게 비웃음을, 간사한 자에게는 야유와 멸시를, 누리는 자에게는 통렬한 조소를 보내기 위한, 그래서 그것을 읽는 사람들에게 통쾌함을 주기 위한 것이다. 최근 어느 한 시인의 풍자시를 보면서 나는 이런 생각을 했다.

"통쾌함은 느껴지는데, 왜 가슴 한켠에 아쉬움이 남는 걸까."

새로운 실험적 형식으로 쓰인 그 풍자시는 다름 아닌 서정성이라는 고유한 특성을 간과하고 있었기 때문이었다.

27

돌아보면 80년대는 정치적 격변기였다. 그래서일까. 80년대 시의 특징이라고 한다면 전투적 서정시가 많이 쓰여졌다는 사실이다. 내용만을 보아도 그렇다. 감상적인 내용보다는 과학성을 앞세운 내용이 훨씬 더 많았다.

이제 90년대이다. 90년대로 넘어오면서 우리의 시단은 80년대의 관념적인 경향을 극복하고 서정시의 본령을 찾아나가자는 목소리로 가득 차 있다. 그러나 그것이 서정을 제대로 찾아나가는 것이 아닌 본뜻도 없는 잘못된 서정으로, 정서적 표현으로 흐르는 감이 없지 않아 있다. 말하고자 하는 핵심 내용이 정서적으로 표현되어야 서정인 것이지 요즘의 풍토처럼 그럴싸한 미사여구식의 시가 남발하는 것은 서정의 본래 모습이 아니다.

28

외국에서 교포가 왔다. 그가 말하기를

"이제부터는 우리 문학을 일어로, 영어로 번역해 많이많이 소개하겠습니다. 밖에 있는 우리가 할 일이 그런 것인 거 같아요."

"좋은 생각입니다. 그런데 소설은 몰라도 시는 전문성을 요구할 듯합니다. 우리의 시어를 외국어로 옮기기가 보통 일이 아닐 것 같아요."

정말이다. 우리말처럼 표현이 풍부한 말도 드물다. 더구나 시란 게 백 마디의 말을 한 마디로 줄이는 것이기에 거기에는 깊은 뜻이 담겨있는 것이고 그 한 마디의 표현일지라도 그 표현에만 맞는 고유한 색깔이 있는 것이어서 그것을 표현하기는 보통 어려운 일이 아닐 듯싶었다. 이를테면 운율을 살려내기 위한 '줄임말'은 얼마나 많으며 반대로 '늘임말'은 얼마나 많은가. 표준어와 사투리의 다른 맛은 어떻게 할 것이며 현재 쓰는 말과 옛말의 다른 맛은 어떻게 처리할 것인가.

29

오늘 나는 결혼식장에서 축시를 읽었다. 그런데 풍자적 요소를 도입한 축시였기 때문인지 사람들은 배꼽을 잡고 웃는 것이었다.

돌아오면서 나는 곧바로 후회했다. 축시의 특성을 살리지 못한 것에 대해 한편으로는 신랑·신부에게 미안했고 또 한편으로는 그 가족들에게 미안했다.

축시는 응당 묵직하고 밝은 것이어야 한다. 순결성과 숭엄성이 흐르는 것이어야 한다.

30

우리는 흔히 시인이 말하고 싶은 바를 정서적으로 토로한 시들을 접하게 된다. 호숫가의 물처럼 잔잔하게 흘러가는 방식으로 쓴 것도 있고 태풍을 동반한 바닷물처럼 격정적으로 다가오는 식으로 쓴 것도 있다. 그것도 아니라면 그러한 것들을 적절히 결합하여 굴곡을 이루는 방식으로 쓴 시들도 많다. 서정시의 특성을 가장 잘 살려내는 이러한 방식은 그만큼 많은 사람들이 이용하는 방식인 것 같다.

31

내가 좋아하는 한 선생이 말하기를

"평론에 그만 관심 쏟고 창작에 더욱 더 매진하시지요. 창작자가 갖는 고집은 중요한 재산입니다."

내가 그 선생에게 대답하기를

"어디 우리 풍토가 그러나요. 비평의 목소리가 워낙 크다 보니 엿보지 않을 수가 없는 것이지요. 그러나 맞는 말이에요. 창작자가 가져야 할 창작적 고집은 생명처럼 소중한 것이겠지요. 비평을 엿보다 보면 작품을 관념적으로 쓸 수 있다는 점에서 더욱이나 그런 것 같아요."

비평을 엿보면 엿볼수록 관념적인 작품을 쓰게 된다? 난센스이다. 우리 시대의 난센스. ●

시 창작 수업의 방법

교육문예창작회

1. 먼저 글감(소재)을 정하자

일반적으로 글쓰기의 방식은 착상 → 주제 → 소재 → 개요 등의 순서에 입각하지만 실제로 그렇지 않다. 학교 현장에서 글쓰기를 할 경우 제목이 먼저 제시되는데, 말하자면 소재가 먼저 제공된다고 할 수 있다. 여기서 어려움은 그 소재를 가지고 어떻게 글을 써야 하는가 하는 점이다. 실제로 글을 쓰고자 할 때도 소재와 주제가 동시에 결합되어 글을 구상하게 된다. 글을 써야 한다고 거창하게 착상해서 그 많은 주제와 소재 중에서 무엇을 고를 것인가?

그런 면에서 우선 제목을 정한 다음(소재를 확정한 다음) 글을 쓰는 훈련을 할 필요가 있다. 그냥 글을 쓰라고 하면 많이 써 본 학생은 그렇지 않지만 대부분의 학생은 무엇을 써야 할지 막막해진다. 소재를 정해줄 때 유의할 것은 구체적인 삶과 밀접한 것이어야 한다는 점이다. 학생들이 생활 속에서 많이 접하고 생각하는 것일수록 좋은 작품을 쓸 가능성이 높다. 추상적인 제목은 절대 피해야만 한다. 백일장에서는 으레 자연의 소재를 제목으로 많이 택하지만 그리 바람직한 것은 아니다. '풀'이라는 제목을 선택한다고 해서 김수영처럼 민중의 강인한 생명력을 노래할 수 있는 학생이 얼마나 될 것인가? 탁월한 시인이라면 어떤 소재라도 훌륭하게 시로 형상화시키지만 학생들의 경우는 다르다. 실제로 좋은 제목들은 가족이나 주변에 대한 것이다. 몇 가지 좋은 제목의 예를 들어본다.

(1) 가족 : 아버지(할아버지), 어머니(할머니), 누이, 우리집
(2) 친구 : ○○에게
(3) 학교생활 : ○○시간, 시험, 점심시간, 기타 학교 현장에서 일어나는 여러 가지 일
(4) 소망 : 꿈, 내가 바라는 것
(5) 자연적인 소재 : 비, 눈, 바람

(1)의 경우는 집안 식구들의 처지를 통하여 사회적인 영역으로까지 확장이 가능하다. (2)도 마찬가지다. (3)은 학교에서 일어나는 일을 통하여 구체적인 형상화가 가능하다.

위의 경우는 도시 중고등학생에게 알맞은 글감이고 농촌의 경우는 구체적인 일이 좋은 소재가 될 수도 있다. 이를테면 농업 생산이나 농촌의 구조적 모순에 기인한 소재들이 좋은 제목이 된다. 또 그것이 학교생활에서 일어나는 일보다 농촌 학생들에게는 더 현실적인 소재가 된다.

자연적인 소재를 제목으로 선택할 경우 학생들로부터 구체적인 얘기를 끌어낼 수 있는 세심한 배려가 필요하다. 이를테면 비, 눈, 바람(혹은 비 오는 날, 눈 오는 날, 바람 부는 날) 등이

산, 나무, 강, 구름, 하늘보다 더 적합할 것이다. 왜냐하면 그것
이 구체적인 경험과 연결돼 있기 때문이다.

2. 학생들 시의 네 가지 발상법

이제 시를 쓰는 얘기를 하자. 제목을 주고 시를 써 보라 하면
대개는 다음의 네 가지 경우로 시가 나온다. '눈'(혹은 '눈 내리
는 날')이라고 제목을 주고 시를 썼다(학생들 작품에서 예를 들
어 본다).

   (1) 눈은 하얀 마음
      시커먼 세상을
      하얗게 덮지요

   (2) 눈이 내리면
      그 소녀가 생각난다
      무작정 걷던 눈 덮인 거리
      지금은 나 혼자 쓸쓸히 걷네

   (3) 눈은 혼돈된 상념의 여백
      존재의 무질서 속에 찾는 안식
      태곳적 소리이던가
      미래를 향한 열망이던가

   (4) 눈이 내리는 날이면

엄닌 장사도 못해요
배달 재촉을 불나게 해와도
눈이 쌓이면 엄닌 장사 못해요
자전거 타고 십릿길
외상 우유 놓고 오는 장사
눈 내리는 날이면 엄닌 장사 못해요

(1)은 한마디로 '유아적 감수성'의 수준이다. 시를 본 것이 동시 정도이고 시는 그런 거라고 생각한다. 삶에 대한 고민이 전혀 없는 학생의 경우 이런 동시를 쓴다.

(2)의 경우는 '유행가적 감수성'의 시다. 많은 학생들이 이런 시를 쓴다. 시를 쓰라고 하면 뭔지는 모르지만 괜히 멋있게 써야 할 것 같은 생각에 아는 거라곤 유행가 정도밖에 없으니 그런 발상을 시로 쓴다. 이 시는 유행가 풍에 오염돼 있는 유치한 감상주의(센티멘털리즘)에 기인한다. 실제로 이 시를 쓴 학생이 그런 체험을 했을 가능성은 없다. 혹은 그런 체험을 했더라도 생각을 규정짓는 것은 얄팍한 감상주의에 근거하고 있다. 이런 시에는 유치하고 감상적인 시어 몇 개 외에는 아무런 내용이 없다. 그냥 눈 오는 날 어떤 소녀와 같이 길을 걸었는데 지금은 헤어졌다는 것이다. 이별의 아픔이나 그리움 등이 구체적인 삶으로 걸러지지 않았다. 이별이나 그리움은 그 자체로 소중한 것이다. 하지만 이 시에는 값싼 감상주의 외에 진지한 고민이 없다. 그래서 시가 가볍고 유치해보인다.

(3)은 백일장 같은 데서 상을 타는 작품이다. 바로 문예반 학생들이 많이 쓰는 작품인데, 얼핏 보면 삶의 고민을 진지하게 쓴 것처럼 느껴진다. 하지만 자세히 들여다보면 '난해한 관념의

유희'에 지나지 않는다. 내용은 눈이 내리면 생각에 여유를 찾고 포근해진다는 것이다.

시를 왜 이렇게 쓰게 됐을까 생각해 본다. 그것은 시는 어려운 것이고 뭔가 멋있게 써야 된다는 발상 때문이다. 그래서 교과서에 나오는 모더니즘 계열의 난해한 시들을 정확히 그 뜻도 모르고 모방하게 된다. 소위 시를 좀 쓴다고 하는 문예반 학생들이 가장 많이 쓰는 시어는 '상념'이니 '허무'니 하는 것인데 이런 난해한 관념시의 특징은 별것 아닌 내용을 어렵고 모호하게 쓰는 것이다. 그래서 읽는 사람으로 하여금 정확히 무슨 소리인지는 모르지만 앞의 (1), (2)의 경우처럼 유치하지 않고 멋있게 쓴 것 같은 착각을 불러일으키게 된다. 이런 시를 백일장의 당선작으로 뽑는 교사들도 문제다.

난해한 시어로 채우다 보니 운율도 흐트러지고 주제도 불분명하게 된다.

(4)는 아주 드문 경우지만 학생들을 지도하다 보면 발견되는 시다. 여기에는 지도 교사의 지원이 필요하다. 시는 삶의 구체성으로부터 시작된다는 언급을 꼭 할 필요가 있다. 그리고 "네가 겪은 구체적인 것을 시로 써 봐라"고 단서를 달아 줘야 이런 시가 나온다. 처음에는 이게 시일까라고 의문을 가진다. 하지만 이런 계열의 좋은 시들을 읽어 주고 자주 써 보도록 권유하면 구체적 체험을 쓰는 것이기 때문에 그리 어렵지 않다. 처음에는 엉망이지만 생각을 정리하고 글을 잘 다듬으면 이 정도의 시는 충분히 쓸 수 있다.

이 시에는 눈이 오면 좋아하는 일반적인 생각과는 다르게 우유 배달하는 어머니를 걱정하는 학생의 마음이 서려있다. 뛰어난 것은 그런 생각을 시로써 구체적으로 형상화시켰다는 것이다. 우선 "눈이 내리는 날이면/엄닌 장사 못해요"라는 구절을 제시한 다음 '배달 재촉', '자전거 타고 십릿길', '외상 우유' 등의 시어와 구절을 적절히 제시하고 "엄닌 장사 못해요"를 반복하고 있는 점이 탁월하다. "엄닌 장사 못해요"라는 구절이 계속 반복되면서 긴박하고 초조한 느낌을 주는 운율적 효과를 얻을 수 있기 때문이다. 눈이 쌓여 어머니가 우유 배달을 못 한다는 초조함이 내용뿐만 아니라 시어나 운율에도 탁월하게 나타나 있다.

흔히 시를 지도할 때 처음에는 생각(주제)의 깊이만을 따지지만 그것이 결국 시로 형상화되는 것인 만큼 시어나 운율, 이미지 등에 대한 지도가 필수적으로 요구된다. 뛰어난 시는 주제, 사상 면에서 뿐만 아니라 시어와 운율, 이미지 등에서도 주제를 기막히게 형상화해야 하기 때문이다.

3. 형상화의 다양한 방법을 보여 주자

학생들이 쓰는 시의 경향을 4가지로 나누어 따져봤다. 생활의 구체적 체험에 기인한 (4)의 경우가 가장 좋은 시라는 것은 두말할 필요도 없겠다. 문제는 그런 시를 쓰도록 하기 위해서 어떻게 지도해야 되느냐이다.

우선 구체적 체험에서부터 시를 써야 한다는 생각을 확실히 각인시킬 필요가 있다. 그러기 위해서 학생들이 쉽게 쓸 수 있는 구체적 제목을 뽑아 주는 것이 필요하다. 시를 쓰는 훈련이 적게 된 학생일 경우 막연하게 자신의 삶을 시로 써보라고 하면 쓰지 못한다. 소재를 확정시키는 것은 그만큼 글감을 구체적으로 주는 것이다. 시를 요리에 비유한다면 요리 재료를 주는 것이나 마찬가지다.

두 번째는 이것을 가지고 무엇을 쓸 것인가를 고민하도록 해야 한다. 흔히 주제일 수도 있고 그 주제에 이르는 발상법일 수도 있다. 앞의 네 경우를 살펴보았지만 학생들은 가지각색이다. 물론 주제를 무엇으로 규정시킬 수는 없는 일이다. 그것은 시를 쓰는 학생 스스로가 생각해내야 하는 일이지만 주제가 얼마나 심도 있게 다루어질 수 있는가는 교사가 얼마나 여러 시들을 예로 들어 제시해 주느냐에 달려 있다. 즉 주제에 이르는 여러 가지 발상법을 보여 줌으로써 시의 깊이를 알게 해 주어야 한다는 것이다. 물론 그 작업은 단순히 기능을 가르치는 것이 아니어야 한다. 중요한 것은 자신의 삶과 현실에 대한 깊은 고민과 폭넓은 생각을 가지고 있어야 하지만 그것이 무엇인지를 깨닫게 해 주기 위해 이런 작업이 필요한 것이다.

앞의 네 경우를 들었지만 여기서는 같은 소재인 '눈'을 가지고 어떻게 시를 썼는가를 기성 시인들의 작품을 통해 보도록 하자.

'눈'에 대한 가장 일반적인 발상은 시조나 이육사의 '광야'에서 처럼 "지금 눈 내리고 매화 향기 홀로 아득하니" 하는 것이다. 고난이나 역경의 의미로 '눈'이 사용되고 있다. 또 다른 경우를 보자.

(1) 잉크병 얼어드는 이러한 밤에
　　어쩌자고 잠을 깨어
　　그리운 곳 차마 그리운 곳
　　눈이 오는가 북쪽엔

함박눈 쏟아져 내리는가
　　ㅡ 이용악 '그리움'

(2) 한 줄기 빛도 향기도 없이
　　호올로 차디찬 의상을 하고
　　흰 눈은 내려 내려서 쌓여
　　내 슬픔 그 위에 고이 서리다
　　　ㅡ 김광균 '설야'

(3) 눈은 살아 있다
　　떨어진 눈은 살아 있다
　　마당 위에 떨어진 눈은 살아 있다
　　…………

　　눈은 살아 있다
　　죽음을 잊어버린 영혼과 육체를 위하여
　　눈은 새벽이 지나도록 살아 있다
　　　ㅡ 김수영 '눈'

(4) 모든 것은 낮아서
　　이 세상에 눈이 내리고
　　아무리 돌을 던져도 죽음에 맞지 않는다
　　겨울 문의여 눈이 죽음을 덮고 또 무엇을 덮겠느냐
　　　ㅡ 고은 '문의마을에 가서'

(5) 성긴 눈 날린다
　　땅 어디에 내려앉지 못하고
　　눈 뜨고 떨며 한없이 떠다니는

몇 송이 눈
　　― 황동규 '조그만 사랑 노래'

(1)의 '눈'은 두고 온 북녘 고향에 대한 그리움이다.

(2)는 거기에 슬픔(애상)의 감정이 보태져 있다.

(3)에서 '눈'은 타락한 세상과 타협하지 않는 정직하고 올곧은 정신, 혹은 그런 삶의 자세를 상징하고 있다.

(4)에서 '눈'은 '정화'의 의미로 사용되고 있다. 자신의 더러움과 부끄러움을 덮어 주고 다시 태어나게 하는 그런 의미로 '눈'이 사용된다. '죽음'이라는 것은 그런 재생의 의미를 보충해 주는 말이다.

(5)에서 '눈'은 불완전하고 괴로워하는 자신의 존재, 그 존재의 가벼움을 의미한다.

이처럼 '눈'은 고난이나 역경에서부터, 그리움이나 애상, 올곧은 삶의 자세, 정화, 존재의 가벼움에 이르기까지 다양한 의미로 시화(詩化)될 수 있다.

쉽게 도표를 그려보자.


```
      ┌─ 춥다 - 고난, 역경(이육사)
      ├─ 쌓인다 - 그리움, 슬픔(이용악, 김광균)
눈 ─┤  차갑다 - 올곧은 삶의 자세(김수영)
      ├─ 덮는다 - 정화, 재생(고은)
      └─ 가볍게 떠다닌다 - 존재의 가벼움(황동규)
```


어떤 소재(글감)에 대한 이런 다양한 발상을 가능한 대로 많이 모아 학생들에게 제시해 주는 것이 시를 잘 쓰게 하는 비결이 된다. 물론 처음엔 기성 시인의 의미를 따와 모방하기도 하지만 차차 자신의 생각을 정리하여 보태게 된다. 주제에 이르는 발상이 정리되고 주제가 확정되면 여기에 따라 시를 구체적으로 쓰는 것이 세 번째 단계다.

'눈'이라는 소재를 갖고 고향에 대한 그리움이라는 주제로 시를 쓴다고 하자. 몇 개의 연을 나누어 무슨 내용을 쓸 것인가를 정하는 것이 필요하다. 눈 내린 고향 마을의 정경이 등장할 것이고 지금 자신의 처지와 고향에 대한 그리움이 이어질 것이다. 조금 구체적으로 제시하면 (1) 눈 내리는 정경 → (2) 눈 내리는 고향마을 → (3) 고향에서의 구체적인 체험 → (4) 고향에 대한 그리움 식으로 이어진다. 이용악의 '그리움'이 바로 그런 식으로 시를 형상화시켰다.

네 번째는 시어를 배치하고 운율을 다듬는 일이다. 명심할 것은 시의 주제와 운율이 상당한 관계를 가지고 있다는 것이다. 그리움을 주제로 한다면 잔잔하고 느린 가락을 지녀야 하겠고 김수영의 시처럼 눈의 차가운 이미지를 통해 강직하고 올곧은 삶을 얘기한다면 호흡이 딱딱 끊어지고 급박해야 할 것이다. 학생들에게는 다양한 시를 많이 읽게 해서 호흡을 몸에 배게 하는 것이 필요하다. 하지만 쉽게 이루어지는 것은 결코 아니다. 김소월의 애상적인 리듬을 생각해보라. 그 탁월한 운율이 쉽게 체득되었다고 할 수 있겠는가.

사실은 시인들의 시를 쓸 때 가장 어려운 것이 가락을 정하는 것이라 한다. 내용은 빌려와도 가락을 빌려올 수는 없는 것이 시다.

한시(漢詩)에도 '차운'이라 하여 운을 따오는 것을 볼 수 있다. 학생들을 지도할 때는 낭송해서 무리가 없게 호흡이 이어질 정도면 되겠다.

시어의 배치나 이미지에 관해서도 세심한 배려가 필요하다. 학생들에게 자신이 쓴 시를 읽게 하고 지도 교사는 다른 학생들이 거슬리는 부분을 지적해 주면 좋겠다.

마지막으로 중요한 것은 완전한 작품은 있을 수 없다는 것이다. 소위 절창이라 말하는 뛰어난 작품은 엄청난 노력과 퇴고의 과정을 거쳐 만들어지는 것이다. 섣불리 기성 시인의 흉내를 내거나 욕심을 부리지 말고 자신의 삶을 한 편의 시로 진실하게 써 본다고 생각하면 좋겠다. ●